Daniela Gesing

Sommerzauber auf Sylt

Roman

Ein Sommer auf Sylt, zwei Frauen und der Traum von der grossen Liebe

„Es ist nie zu spät für einen Neuanfang!"

Single Caro muss miterleben, wie ihre beste Freundin Verena nach zwanzig Jahren Ehe und zwei gemeinsamen Kindern von ihrem Mann schamlos betrogen wird. Verena ist am Boden zerstört. Um wieder zu sich zu kommen, fährt Verena – gemeinsam mit ihrem treuen Hund Rudi – zu ihrer Tante auf Sylt, die hier Ferienwohnungen an Gäste vermietet.

Caro selbst hat ganz andere Sorgen: Überraschend steht ihr neuer Nachbar Ben vor der Tür, der sie mit seinem Umzug in den letzten Tagen furchtbar genervt hat, sie jetzt jedoch charmant um ein Date bittet. Und dann ist da noch ihr netter Kollege Micha an der Schule, der von der Referendarin umschwärmt wird. Caro ist hin- und hergerissen. Eigentlich hat sie den Glauben an die große Liebe längst aufgegeben.

Caro entschließt sich zu Beginn der Ferien, ihrer Freundin nach Sylt zu folgen, um sich über ihre Gefühle klar zu werden. Verena, die wieder zu sich selbst finden muss, entwickelt nach und nach neues Selbstbewusstsein und spannende Pläne für ihre berufliche Zukunft. Eine große Hilfe ist ihr dabei Sylter Urgestein Hanno.

Die beiden Freundinnen verbringen eine wunderschöne Zeit auf der Insel, bis plötzlich Verenas Mann Jan und einer von Caros Verehrern auf der Matte stehen. Wie werden die Weichen für die Zukunft der beiden Frauen gestellt werden?

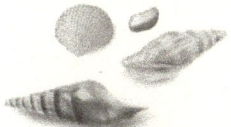

DANIELA GESING

Sommer-
zauber

Roman

auf Sylt

MAXIMUM

Copyright © 2024 by Maximum Verlags GmbH
Hauptstraße 33
27299 Langwedel
www.maximum-verlag.de

1. Auflage 2024

Lektorat: Bernadette Lindebacher
Korrektorat: Manuela Tiller
Satz/Layout: Alin Mattfeldt
Umschlaggestaltung: Alin Mattfeldt
Umschlagmotiv: © Michael Thaler / Shutterstock, RAYphotographer / Shutterstock, Vector Tradition / Shutterstock
E-Book: Mirjam Hecht

Druck: CPI books GmbH
Made in Germany
ISBN: 978-3-98679-031-8

Die Autorin wurde beim Schreiben dieses Romans durch ein Stipendium der VG Wort im Rahmen von NEUSTART KULTUR unterstützt und gefördert.

Für Conny, Ulli, Bea, Jasmin und Trixi

Caro

Caro saß vor ihrem Laptop und starrte auf den Bildschirm. Was in der letzten Zeit passiert war, hatte sie so wütend gemacht, dass sie drauf und dran war, ihre Meinung der gesamten Facebook-Gemeinde mitzuteilen. Ohne groß nachzudenken, tippte sie ein paar Zeilen in ihren Account, die es in sich hatten.

„Sagt mal, wie seht ihr das denn so? Eine Freundin von mir ist kürzlich nach zwanzig Jahren Ehe von ihrem Mann verlassen worden. Als sie ihm endlich auf die Schliche gekommen ist, meinte er zu ihr, kein Mann interessiere sich mehr für eine Frau über vierzig! Er hat fast ein Jahr lang ein Doppelleben mit seiner blutjungen Praktikantin geführt. Bin ich jetzt nur so geschockt oder gibt es wirklich kaum gute, ehrliche Beziehungen? Sind alle Männer so?"

Kaum hatte sie diese Nachricht gepostet, ploppten auch schon die ersten Antworten und Bemerkungen dazu auf. Caro bekam ein mulmiges Gefühl im Bauch, weil sie ein wenig voreilig etwas offengelegt hatte, was sie zutiefst wütend machte. Der Grund dafür war nicht nur das Mitgefühl für ihre Freundin Verena, der es zurzeit wirklich schlecht ging, sondern auch ihre eigene Lebenssituation. Caro war achtunddreißig, seit zweieinhalb Jahren Single und hatte selbst schon einige schlechte Erfahrungen mit Männern gemacht.

Vorsichtig beugte sie sich nach vorn, um die ersten Einträge zu lesen.

LukasWa schrieb:

„Welcher Mann nimmt sich nicht lieber 'ne knackige Zwanzigjährige als so 'ne alte Schachtel!"

Wumms, das saß! Sie hätte damit rechnen müssen, dass ein Großteil der männlichen Facebook-Nutzer diese abwertende Meinung hatte. Der nächste Beitrag hingegen kam von einer Susi Groß, die mitteilte:

„Solche Typen muss man abhaken! Deine Freundin soll ihm keine Träne nachweinen! Was glaubst du, wie lange so ein junges Mädchen bei dem bleibt? Und wer so was macht, der hat seine Frau gar nicht verdient!"

Erleichtert lehnte Caro sich in ihrem Schreibtischstuhl zurück. Recht hatte diese Susi, das hatte sie Verena auch schon alles erzählt. Aber das war natürlich leicht gesagt, wenn man nicht mit dem Mann seit zwanzig Jahren verheiratet war, verbunden durch zwei Kinder und ein Reihenhaus. Caros Freundin hatte es jedenfalls den Boden unter den Füßen weggezogen und sie war noch lange nicht drüber weg. Die Bemerkungen ihres Noch-Ehemannes hatten ein Übriges getan. Ihr Selbstbewusstsein war auf den Nullpunkt gesunken.

„Ich habe so etwas selbst schon erlebt", postete eine Maria Weller. *„Man glaubt immer, es passiert nur den anderen, aber dann steht man auf einmal selbst mitten in so einer Geschichte. Ich denke, man kann einen Menschen leider niemals richtig kennen, selbst wenn man jahrelang zusammenlebt. Aber deswegen alle Männer zu verurteilen ... Es gibt mit Sicherheit auch gute, ehrliche Ehemänner. Aber*

wer dazu in der Lage ist, so etwas zu tun und zu sagen wie bei deiner Freundin, der gehört in die schlechte Kategorie!"

Caro fand es plötzlich richtig spannend, die ganzen Kommentare zu lesen. Es tat gut zu erkennen, dass andere Frauen ähnliche Erfahrungen gemacht hatten. Und zu lesen, dass es ein Leben nach dem großen Gau geben konnte. So wie es Miri26 beschrieb:

„Liebe Caro, sende deiner Freundin bitte herzliche Grüße von mir. Und sage ihr, dass das nicht das Ende der Welt ist, wenn einen die vermeintlich große Liebe verlässt. Ohne diese Trennung hätte ich niemals meinen jetzigen Mann kennengelernt, sondern ich wäre ewig mit meinem damaligen Ehemann zusammengeblieben, mit dem ich im Nachhinein betrachtet gar nicht wirklich glücklich war. Jetzt weiß ich erst, was mir damals gefehlt hat. Endlich werde ich beachtet, respektiert, habe jemanden, der hinter mir steht und mich mit allen meinen Ecken und Kanten liebt. Es ist nie zu spät für einen Neuanfang!"

Caro musste schwer schlucken. Konnte man wirklich so viel Glück haben? Warum war ihr das noch nie passiert? Und würde Verena wirklich über diese Demütigung hinwegkommen? Wenigstens hatte ihre Freundin sich eine Auszeit genommen und wollte zu ihrer Tante ans Meer fahren, nach Sylt. Vielleicht konnte sie dort klarer sehen und wieder zu sich selbst finden.

Caro seufzte und griff zu ihrem Glas Weißwein. Eigentlich trank sie so gut wie nie Alkohol, aber in der letzten Zeit hatte sie beschlossen, ihr Leben nicht mehr so asketisch zu führen, sondern sich ab und zu mal etwas zu gönnen. Es klingelte. Caro erschrak, klappte wie ertappt ihren Laptop zu, strich sich ihre blonden, halblangen Haare hinter die Ohren und schlurfte unwillig zur Tür. Es war schon nach acht, eigentlich erwartete sie niemanden. Mikesch, ihr Kater, lag träge in seiner Katzenhöhle. Neugierig sah sie durch den Tür-spion. Der Mann, der da vor ihrer Wohnungstür stand, war ihr gänzlich unbekannt. Sie musterte ihn ein wenig genauer. Groß, schlank, helle, wuschelige Haare, sympathisches Gesicht. Moment mal, war das nicht der neue Nachbar? Der, der sie mit seiner Bohrmaschine vorgestern zur Weiß-glut gebracht hatte, während sie über den Korrekturen der Klassenarbeiten gesessen hatte? Sie merkte, wie erneut eine Welle von Zorn in ihr aufstieg. Bevor sie die Tür öffnete, zählte sie bis vier, atmete tief ein und ebenso lange wieder aus. Doch sie konnte nicht verhindern, dass ihr Gesicht sich rot verfärbte. Der Nachbar starrte sie irritiert an, als er ihr schließlich gegenüberstand.

„Frau Sanders? Entschuldigen Sie die Störung, ich bin Ben Paulsen, Ihr neuer Nachbar. Ich ... ähm ..." Er suchte offenbar nach Worten, das geschah ihm ganz recht. Wahr-scheinlich wollte er ihr mitteilen, dass seine Renovierungs-arbeiten heute bis tief in die Nacht gehen sollten. Und das, wo Caro morgen einen anstrengenden Tag hatte. Zeugnis-konferenzen. Verärgert ballte sie ihre Hände in den Taschen der Strickjacke zu Fäusten und kniff ihre Augen warnend zusammen.

„Ich, also, ich feiere am Wochenende meinen Einzug. Eine kleine Party für alle Nachbarn, die mich als neuen Nachbarn kennenlernen wollen. Am Samstag um sieben Uhr", stotterte er nervös. Er konnte ihr nicht in die Augen schauen. Offen-bar wirkte sie grimmiger, als sie wollte. Dabei hatte er eine angenehme tiefe Stimme. „Ich weiß, dass es in den letzten Tagen öfter mal Lärm gab. Dafür möchte ich mich bei Ihnen entschuldigen!"

Jetzt war es Caro, die verwirrt war.

Damit hatte sie nicht gerechnet. Sie lockerte ihre Gesichtszüge und setzte ein freundliches Lächeln auf. Man konnte förmlich spüren, wie erleichtert der neue Nachbar darüber war. Er wirkte gleich viel selbstbewusster.

„Ja, dann danke für die Einladung", erwiderte Caro. Mehr fiel ihr so schnell nicht ein. „Soll ich irgendetwas mitbringen?", fragte sie dann doch.

Ben Paulsen hob die Schultern und sah sie aus seinen braunen Augen eindringlich an.

„Können Sie backen?"

Caro musste grinsen. „Backen ist sozusagen mein Hobby. Was soll es denn sein?"

„Das habe ich mir gedacht", antwortete Paulsen mit einem Lächeln. „Aus Ihrer Wohnung kommt immer so ein herrlicher Duft. Bringen Sie doch einfach etwas mit, was nicht so viel Arbeit macht und für ungefähr zwölf Personen reicht. Das wäre toll. Backen ist nicht so meine Stärke. Aber kochen kann ich gut!"

Da ergänzen wir uns ja toll, dachte Caro für sich und musste schmunzeln.

„Okay, dann bis Samstag. Und das mit dem Lärm, das war gar nicht so schlimm", setzte sie hinzu, um erneut rot zu werden. Der neue Nachbar wirkte überrascht.

„Und ich hatte gedacht, Sie verwünschen mich in Gedanken täglich. Ich habe nämlich eine gesamte neue Küche montiert."

Caro blinzelte verlegen. „War halb so schlimm!", log sie und knetete ihren Nasenrücken. Wenn ihre Nase jetzt gleich noch um das Doppelte wuchs, hatte sie sich verraten. Doch der Nachbar schien nichts zu merken.

Ben reichte ihr die Hand und verabschiedete sich. „Ich

muss noch ein paar Birnen in meine Lampen schrauben. Dann bis Samstag!"

Caro spürte seine warme, trockene Hand in der ihren. Für einen kleinen Moment prickelte es leicht in ihrem Bauch.

„Ich freue mich", entfuhr es ihr. Ben Paulsen musterte sie interessiert, winkte ihr dann zu und verschwand. Als die Tür wieder zu war, lehnte Caro sich aufgewühlt an die Wand. Wieso hatte der Typ sie so verwirrt?

Verena

Verena spielte unruhig mit dem silbernen Armband, das sie von ihrer Mutter geerbt hatte. Sie drehte die fünf verschiedenen Anhänger, die ihr Glück bringen sollten, zwischen Zeigefinger und Daumen hin und her, während sie aus dem Fenster blickte. Seit ein paar Minuten stand sie mit ihrem Auto, einem kleinen Renault, auf dem Sylt-Shuttle. Neben ihr hüpfte Rudi, eine lustige Mischung aus einem Labrador und einem Großpudel, auf dem Beifahrersitz hin und her. Während der langen Anfahrt hatte er friedlich auf seiner Decke geschlafen, natürlich angeschnallt. Doch jetzt schien er Verenas Unruhe zu spüren, die, gemischt mit Vorfreude auf den Aufbruch in ein neues Leben, auch für den Hund eine große Umstellung bedeutete. Sechs Jahre lang hatte er zusammen mit Verena und ihrem Noch-Ehemann Jan in einem Reihenhaus am Rande des Ruhrgebiets gelebt, bis Jan plötzlich von einem Tag auf den anderen ausgezogen war. Verena verspürte einen Stich in ihrem Herzen, wenn sie an Jan dachte. In diesem Sommer hatten sie eigentlich ihren zwanzigsten Hochzeitstag groß feiern wollen. An ihrem zweiundzwanzigsten Geburtstag hatte er ihr damals einen Antrag gemacht, ganz romantisch bei einer Reise nach Paris unter dem Eiffelturm. Sie verstand bis heute nicht, was danach eigentlich passiert war. Natürlich hatte sie bemerkt, dass Jan sich verändert hatte. Immerzu war er mit seinen Gedanken woanders, doch sie schrieb diese Veränderung seinem Stress auf der Arbeit zu. Ein neuer Chef, neue Kollegen, ein Groß-auftrag … Jan ging voll und ganz in seinem Job als Architekt auf. Dass er dabei seiner neuen Kollegin offenbar zu nahe-gekommen war und Verena schon eine ganze Weile heimlich betrogen hatte, verschwieg er ihr bis zu dem Tag, an dem sie beim Ausräumen des Wäschekorbs einen Zettel mit einer Liebesbotschaft in seiner Jeans gefunden hatte. Zuerst hat-te sie nicht glauben wollen, was sie da las, aber nach dem ersten Schock stellte sie ihn zur Rede. Jan suchte gar nicht erst nach Ausflüchten. Er schien sogar froh zu sein, dass er sich endlich alles von der Seele reden konnte. Annika, die angehende junge Architektin, hatte sein Herz im Sturm er-obert. Er hatte das nicht gewollt, es war einfach so passiert, er konnte sich nicht dagegen wehren. Sie war jetzt die Frau seines Lebens, außerdem, so offenbarte er, war sie im dritten Monat schwanger. Der Schock bei Verena saß tief. Niemals hätte sie geglaubt, dass Jan, ihre große Liebe, ihr etwas Der-artiges antun würde.

Je näher sie ihrer Lieblingsinsel kam, desto entspannter fühlte sie sich. Jonas und Marie, ihre beiden Kinder, waren schon aus dem Gröbsten raus. Vor einem Jahr war auch Marie von zu Hause ausgezogen, um in Berlin zu studieren. Jonas, der ältere der beiden Geschwister, war als Erster vor zwei Jahren aus dem elterlichen Nest geflüchtet. Damals hatte sie geglaubt, dass nach dem ersten Schock über die Leere im Haus nun ein neuer Lebensabschnitt beginnen würde, in dem Jan und sie endlich mehr Zeit für Zweisamkeit hätten.

Gemeinsame Abende auf der lauschigen Terrasse, lange Urlaube, tiefsinnige Gespräche ... Nur Jan hatte da von Anfang an nicht richtig mitgezogen. Seine Arbeit war ihm schon immer über alles gegangen, aber jetzt kam er fast gar nicht mehr nach Hause. Offensichtlich bedeutete für ihn dieser Neuanfang ganz etwas anderes als für Verena. Er hatte sein weiteres Leben ohne sie geplant. Verena seufzte, streichelte den unruhigen Rudi und blickte aus dem Fenster. Die Fahrt über den Hindenburgdamm bedeutete für fast alle Urlauber den Beginn einer verheißungsvollen Ferienzeit, nur dass sich bei Verena trotz des strahlenden Sonnenscheins heute irgendwie nicht so recht das Gefühl einstellen wollte, das sie sonst immer an dieser Stelle überkam. Die Flut ließ das Meer ganz nah kommen, und im Sonnenlicht glitzerte die Wasseroberfläche traumhaft schön. Zu sehr schmerzten die Erinnerungen an vergangene glückliche Tage, als sie als Familie diese Fahrt voller Vorfreude genossen hatten. Verenas Tante Marlene betrieb in Wenningstedt eine Ferienwohnanlage, die sie von ihren Eltern geerbt hatte. Verenas Mutter war schon früh verstorben. Marlene hatte keine eigenen Kinder, und so hatte sie Verena als ihr einziges Patenkind von Anfang an unter ihre Fittiche genommen und zum Leidwesen von Verenas Vater maßlos verwöhnt.

Als Marlene von Jans Untreue und der unschönen Trennung erfuhr, hatte sie Verena sofort angeboten, zu ihr auf die Insel zu kommen und sich für ein paar Wochen dort zu erholen. Sie hatte Jan ohnehin nie wirklich gemocht. „Ein aufgeblasener, empathieloser, ehrgeiziger Unsympath" wäre er, hatte Marlene geschimpft, wenn Verena früher weinend am Telefon darüber geklagt hatte, wie oft Jan sie mit den Kindern und dem Haushalt alleine ließe. Vielleicht hätte

Verena die Zeichen schon viel früher sehen sollen. Eigentlich hatte sie ja gewusst, dass Jan und sie nicht wirklich zueinanderpassten. Aber irgendwie hatte sie immer geglaubt, dass er sich eines Tages noch ändern würde, liebevoller, großzügiger und lebenslustiger werden würde. Was für ein Quatsch, schimpfte sie sich jetzt selbst. Sie hatte nur einfach die Augen vor der Wahrheit verschlossen. Und einen großen Teil ihres Lebens mit ihm verschwendet. Jan hatte immer versucht zu verhindern, dass Verena beruflich weiterkam und auf eigenen Beinen stand. Eine Frau, die intelligent und erfolgreich war, das wäre eine Bedrohung für sein Selbstwertgefühl gewesen. Wie oft hatte er sie angeschrien, wenn sie ihr Studium zu Ende bringen wollte. Sogar als sie für ihre Leistungen ein Stipendium bekommen sollte, meinte er nur lapidar, wenn sie Geld verdienen wollte, sollte sie doch putzen gehen und sich nicht solche Flausen in den Kopf setzen. An der Betreuung und Erziehung der damals noch kleineren Kinder wollte er sich jedenfalls nicht beteiligen. Also hatte sie jedes Mal tief enttäuscht und verletzt aufgegeben, was sie jetzt fürchterlich bereute, weil ihre finanzielle Situation natürlich nicht gerade rosig war ohne ausreichendes eigenes Einkommen. Und an ihre Rente mochte sie erst gar nicht denken. Außerdem hatte Jan betont, dass das Haus, die Autos und alles sonst natürlich ihm gehörten, weil er immer am meisten verdient hatte. Auch wenn das so nicht stimmte, waren diese Aussagen ein weiterer Schlag in die Magengrube gewesen. Sie hatte ihm doch vertraut und alles für die Familie gegeben … Ihre Augen füllten sich mit Tränen und sie musste sich zusammenreißen, um nicht einen Heulkrampf zu bekommen. Rudi drängte sich an sie und schleckte ihr liebevoll über das Gesicht. Verena musste unwillkürlich lächeln über seine ungestüme Zuneigung und tätschelte ihm den Kopf.

„Du bist ein echter Freund! Wie gut, dass ich dich habe!"

Caro

Die Zeugniskonferenz war so langweilig und anstrengend wie immer. Der Direktor des Gymnasiums, Herr Dr. Carstensen, war ein Zyniker, der sich nicht viel darum scherte, was das Lehrerkollegium wollte. Caros Kollege Michael, ein engagierter Kunst- und Biolehrer, rollte entnervt mit den Augen, als Carstensen zu einer ellenlangen Ansprache über sein liebstes Thema, Recht und Ordnung an der Schule, ansetzte. Wenn es nach dem Direktor gegangen wäre, wären alle Schüler in Reih und Glied über den Schulhof gelaufen. Handys wären verboten, Lachen ebenso, und wer nicht mitkam, müsste gnadenlos ein Schuljahr wiederholen oder die Schule wechseln. Von AGs hielt er auch nicht viel, „die Schule sei nun mal kein Ort für freizeitmäßiges Vergnügen". Modern konnte man seine Ansichten sicher nicht nennen, und Caro überlegte zum wiederholten Mal, ob sie sich nicht doch versetzen lassen sollte. Wenigstens gab es jetzt eine kurze Pause.

Micha stupste sie bereits zum zweiten Mal in die Seite.

„Hey, Caroline, wovon träumst du? Hast du auch das Gefühl, dass der olle Carstensen jedes Mal das gleiche dumme Zeug redet? Ich finde, wir beide als Lehrervertreter sollten mal ein Gespräch mit ihm suchen. So kann es doch nicht weitergehen! Das hier ist eine Zeugniskonferenz, und bestenfalls müsste man den Umgang der Schüler untereinander thematisieren. Wir haben hier im Stadtteil etliche Zuwanderungskinder, und ich musste bereits drei Mal eingreifen, weil ein paar oberschlaue Primaner abschätzige Bemerkungen abgegeben haben."

Micha griff in seine Frühstücksbox und reichte Caro ein Stück selbst gebackenes Bananenbrot. Caro wandte sich erfreut ihrem Kollegen zu.

„Oh, vielen Dank, ich liebe alles, was du backst!"

Sie kannte keinen Mann, der mit so viel Leidenschaft genauso gerne backte wie sie selbst. Michael grinste, strich sich seine wilden dunklen Locken aus dem Gesicht und rückte seine neue schwarze Brille zurecht. Trug er ein neues Aftershave? Verwirrt registrierte sie den angenehmen, holzigen Duft, der ihn umgab. Was war bloß heute mit ihr los? Michael war ein guter Kollege, mehr nicht. Der neue Nachbar hatte offenbar ihre Partnersuch-Hormone aktiviert. Normalerweise registrierte sie die Attraktivität ihres Kollegen gar nicht. Verlegen schielte sie noch einmal nach rechts. Wieso war ihr bisher entgangen, dass Michael eigentlich ziemlich gut aussah und noch dazu einen hervorragenden Charakter besaß? Er war engagiert, feinfühlig, lustig, konnte kochen und war schon seit zwei Jahren Single, fast genauso lange wie sie selbst. Gerade als Caro sich überlegte, dass sie Micha endlich mal auf einen Kaffee zu sich nach Hause einladen könnte, platzte Julia, die hübsche blonde Referendarin, dazwischen.

„Michael, sieh mal, das sind meine Unterrichtspläne für morgen. Hast du nach der Konferenz noch Zeit? Wir könnten einen Kaffee zusammen trinken und uns darüber unterhalten. Schließlich habe ich bald meine Abschlussprüfung."

Sie klimperte ein paar Mal mit ihren dichten Wimpern und warf ihre langen Haare nach hinten. Michaels Augen leuchteten begeistert auf.

„Prima, du bist wirklich fleißig, und das mit dem Kaffee ist eine gute Idee. Also in einer Dreiviertelstunde im Café Sole?", fragte er lächelnd. Julia errötete leicht und reckte ihren linken Daumen in die Höhe.

Na prima, das hat ja gut geklappt, fluchte Caro innerlich. Immer kam ihr irgendeine dumme Tussi zuvor. Aber was soll's, dachte sie, Michael war nur ein Freund und Kollege. Diese Freundschaft hatte einen hohen Stellenwert und sollte wahrscheinlich nicht durch einen verzweifelten Datingversuch zerstört werden. Wenn es halt nicht klappte mit einem neuen Mann und der ersehnten Familiengründung, dann sollte es eben so sein. Wie verrückt war das denn, jetzt schon einen Kollegen ins Visier zu nehmen? Sie schüttelte den Kopf über sich selbst. Den Rest der Konferenz überstand sie nur noch mit mäßiger Konzentration, und schließlich war sie froh, zurück nach Hause fahren zu können, um die Wohnungstür hinter sich zu schließen und ihre Wunden zu lecken. Wie Julia sich nach der Konferenz bei Michael einhängte und ihn anhimmelte, hatte ihr einen Stich versetzt. Als Michael sich plötzlich von Julia löste und auf Caro zutrat, weil er sie noch etwas fragen wollte, tat sie deshalb, als habe sie ihn nicht bemerkt. Sie packte ihre Tasche, drehte sich um und verließ wortlos den Raum. Micha schaute ihr ratlos und verwundert nach, wurde aber sofort wieder von der jungen Referendarin abgelenkt. Als Caro sich an der Tür noch einmal umdrehte, war er schon wieder in ein angeregtes Gespräch vertieft.

Verena

Wie beruhigend dieser wundervoll weite Blick hinaus aufs Meer aus dem Autozug doch war! Durch das geöffnete Fenster zog der Duft von Salzwasser, Deichwiesen und frischem Meereswind. Verena entspannte sich mit jeder Minute ein bisschen mehr. Während ihr Auto durch die Fahrt ganz schön durchgeschaukelt wurde, empfand sie ein Gefühl von Freiheit und konnte endlich wieder tief durchatmen. Vor ein paar Augenblicken noch hatte sie gedacht, dieses Gefühl der Ohnmacht und Traurigkeit ginge nie vorbei, aber jetzt war sie sich sicher, dass diese Auszeit auf ihrer Lieblingsinsel die richtige Entscheidung gewesen war. Lange Spaziergänge, Gespräche mit ihrer Tante, vielleicht der vorsichtige Ausblick auf einen Neubeginn … Wenn sie zu Anfang noch darauf gehofft hatte, dass Jan und sie wieder zusammenkommen würden, so war spätestens nach seinem Geständnis über die erneute Vaterschaft klar gewesen, dass es kein Zurück mehr gab. Und wenn sie ehrlich war, dann wollte sie das selbst auch gar nicht mehr. Jan war ein anderer geworden, ein Fremder, den sie nicht mehr kannte. Seufzend lehnte sie sich in ihrem Sitz zurück und dachte über den Satz ihres baldigen Ex-Mannes nach, dass Frauen über vierzig für Männer nicht mehr interessant seien. Maximal fünfundzwanzig wäre ein gutes Alter. Wie hatte sie diesem Mann einmal vertrauen können, wie hatte sie so viele Jahre in einem Bett mit ihm schlafen und ihr halbes Leben mit ihm teilen können? Wie lange dachte er schon so? Warum hatte sie nichts gemerkt? Immer wieder schossen ihr diese Fragen durch den Kopf. Diese schockierenden Aussagen hatten ihr Selbstwertgefühl komplett zerstört, die ersten Wochen hatte sie es nicht einmal mehr geschafft, einen normalen Stadtbummel zu machen, denn vor jeder blutjungen Verkäuferin hatte sie sich entsetzlich geschämt. Vorher war sie lebensfroh gewesen, mit sich und der Welt im Reinen, glücklich mit ihrer Familie. Über ihr Alter hatte sie sich keine Gedanken gemacht, es gab Wichtigeres, und ihre Figur war nie ein Anlass zur Sorge gewesen. Das wusste ihr Kopf, aber ihre Gefühle spielten immer noch verrückt.

Als der Zug endlich langsam in den Bahnhof Westerland einlief, überkam sie nun doch ein Gefühl von Vorfreude auf die Urlaubszeit. Tante Marlene wollte am Bahnhof auf sie warten. Sie würden dann gemeinsam zum Appartementhaus fahren, wo sie für die nächsten vier Wochen unterkommen konnte. Zum Glück hatte Verena ein eigenes Sparbuch, auf dem sie gegen Jans Willen einige Jahre Geld zurückgelegt hatte, das sie durch ihre eigene Arbeit erwirtschaftet hatte. Eine ansehnliche Summe, die sie nun gut gebrauchen konnte. Zum Glück hatte sie vor ihrem Literaturstudium schon eine Ausbildung zur Buchhändlerin abgeschlossen und immer mal wieder in Teilzeit gearbeitet.

„Siehst du, Rudi, jetzt sind wir wieder auf unserer Insel! Wir beide werden viel zusammen unternehmen, am Strand entlangspazieren, und du kannst Stöckchen holen und am

Hundestrand im Wasser toben ..." Verena streichelte Rudi, der bei ihren Worten begeistert mit dem Schwanz wedelte, liebevoll über den Kopf. „Und von Männern habe ich erst mal die Nase voll!", setzte sie hinzu. Zustimmend legte Rudi ihr eine haarige Pfote aufs Knie. Verena musste sich jetzt konzentrieren, denn der Zug stand bereits still und es konnte nicht mehr lange bis zur Entladung dauern. Da kam auch schon die Durchsage der freundlichen Bahnmitarbeiter, und kurz darauf starteten die ersten Autos ihre Motoren und rumpelten langsam über die Abfahrrampe. Vor und hinter Verena standen zwei Luxuskarossen, ein Porsche und ein Mercedes Cabrio. Das war hier so üblich, aber davon hatte sie sich noch nie beeindrucken lassen. Schließlich waren auch Reiche nur Menschen, die sich ihr Geld höchstwahrscheinlich hart verdient oder es geerbt hatten. Warum sollte sie neidisch darauf sein? Geld machte nicht automatisch glücklich, und gut war es ihrer Familie auch immer gegangen. Sie scheuchte Rudi auf seinen Platz und konzentrierte sich wieder auf die Abfahrt. Die Sonne brannte durch die Fensterscheiben. Wenigstens dauerte es noch, bis die Insel von den Sommerferienurlaubern übervölkert sein würde. Vielleicht würde Caro es sogar noch schaffen, sie hier zu besuchen. Nur wenige Hundert Meter weiter sah sie nun Tante Marlene winkend am Straßenrand stehen. Verenas Tante war klein, schlank, hatte einen modernen Kurzhaarschnitt und sah deutlich jünger aus als Anfang sechzig. Sie war die jüngere Schwester ihrer Mutter. Verena hielt in einer Parkbucht, winkte ebenfalls und öffnete von innen die Beifahrertür.

„Verena, Liebes, ich freue mich ja so, dass du gekommen bist!"

Ihre Tante drückte ihr rechts und links einen Kuss auf die Wange und nahm sie ausgiebig in den Arm, soweit es ihre Position im Auto zuließ. Dann warf sie einen forschenden Blick auf ihre Lieblingsnichte.

„Du hast abgenommen, stimmt's?", fragte sie besorgt. „Das sehe ich doch auf den ersten Blick. Du darfst dich wegen Jan nicht so fertigmachen. Glaub mir, es ist nicht das Ende der Welt, und es gibt noch jede Menge netter Männer in diesem Universum!"

Verena musste gegen ihre Tränen ankämpfen, aber als Tante Marlene sie in die Seite knuffte und ihr einen kleinen Teddybären überreichte, der als ‚Seelentröster' gedacht war, wie sie ihn ihr als Kind schon immer geschenkt hatte, musste sie unwillkürlich lächeln.

„Danke, Tantchen! Das ist wirklich lieb von dir. Es war einfach alles ein großer Schock! Ich hätte nie erwartet, dass so etwas passieren und Jan solche furchtbaren Dinge zu mir sagen würde. Aber jetzt lass uns das Thema erst einmal beenden. Ich will auf andere Gedanken kommen. Wir werden sicher zwischendurch noch Zeit für tiefschürfende Gespräche haben. Was hattest du denn am Bahnhof zu tun? Normalerweise holst du mich nicht hier ab?!", fragte Verena neugierig.

„Ach, ich habe ein Cabrio für einen meiner Gäste gebucht. Er ist das erste Mal auf Sylt und kennt sich hier noch nicht aus. Da dachte ich, bei der Gelegenheit kann ich dich gleich abholen. Unser Internet funktioniert mal wieder nicht, deswegen musste ich die Buchung persönlich durchführen. Der Gast will am nächsten Wochenende die Insel mit dem Fahrzeug erkunden. Das Wetter soll ja noch eine Weile so schön bleiben!" Tante Marlene strich sich eine vorwitzige

Strähne aus der Stirn und streichelte Rudi, der schon die ganze Zeit aufgeregt fiepte. Seit der Überfahrt saß er nicht mehr angeschnallt auf seiner Decke auf dem Sitz, sondern unten im Fußraum, wo der Platz durch Tante Marlenes Beine nun ein wenig beengt war. „Bald sind wir zu Hause, Hase!", erklärte sie ihm beruhigend, während Verena sich mit ihrem Citroën wieder in den Straßenverkehr einfädelte. Knappe zehn Minuten später parkte Verena ihr Auto auf dem Parkplatz vor Tante Marlenes Appartementhaus. An das private Wohnhaus schloss sich ein zweieinhalbstöckiges Ferienhaus an, in dem drei Appartements vermietet wurden. Oben unter dem Dach sollte Verena die nächsten Wochen verbringen. Die Wohnungen waren im letzten Jahr erst neu renoviert worden und wegen ihres moderaten Preises und der hervorragenden Lage heiß begehrt. Und trotzdem hatte Tante Marlene die Wohnung für sie freigehalten. Spontan umarmte Verena die ältere Frau noch einmal und bedankte sich überschwänglich.

„Wenn ich hierherkomme, fühle ich mich immer so frei und leicht. Ich danke dir, dass ich hier bei dir ausspannen darf! Ich verspreche auch, dass ich dir bei deiner Arbeit helfen werde, so gut ich kann!"

Tante Marlene winkte ab. „Ach, lass mal, so viel ist das nun auch nicht. Die Reinigung der Appartements und die Wäsche sind doch ein Kinderspiel. Und den Papierkram, den mache ich lieber selbst", zwinkerte sie Verena belustigt zu. „Beim letzten Mal hast du mir mein ganzes Buchungssystem durcheinandergebracht", lachte sie. Dann wurde sie wieder ernst. „Obwohl, vielleicht sollte ich dir das doch einmal beibringen, denn schließlich erbst du meine Häuser eines Tages …", sagte sie leise. Zum Glück hatte Verena das nicht mehr gehört, denn sie war schon ausgestiegen und bewunderte den gepflegten Garten, in dem es üppig blühte.

Caro

Als Caro die Haustür zu dem Altbau öffnete, in dem sie wohnte, schlug ihr im Treppenhaus der penetrante Geruch von Wirsing entgegen. Frau Müller aus dem Erdgeschoss kochte fast täglich Eintöpfe für ihren Mann, der deftiges Essen liebte. Caro musste schmunzeln, wenn sie an das ältere Ehepaar dachte, das schon seit dreißig Jahren hier lebte. Die beiden gingen immer noch sehr liebevoll miteinander um, und Herr Müller revanchierte sich bei seiner Frau, indem er jeden Morgen für Frühstück sorgte, die Fenster putzte und am Wochenende im Gemeinschaftsgarten grillte. Auch sonst verhielt er sich für seine Generation ungewöhnlich partnerschaftlich. Sie sah die beiden abwechselnd einkaufen, Wäsche aufhängen oder putzen. So sollte es auch sein, dachte sie wehmütig. Schade, dass nicht alle Paare das hinbekamen. Sie war so in Gedanken versunken, dass sie übersah, dass jemand mit einem großen Brett die Treppe herunterkam.

„Aua!", schimpfte sie, als ihr Kopf unsanft von dem Stück Holz touchiert wurde. Entrüstet rieb sie sich die schmerzende Stelle. „Können Sie nicht aufpassen?!"

„O mein Gott, ich habe Sie gar nicht gesehen", stotterte der neue Nachbar, der plötzlich hinter dem Brett zum

Vorschein kam. „Soll ich Sie ins Krankenhaus fahren? Ist Ihnen schwindlig?", fragte er besorgt. Doch in seinem Blick lag auch ein klein wenig Belustigung, wie Caro verärgert feststellte. Offenbar hielt er sie für einen kleinen Trottel, dem ständig irgendwelche Missgeschicke passierten.

„Schon gut, ich bin schließlich mit schuld", murmelte sie genervt. „Aber wenn Sie das nächste Mal Möbel oder Bretter die Treppe runtertragen, passen Sie gefälligst auf!"

Ben, der Nachbar, hob die Augenbrauen ob ihrer patzigen Antwort. „Entschuldigung, Frau Sanders, das wird nicht wieder vorkommen!" Dann packte er sein Brett und setzte seinen Weg ohne ein weiteres Wort fort. Caro schaute ihm perplex nach. So unhöflich hätte er jetzt auch nicht sein müssen. Seufzend schloss sie die Tür zu ihrer Wohnung auf, wo Mikesch, ihr kleiner schwarzer Kater, ihr maunzend entgegenkam. Wenigstens einer, der sich freute, sie zu sehen. Dieses Schuljahr hatte sie ganz schön ausgelaugt und sie freute sich unbändig auf die Ferien. Noch zwei Wochen, dann war es so weit. In der Küche stellte sie ihre Frühstückstasse vom Morgen in die Spüle, setzte einen Topf auf den Herd, füllte ihn mit Wasser und Salz und schaltete die Platte an. Eine ordentliche Portion Spaghetti mit Tomaten, Garnelen und Knoblauch war das beste Trostessen, das sie kannte. Sie nahm ein Brettchen aus der Schublade, wusch ein paar Tomaten ab, taute die Biogarnelen unter kochendem Wasser auf und rieb zwei Zehen Knoblauch. Küssen musste sie zum Glück heute niemanden mehr, das war der Vorteil des Singlelebens. Dann schnitt sie die Tomaten in kleine Stücke, gab etwas Olivenöl in eine Pfanne, ließ die Spaghetti in das kochende Wasser gleiten und briet die abgetrockneten Garnelen kurz im heißen Öl an, bis sie Farbe bekamen. Anschließend nahm sie sie wieder aus der Pfanne und gab nun die Tomaten und den Knoblauch mit ein paar Gewürzen und Kräutern hinein. Am Ende durften die Garnelen mit etwas Salz und Chili wieder zu den Tomaten. Wie herrlich das duftete! Ein paar Minuten später und nachdem sie Mikesch gefüttert hatte, saß sie mit den dampfenden Spaghetti am Tisch. Jetzt noch ein klein wenig grob gehobelter Parmesan, und fertig war das Lieblingsgericht! Während sie sich die Spaghetti in den Mund schob, las sie die Zeitung vom Morgen. In der Frühe war sie nicht dazu gekommen. Auf der vierten Seite im Lokalteil stockte ihr bei einem Artikel plötzlich der Atem. Sie verschluckte sich hustend an einer Garnele und griff hastig zu dem Glas Wasser neben ihrem Teller. Das war doch … Tatsächlich, ihre Mutter, zu der sie seit Jahren keinen Kontakt mehr hatte! Offenbar war sie wieder in ihren alten Stadtteil gezogen und engagierte sich im neu gegründeten Seniorenzentrum. Caro wusste nicht genau, was sie darüber denken sollte. Natürlich hätte sie immer gerne eine liebevolle Mutter gehabt, die sich für sie interessierte und für sie da war, aber man konnte sich seine Eltern nun mal nicht aussuchen. Ihre Mutter hatte sie schon als Säugling zu ihrer Großmutter gegeben, wo sie aufgewachsen war. Ihr eigenes Leben war ihr immer wichtiger gewesen, und Caro hatte inzwischen aufgegeben zu hoffen, dass sich daran jemals etwas ändern würde. Seufzend legte sie die Gabel auf den Teller. Nun war ihr doch der Appetit vergangen, und die Beule am Kopf schmerzte auch wieder. Vielleicht sollte sie sich eine halbe Stunde hinlegen, dann sah die Welt bestimmt schon wieder besser aus. Doch gerade, als sie es sich auf dem Sofa gemütlich gemacht und die Augen geschlossen hatte, vermeldete ihr Handy zwei neue Nachrichten. Zuerst entschied sie, die Nachrichten später zu lesen, doch dann siegte ihre Neugier. Vielleicht war es ja Verena, die ihr mitteilen wollte, dass sie sicher auf Sylt angekommen war. Und tatsächlich, Verena hatte ihr ein Foto geschickt. Lächelnd stand sie am Strandübergang Risgap in der Sonne, mit einem Fischbrötchen von Gosch in der Hand. Caro freute sich sehr über dieses Selfie und beneidete Verena in diesem Moment um ihre Auszeit. „Liebe Grüße aus Wenningstedt", hatte die Freundin geschrieben. „Mir geht es hier schon viel besser. Würde mich freuen, wenn du mich in den Ferien besuchst! Du weißt ja, meine Ferienwohnung hat zwei Schlafzimmer."

Caro musste grinsen. So fröhlich hatte sie Verena seit ihrem Ehedesaster nicht mehr erlebt.

„Na klar, meine Süße! Ich komme, sobald ich hier wegkann. Grüß mir die Möwen!", schrieb sie dazu und setzte einen zwinkernden Smiley dahinter. Dann scrollte sie zur nächsten Nachricht. Die war von Micha.

„Hallo Caro, was war denn vorhin mit dir los? Ich dachte, wir bereiten heute Abend noch zusammen die Materialien für die Kunst-AG vor? Achtzehn Uhr? Im Kunstraum? LG, Micha"

Caro stöhnte. Für solche Arbeiten war sich die junge Referendarin wohl zu fein. Oder sie hatte schon was Besseres vor. Dann durfte sie natürlich ran. Caro wollte schon eine harsche Absage in ihr Smartphone tippen, doch dann dachte sie an die begeisterten Gesichter der Schüler, die voller Tatendrang an der AG teilnahmen. „Mir ging es heute nicht so gut", schrieb sie zögernd. „Aber ich werde nachher kommen. Bis dann, Caro", fügte sie hinzu.

Zufrieden stellte sie das Handy auf lautlos, schloss die Augen und fiel augenblicklich in einen tiefen Schlaf. Sie hätte die Ruhe so nötig gehabt, aber nach einer halben Stunde begann der neue Nachbar nebenan wieder zu klopfen und zu hämmern. Das war heute wirklich nicht ihr Tag!

Verena

Verena spazierte am Gosch-Neubau entlang und biss herzhaft in ihr Fischbrötchen. Rudi war bei ihrer Tante im Garten geblieben, wo er mit dem Nachbarshund spielte. Lachs mit Honig-Senf-Soße, das war so lecker! Sie würde in der Zeit, die sie hier auf Sylt verbrachte, alles probieren, wonach ihr war. Matjesbrötchen, Knoblauchgarnelen, Muscheln, den Flammkuchen … Endlich löste sich der Knoten in ihrem Magen. Sie hatte seit der Trennung von Jan sechs Kilo abgenommen, was auch kein Wunder bei dem ganzen Kummer und Stress war. Der Appetit war ihr förmlich vergangen. Kaum zu glauben, was eine Luft- und Ortsveränderung ausmachte! Eine Weile blieb sie am Spielplatz kurz vor dem Strandübergang Risgap stehen und beobachtete die Jungs und Mädchen, die im Sand Fußball spielten und mit den Rollern den Parcours entlangfuhren. Dahinter hüpften zwei kleinere Kinder begeistert auf den Trampolinen. Diese Zeiten waren für sie nun endgültig vorbei. Ihre heile Familie gab es nicht mehr und ihre eigenen Kinder waren ohnehin schon erwachsen. Wieder fühlte sie einen Stich in ihrem Herzen, wenn sie an die gemeinsamen glücklichen Familienurlaube dachte. Konnte ihr mit Anfang vierzig noch einmal ein Neuanfang gelingen? Musste sie sich überhaupt mit Jans junger Praktikantin vergleichen? Eigentlich war das doch Quatsch. Außer ihrer Jugend hatte die doch nicht viel zu bieten. Jan würde sie finanzieren müssen und wurde schließlich auch nicht jünger. Er ging schon stramm auf die fünfzig zu. Eine Frau in Verenas Alter besaß Lebenserfahrung, und Attraktivität hing doch nicht nur vom Alter ab. Am meisten schmerzte sie der Gedanke, dass Jan wieder Vater wurde, und das mit dieser Praktikantin, die gut und gerne seine Tochter sein konnte. Verena hatte immer geglaubt, sie und Jan hätten eine besondere Verbindung. Im Laufe der Jahre hatten sie so viele gute Zeiten erlebt, aber auch schwierige überstanden, das sollte doch zusammenschweißen. Hatte es aber offensichtlich auf Jans Seite nicht. Das Geräusch einer heranfliegenden, kreischenden Möwe riss Verena urplötzlich aus ihren Gedanken. Als sie den Vogel registrierte, war es schon zu spät. Verdattert starrte sie auf ihre leere Hand. Die Möwe hatte doch tatsächlich den Rest ihres Brötchens geklaut! Gut, dass sie den Lachs zuerst gegessen hatte! Nach dem ersten Schreck musste Verena lachen. Erst sachte, doch dann löste sich die gesamte Anspannung der letzten Wochen und sie konnte gar nicht mehr aufhören. Zum Schluss liefen ihr sogar Tränen die Wangen hinunter. Wie gut das tat! Spontan beschloss sie, sich an der Bude neben dem Spielplatz noch etwas zu essen zu besorgen und ein wenig zum Strand hinunterzugehen. Die Sonne schien so schön, der himmelblaue Horizont lud zum Sonnenbaden ein und sie hatte keinerlei Verpflichtungen. Die „Möweninsel" war ein unkonventioneller Imbiss, bei dem man von Bratwurst und Pommes bis hin zu Kartoffelsuppe und Crêpes alles bekam. Diesmal würde sie natürlich besser aufpassen, damit die echten Möwen sie nicht wieder beklauen. Beschwingt stellte sie sich in die kurze Schlange vor dem Verkaufstresen und war nach ein paar Minuten Wartezeit schon dran.

„Was darf es sein?", fragte der Verkäufer, ein etwas bärbeißiger Typ in ihrem Alter. Offenbar machte ihm sein Job keinen besonderen Spaß. Er starrte sie mit seinen ungewöhnlich hellblauen Augen mürrisch an, während Verena angestrengt überlegte, ob sie doch lieber den Crêpe mit Zimt und Zucker oder den mit Apfelmus nehmen sollte. „Ich glaube, ich nehme einmal Zimt und Zucker!", bestimmte sie schließlich, was dem Verkäufer ein erleichtertes Seufzen entlockte.

„Ist wohl viel los hier heute?", fragte Verena schließlich mitfühlend. Der Verkäufer verzog den Mund. „Hanno, drei Mal Pommes bitte!", tönte es da vom Innenraum an die Verkaufstheke. Hanno hieß der Typ also, dachte Verena und riskierte einen zweiten Blick, um Hanno näher in Augenschein zu nehmen. Er ließ gekonnt den Teig auf die Crêpesplatte fließen und verstrich ihn routiniert mit dem Teigverteiler. Ob das wohl sein Hauptjob war?, dachte Verena neugierig. Er wirkte gepflegt und sportlich, außerdem war er sonnengebräunt.

„Hier, bitte, dein Crêpe!", unterbrach eine tiefe Stimme ihre Gedanken. Hanno reichte ihr den warmen Pfannkuchen über die Ladentheke. „Heute ist gar nicht so viel los. Ist ja noch keine Hochsaison", hörte sie ihn sagen. „Aber mir sind gerade zwei Paletten Eier runtergefallen. Das war eine Riesensauerei!"

Er grinste plötzlich, und auch Verena musste bei dem Bild, das sie nun vor Augen hatte, schmunzeln.

„Das tut mir leid! Aber vielleicht bringt es ja Glück", meinte sie und biss in ihren Crêpe. „Viel Erfolg noch!", rief sie ihm mit vollem Mund zu. Hanno winkte in ihre Richtung. Wieder hatte Verena das Gefühl, dass es genau das Richtige gewesen war, hierherzukommen. Es tat ihr gut, mit fremden Menschen zu plaudern, und das schöne Wetter und die fantastische Landschaft taten ein Übriges. Auf dem Weg zum Strand beobachtete sie eine Gruppe junger Surfer. Stand-up-Paddling würde sie selbst gern mal ausprobieren, überlegte sie und beschloss, diesen Wunsch so bald als möglich in die Tat umzusetzen. In den letzten Wochen hatte sie sich immer öfter Gedanken darüber gemacht, dass ihr Leben begrenzt war und sie nicht mehr wie früher endlos für alles Zeit hatte, was sie gerne noch erleben wollte. Nach dem ersten Tief, wo sie am liebsten gar nicht mehr morgens aufgestanden wäre, hatte sie sich eine Liste erstellt mit allem, was ihr am Herzen lag. Der Urlaub auf Sylt war auf jeden Fall ein guter Anfang. Sie konnte sich gar nicht erinnern, jemals alleine verreist zu sein. Ihre Familie war immer der Mittelpunkt ihres Lebens gewesen. Aber irgendwie fühlte es sich auch gut an, auf eigenen Füßen zu stehen und sich nur um sich selbst zu kümmern. Wie es beruflich weitergehen konnte, damit sie auch finanziell unabhängig werden würde, dafür hatte sie noch genug Zeit zum Überlegen. Zuerst einmal musste sie sich erholen, stabiler werden, um ihr Leben alleine zu stemmen. Ob das jetzige kurze Hochgefühl von Dauer sein würde, würde sich zeigen. Zumindest war sie fest entschlossen, daran zu arbeiten und nicht mehr so oft in Selbstmitleid und Trauer zu versinken. Sie atmete die würzige Nordseeluft tief ein, sah den Surfern und Stand-up-Paddlern eine Weile zu, dann ließ sie sich in einen freien Strandkorb sinken, schloss die Augen und genoss die warme Sonne auf ihrem Gesicht.

Caro

Mikesch lag wohlig schnurrend auf ihrem Bauch. Caro sah auf die Uhr. Noch eine Dreiviertelstunde bis zum Treffen mit Micha. Sie streichelte Mikesch über das weiche Köpfchen, was sein Schnurren noch eine Oktave tiefer und wohliger werden ließ.

„Tut mir leid, mein Süßer, aber ich muss mich jetzt langsam fertig machen. Mein Kollege wartet auf mich. Nicht dass ich Lust darauf habe, mit diesem Casanova zu arbeiten, aber ich bin schließlich auch an der Kunst-AG beteiligt. Nachher schmusen wir weiter!"

Sie hob Mikesch sanft von ihrem Schoß und setzte ihn auf dem Sofakissen ab, wo er sich sogleich wieder einrollte. Caro kannte keine Katze, die so viel schlief wie Mikesch und so ruhig war. Doch diese Ruhe war tückisch, denn ab und zu bekam er dann doch einen Koller, bei dem er einmal bereits ihre gesamten Pflanzen von der Fensterbank gefegt und dem Vorhang einen tiefen Riss verpasst hatte. Meistens akzeptierte er aber, wenn sie wegmusste. Caro warf einen prüfenden Blick auf Mikesch, dann machte sie sich im Badezimmer frisch, griff sich ihre blaue Lieblingsbluse aus dem Kleiderschrank und schlüpfte in die bequemen beigen Sneakers.

Nach kurzer Überlegung entschied sie sich, etwas Parfüm aufzulegen, ärgerte sich aber, kaum dass sie aus der Tür war, weshalb sie für eine Arbeitsverabredung solch einen Aufwand betrieb. Kopfschüttelnd stieß sie im Flur fast wieder mit dem neuen Nachbarn zusammen, der es anscheinend genauso eilig wie sie selbst hatte.

„Frau Nachbarin, das sollte aber nicht zur Gewohnheit werden, mich über den Haufen zu rennen!", frotzelte er gut gelaunt und schnupperte plötzlich interessiert in Caros Richtung.

„Was für ein toller Duft!", äußerte er spontan, was Caro die Röte ins Gesicht trieb. Was ging den denn ihr Parfüm an? Ben Paulsen bemerkte den Unmut seiner Nachbarin schnell.

„Tut mir leid, das sollte ein Kompliment sein! Aber ich wollte Ihnen nicht zu nahetreten! Offenbar mögen Sie keine Komplimente", warf er unnötigerweise hinterher.

„Also das ist doch …!", wollte Caro sich gerade ereifern, da hüpfte Ben auch schon die Treppe hinunter zum Ausgang. „Ich muss, habe es eilig!", rief er ihr noch zu. Entgeistert sah sie ihm nach. Was hatte der Mann bloß an sich, dass sie sich jedes Mal über ihn aufregte? Und ihn dann aber gleichzeitig immer anstarren musste? Das Beste würde wohl sein, wenn sie das Kapitel Männer für immer abschloss. Alles andere brachte ja doch nur Ärger und Enttäuschung. Moment mal, dachte sie, während sie auf ihr Auto zuging. Jetzt bin ich ja schon genauso wie Verena. Nein, das wird mir nicht passieren. Sie atmete zweimal tief durch, setzte sich in ihr Beetle Cabrio und fuhr zur Schule, wo Micha schon auf sie wartete. Sie würde entspannt und freundlich sein und sich auf keinen Fall von irgendetwas ärgern lassen! Mit einem Lächeln im Gesicht betrat sie den Kunstraum. Auf dem Tisch stand eine Schale mit selbst gebackenen Brownie-Keksen, die herrlich dufteten. Sie nahm sich einen Keks, steckte ihn in den Mund und rief: „Hey, Micha, super, dass du Kekse gebacken hast! Ich liebe Schokol…"

Der Rest ihres Satzes ging in einem heftigen Hustenanfall unter, als Julia, die Praktikantin, plötzlich aus dem Nebenraum trat.

„Danke für das Lob, die Kekse habe ich gebacken! Micha hat darauf bestanden, dass ich euch helfe, und da hab ich meinen anderen Termin natürlich abgesagt!", erklärte sie mit unschuldiger Miene. „Brauchst du einen Schluck Wasser?"

Julia warf ihre langen blonden Haare in den Nacken und schaute Caro mitleidig an. Die winkte wortlos ab, denn sie wäre lieber erstickt, als sich von dieser arroganten Ziege helfen zu lassen. Zum Glück kam Micha ebenfalls angelaufen. Er wirkte ehrlich besorgt. „Was ist los?", fragte er ruhig und legte Caro eine Hand auf die Schulter. Caro zuckte zusammen, als hätte sie ein Stromschlag getroffen.

„Schon gut", röchelte sie. „Nur ein paar Kekskrümel!"

„Jetzt trink doch mal was", meinte Micha und goss ihr Mineralwasser in eines der Gläser, die auf dem Tisch standen. „Hier", sagte er und reichte ihr das Wasser.

„Danke", krächzte Caro, trank ein paar Schlucke und fühlte sich gleich besser. Nur die Beule am Kopf hämmerte durch den Husten wieder ein bisschen stärker.

„Schau mal, Julia konnte doch kommen", verkündete Micha strahlend. Als wenn sie das nicht schon selbst bemerkt hätte. „So eine engagierte Referendarin haben wir doch selten, oder?", fragte er sie nun auch noch. Caro sah sich zu einer Antwort genötigt.

„Toll, ganz toll, wirklich", murmelte sie genervt und fügte

dann hinzu: „Besser, wir fangen gleich an mit den Vorbereitungen für morgen, ich habe nicht so viel Zeit!"

Micha sah sie überrascht von der Seite an, sagte aber nichts. Wortlos schob er Caro einen Stuhl hin und verteilte das Material. Als er dabei ihren Hinterkopf streifte, schnupperte er für eine Sekunde überrascht an ihren Haaren. Julia, die das natürlich bemerkt hatte, warf Caro einen giftigen Blick zu. Die Rolle der attraktiven, aufreizenden Kollegin hatte sie sich selbst zugeordnet, schließlich war sie auch um einiges jünger und in ihren eigenen Augen hübscher als diese alte Schachtel. Caro hingegen bekam von alledem nichts mit, denn sie hatte eilig zu Schere und Papier gegriffen, um dieses unselige Treffen möglichst schnell hinter sich zu bringen. Zum Glück würde Julia die Schule bald verlassen. Was sollte sie sich da noch über deren hinterhältiges Verhalten aufregen?

Verena

Sie musste im Strandkorb eingeschlafen sein, denn plötzlich lagen zwei kleine Hände auf ihrer Schulter und eine piepsige Stimme rief: „Hey, du da, das ist unser Strandkorb!"

Erschreckt öffnete Verena ihre Augen und sah sich einem etwa fünfjährigen Knirps gegenüber, der sie feindselig anstarrte. Neben ihm standen schmunzelnd seine Eltern.

„Oh, Entschuldigung, ich wollte mich nur mal kurz hinsetzen, und dann muss ich wohl …", stammelte Verena und erhob sich rasch.

„Schon gut, aber jetzt möchten wir unseren Strandkorb gerne nutzen. Max legt immer seine gesammelten Muscheln auf die Sitzfläche", erklärte die junge Mutter, die schwer bepackt die Szene beobachtet hatte. Sie trug ein buntes Sommerkleid und war schon leicht gebräunt. Verena nickte schuldbewusst, griff noch schnell in ihre Handtasche und zauberte einen roten Lolli daraus hervor. Früher hatte sie diese Lutscher immer für ihre Kinder mit dabeigehabt, und aus irgendeinem Grund hatte sie diese Gewohnheit einfach beibehalten. „Schau mal, kann ich mich mit diesem Lolli bei dir entschuldigen?", fragte sie Max lächelnd.

Sofort überzog das kleine Gesicht ein Grinsen. „Darf ich,

Mami?", fragte er seine Mutter, die zustimmend nickte. Max griff zu. „Danke, dafür darfst du hier auch wieder sitzen, wenn wir nicht da sind!", bot er keck an. Die Erwachsenen lachten, und Verena verabschiedete sich. Es war Zeit, zu ihrer Ferienwohnung und zu Tante Marlene zurückzugehen.

Der Weg zum Haus ihrer Tante war nicht weit. Das private Wohnhaus und das Ferienhaus lagen fußläufig zum Strand. Verena genoss jeden Schritt, den sie bei dem schönen Wetter an der frischen Luft machte. Zwischen das unerwartete Hochgefühl, das sie schon ein paar Mal überrascht hatte, seitdem sie auf Sylt war, mischten sich auch immer wieder schmerzhafte Momente und Gedanken. Es würde eine Weile dauern, ehe sie ihr Selbstwertgefühl wiedergefunden hatte. Ihr Noch-Ehemann hatte ihr vermittelt, alt und wertlos zu sein. Das ließ sich nicht so leicht abstreifen. Zumal es wohl auch der Realität entsprach, dass die meisten Männer, wenn sie die Gelegenheit dazu bekamen, eher eine jüngere Partnerin wählen würden. Verena wusste gar nicht, ob sie überhaupt jemals wieder eine neue Beziehung wollte, ob sie überhaupt jemals wieder einem Mann vertrauen konnte. Schließlich wurde sie jedes Jahr älter, und gerade ab der zweiten Lebenshälfte, wenn irgendwann die Zipperlein anfingen, die Attraktivität flöten ging und das Leben nicht mehr so einfach zu bewältigen war, sollte man sich doch aufeinander verlassen können. Verena seufzte, als sie in den Garten von Tante Marlenes Haus einbog. Aus dem Augenwinkel sah sie Rudi, ihren heiß geliebten Pudel-Mix, mit seinem Hundekumpel über die Wiese tollen. Die beiden Vierbeiner jagten einem roten Ball hinterher. Als Rudi Verena bemerkte, hielt er im Spielen inne, ließ seine Zunge hechelnd aus dem Maul hängen und stürmte auf sie zu.

„Rudi, nicht so wild!", schimpfte Verena ihn lachend, als er mit voller Wucht gegen sie sprang.

„Besonders gut erzogen ist er nicht", rief Tante Marlene und verdrehte die Augen. Sie saß in einem der Strandkörbe, die im Garten aufgestellt waren. „Vorhin hat er mir doch glatt meine Scheibe Roastbeef vom Teller geklaut, als ich kurz ans Telefon musste", beschwerte sie sich.

„Tut mir leid, ich habe ganz vergessen, ihm etwas zu fressen zu geben, bevor ich losgegangen bin", entschuldigte sich Verena. „So was macht er sonst nicht."

„Na ja, ich hab ihm doch schon verziehen. Wenn Rudi einen mit seinen treuen Augen anschaut, kann man ihm gar nicht lange böse sein. Wollen wir heute Abend zusammen essen? Das Wetter ist so schön, wir könnten draußen sitzen. Was meinst du?"

Tante Marlene sah Verena fragend an.

„Natürlich, gerne! Ich muss mich jetzt aber um Rudis Mittagessen kümmern und meine Sachen in Ruhe auspacken. Und dann wollte ich gleich noch zu Feinkost Meyer und in die Drogerie. Sag Bescheid, wenn ich etwas mitbringen soll."

Dann verschwand Verena flugs im Nebenhaus, um eine Dose Hundefutter aus ihrer Reisetasche für Rudi zu holen. Schuldbewusst kratzte sie die Dose bis auf den letzten Rest aus. Sie würde gleich einkaufen gehen, um den Vorrat für Rudi aufzufüllen. Der Hund, der ihr in die Küche gefolgt war, verschlang sein Fressen in Rekordzeit.

„Tut mir leid, Hase! Kommt nicht wieder vor", sagte Verena und kraulte Rudi hinter den Ohren, als er fertig war. Rudi warf ihr einen nachsichtigen Blick zu und verzog sich satt und müde in sein Körbchen. Verena räumte voller Elan ihren Koffer aus und war gerade mit ihren Toilettenartikeln auf dem Weg ins Bad, als ihr Handy unerwartet klingelte. Vielleicht ist es Caro, dachte sie freudig, aber beim Blick aufs Display erkannte sie Jans Nummer. Schlagartig änderte sich ihre Laune. Kurz überlegte sie, den Anruf gar nicht anzunehmen, aber dann drückte sie entschlossen auf das grüne Symbol.

„Jan, was kann ich für dich tun?", sagte sie distanziert.

Sofort erhob er seine Stimme. „Verena? Sag mal, spinnst du? Du fährst einfach nach Sylt und hebst fünftausend Euro von unserem gemeinsamen Konto ab?"

Jans Stimme bebte vor Wut. Doch Verena zwang sich, ganz ruhig zu bleiben, obwohl ihr Herz bis zum Hals klopfte.

„Ganz richtig, von unserem *gemeinsamen* Konto. Von dem du für zehntausend Euro Möbel für dein neues Liebesnest gekauft hast, wenn du dich erinnerst. Ich brauche das Geld für den Urlaub. Ein Teil davon ging bereits für den neuen Auspuff meines Autos drauf. Wie du weißt, wird unser Vermögen genau zur Hälfte aufgeteilt werden. Ich wünschte, das wäre schon alles über die Bühne gegangen", sagte sie traurig.

Jan ruderte ein wenig zurück. „Ja, mein Gott, ich muss jetzt natürlich sehen, dass ich mein Geld zusammenhalte. Noch mal Nachwuchs, das kostet. Und Annika ..." Er seufzte. „Sie hat halt auch Ansprüche."

Verena konnte leider kein Mitleid empfinden.

„Denk dran, dass du außer deiner Praktikantin auch noch zwei studierende Kinder und eine Bald-Ex-Frau hast, der du noch eine Weile Unterhalt zahlen musst. Für uns sollte auch noch Geld übrig bleiben!"

Jan stöhnte auf.

„Verena, du musst das verstehen. Für mich ist das auch

nicht so einfach …", fing er an zu jammern. Darauf hatte Verena so gar keine Lust. Wie es ihr bei alldem ging, hatte ihn nicht interessiert. Als sie am Anfang tagelang geweint hatte und völlig fertig war, hatte er nur zu ihr gemeint, dass sie ihn nerve und sie selbst sehen müsse, wie sie ab jetzt klarkommen würde. Jan war ihr so schnell fremd geworden, das hätte sie niemals gedacht.

„Was machst du denn da so auf Sylt? Du lässt es dir gut gehen und fährst in Urlaub", meckerte Jan schon wieder. „Eigentlich müsstest du dir schnellstens einen Job suchen. Nach dem Trennungsjahr wirst du von mir kein Geld mehr bekommen!"

Verena fühlte wieder Ärger in sich aufsteigen. Über zwanzig Jahre Ehe und zwei Kinder, und jetzt wollte er sie so schnell wie möglich loswerden, ohne jede Verpflichtung.

„Ja, ich weiß", konterte sie. „Ich bin zu alt als Ehefrau, aber noch jung genug, mein eigenes Geld zu verdienen. Weißt du was, ruf mich nicht mehr an, es sei denn, es ist ein Notfall! Mach's gut!"

Und schon hatte sie aufgelegt. Jedes Mal, wenn sie mit Jan sprach oder ihn sah, kam alles wieder hoch. Aber genau davon brauchte sie Abstand. Um sich zu beruhigen, atmete sie langsam in den Bauch, zählte bis fünf und atmete genauso lange wieder aus. Das half so gut wie immer. Ein Trick, den ihr eine befreundete Psychologin gezeigt hatte. Dann machte sie sich im Bad frisch, schnappte sich ihre Leinentasche, packte ihr Portemonnaie und ihr Handy ein und machte sich auf den Weg zum Feinkostladen. Rudi sah nur einmal kurz auf, als sie die Tür hinter sich schloss. Bis zum nächsten Spaziergang würde er selig vor sich hin schlummern.

Caro

Als Caro nach Hause kam, war es schon Viertel vor elf. Sie war müde, frustriert und schlecht gelaunt. Die Referendarin war ihr die gesamte Zeit gehörig auf den Keks gegangen. Wenn sie sich Micha schnappen wollte, von ihr aus. Aber was sollte dieses ganze arrogante Verhalten? Mussten junge Frauen sich auf diese Art und Weise beweisen? Caro dachte an die Zeit zurück, als sie selbst Anfang zwanzig gewesen war. Dieses ganze Gebalze und Aufbrezeln und diese Stutenbissigkeit, das war ihr eigentlich fremd. Natürlich flirtete man mit zwanzig anders als mit fast vierzig, offensiver und ohne Rücksicht auf Verluste. Michael war ein toller Kollege, und wahrscheinlich nervte Julia sie auch deswegen, weil sie in letzter Zeit durchaus andere als kollegiale Gefühle für ihn entdeckt hatte. Und Micha schien ebenfalls Interesse an ihr zu haben, so wie er sie manchmal anschaute. Es hatte für sie heute Abend auch so gewirkt, als sei ihm Julias Verhalten peinlich gewesen. Seufzend schloss Caro ihre Wohnungstür auf. Sie wollte nur noch in ihr Bett, um tief und fest zu schlafen.

„Hallo, Nachbarin, haben Sie noch Lust auf ein Glas Wein?", hörte sie hinter sich auf einmal Ben Paulsen sagen.

Überrascht drehte sie sich um. „Wie jetzt?", stotterte sie angesichts des im Schummerlicht ziemlich attraktiv wirkenden Nachbarn. „Also, ich meine, es ist schon sehr spät und ich wollte eigentlich ..."

„Ich will mich bei Ihnen für die Unannehmlichkeiten entschuldigen! In aller Form!"

Ben Paulsen trat so nah an sie heran, dass sie den Duft seines Eau de Toilette riechen konnte. Verflixt, er hatte einen guten Geschmack und war wirklich sehr anziehend! Warum sollte sie seiner Einladung eigentlich nicht folgen? Vernunft hin oder her, sie war erwachsen und konnte machen, worauf sie Lust hatte.

„Ich beiße auch nicht, versprochen!", sagte Ben mit Schalk in der Stimme und legte ihr eine Hand auf den Arm. „Der Wein ist ein besonders guter Jahrgang, Sie werden ihn mögen!"

Caro murmelte etwas, was sie selbst nicht verstand, und folgte dem neuen Nachbarn wie ferngesteuert in seine Wohnung. Wie albern, wegen so einer Einladung nervös zu sein!

„Sieht doch schon ganz gut aus bei Ihnen", stellte sie schließlich fest, nachdem er sie einmal durch alle Zimmer geführt hatte.

„Danke, ein bisschen was ist noch zu tun, aber ich hoffe, dass bald alles geschafft ist", antwortete er. „Wollen wir uns nicht duzen? Ich bin Ben."

Caro lächelte und reichte ihm die Hand. „Ich heiße Caro. Also eigentlich Caroline, aber so nennt mich kaum jemand."

Bens Hand war warm und fühlte sich angenehm an. Caro hielt sie eine Sekunde länger fest als nötig. Ihrem Nachbarn schien das nichts auszumachen. Kurz dachte sie, er habe sogar mit seinem Daumen über ihren Handrücken gestrichen. Verlegen ließ sie die Hand los und sah sich im Wohnzimmer um. Sein Einrichtungsstil gefiel ihr. Pur und gemütlich, aber auch typisch männlich. Dunkelbraunes, bequemes Sofa, wenig Deko, großer Flachbildschirm, ein Sideboard und ein hellgrauer Teppich.

„Schön hast du es hier!"

Ben nickte, goss zwei Gläser ein, reichte ihr eines und prostete ihr zu, wobei er ihr tief in die Augen schaute. „Na dann, liebe Caro, auf eine gute Nachbarschaft!"

Caro nahm einen Schluck von dem Rotwein, der tatsächlich exzellent schmeckte. „Mmm, der ist ja wirklich gut!", meinte sie und prostete Ben ebenfalls zu.

„Setz dich doch. Die Couch ist ganz neu", bot Ben ihr an. Zögerlich ließ Caro sich nieder. Ben setzte sich neben sie, und ihre Knie stießen aneinander, aber das war ihr alles andere als unangenehm. Ben gab sich sehr offen. Nach kurzem Smalltalk erzählte er ihr, dass er Single sei, als Orthopäde in einer Gemeinschaftspraxis arbeite und gerne verreise. Caro hätte nie von sich aus nach all diesen privaten Dingen gefragt, aber es fühlte sich alles ganz natürlich an. Schon nach kurzer Zeit entwickelte sich ein angeregtes Gespräch, und die Zeit verging wie im Flug. Als die Flasche Wein geleert war und Caro auf Bens Wanduhr sah, erschrak sie.

„Oje, jetzt haben wir uns verquatscht! Ich muss morgen früh raus. Danke für den Wein und die Wohnungsführung! Ich freue mich wirklich, dass du hier eingezogen bist", sagte sie mit strahlendem Blick und schwerer Zunge. Wein vertrug sie nicht so gut, aber das musste Ben ja nicht wissen. Er sprang auf und begleitete sie zur Tür.

„Ich hoffe, wir wiederholen das mal", meinte er augenzwinkernd. Beim Öffnen der Tür berührten sich ihre Körper, und Caro bekam erneut so ein Kribbeln im Bauch. Ben wandte sein Gesicht zu ihrem, und für eine Sekunde glaubte sie, er würde sie jetzt küssen. Aber es passierte nichts. Ein wenig enttäuscht wandte sie sich von ihm ab, trat in den Hausflur und kramte nach ihrem Schlüssel.

„Bis dann! Schlaf gut", gab er ihr noch mit auf den Weg, lächelte und schloss seine Tür, nachdem er noch einmal kurz gewinkt hatte. Caro legte ihre Stirn in Falten. Na prima, warum sahen alle Männer sie immer nur als gute Freundin und nicht als begehrenswerte Frau? Aber vielleicht machte sie sich auch zu viele Gedanken. Sie hatte ihren neuen Nachbarn besucht, es war ein netter Abend gewesen und damit basta. Morgen war ein neuer Tag, jetzt musste sie dringend schlafen. Hoffentlich ging es Verena auf Sylt wenigstens gut. Sie konnte es gar nicht abwarten, bis die Ferien begannen und sie zu ihrer Freundin auf die Insel reisen konnte.

Verena

Obwohl alle Kassen besetzt waren, war es bei Feinkost Meyer um diese Uhrzeit relativ leer.

Verena stellte ihre Einkäufe aus der Drogerie in den Einkaufswagen. Man merkte, dass die Hochsaison noch nicht in vollem Gange war. Vorne beim Bäcker erstand sie noch ein Baguette und ein Vollkornbrot, dann schob sie ihren Einkaufswagen Richtung Obst- und Gemüseabteilung. Am Anfang war es ihr noch schwergefallen, plötzlich alles alleine machen zu müssen. Jan und sie waren einmal in der Woche gemeinsam zum Einkaufen gefahren, nach so vielen gemeinsamen Jahren war das Wegfallen solcher Rituale eine gewaltige Umstellung gewesen. Überhaupt hatte sie der Gedanke geschmerzt, nie wieder gemeinsam mit Jan in Urlaub zu fahren, Essen zu gehen oder auch nur in ihrem Viertel mit dem Rad unterwegs zu sein. Ja, die ersten Tage nach seinem Auszug hatte sie sogar in einem seiner alten Shirts geschlafen. Aber sie merkte, dass die Abnabelung so langsam begonnen hatte, und mit dem räumlichen Abstand in einer anderen Umgebung ging es ihr zusehends besser. Außerdem kam nach dem Schmerz auch die Wut über seinen Vertrauensbruch, und es war vielleicht gar nicht schlecht,

sich selbst noch einmal ganz neu zu entdecken, statt im all-
täglichen Ehe-Einerlei unterzugehen. Jeder Abschied, jede
Veränderung war auch eine Chance. Und die wollte Verena
nutzen. Noch war das Leben schließlich nicht vorbei!

Entspannt ließ sie ihre Augen über das Obst wandern,
stellte ein Schälchen duftender roter Erdbeeren in ihren
Wagen und legte ein paar Elstar-Äpfel dazu. Dann
schnupperte sie prüfend an den Tomaten, nahm Feldsalat aus
dem Regal und legte noch eine Gurke in den Wagen. Endlich gesund zu essen, ohne Rücksicht nehmen zu müssen,
weil Jan das „Grünzeug" nicht mochte, war nur einer der
Vorteile des Singledaseins. Entschlossen griff sie noch zu
einer Kokosnuss, das absolute Hassobjekt ihres Noch-Ehemannes. Dabei liebte sie Kokosnüsse und deren Duft, ebenso wie sie Hähnchen mochte, auch etwas, was Jan nur mit
Abscheu zu sich genommen hatte. War ja klar, was sie an
der Fleischtheke bestellte! Dazu noch etwas magere Wurst
und leckeren Käse, damit würde sie ein paar Tage über die
Runden kommen. Milch, Joghurt und Frischkäse hatte sie
auch bereits in den Einkaufswagen gelegt. Außerdem würde
sie oft bei Gosch oder zusammen mit ihrer Tante essen, die
natürlich Vorräte im Haus hatte. Zufrieden bezahlte Verena
ihre Einkäufe an der Kasse, suchte im Zeitungsladen noch
zwei Zeitschriften und ein Buch für den Strandkorb aus und
machte sich zufrieden auf den Heimweg. Die Sonne strahlte
immer noch mit voller Kraft. Verena stellte ihre Einkaufstasche kurz ab, um ihre Sonnenbrille aufzusetzen. Inzwischen
besaß sie ein Modell mit Sehstärke, das war nur eine der
vielen Unannehmlichkeiten des zunehmenden Alters. Sie
brauchte nicht immer eine Brille, aber doch immer öfter. Vor
ein paar Jahren hatte sie noch scharf wie ein Adler gesehen.

Zu Anfang hatte sie sich sogar vor Jan geschämt, ihre Brille aufzusetzen, weil es ihr wie eine Schwäche vorkam, aber als sie erfahren hatte, dass seine junge Geliebte viel mehr Dioptrien hatte, als sie jemals bekommen würde, hatte sich auch das relativiert. Mit was für einem Blödsinn man sich manchmal selbst quälte! Verena wollte eben ihre Tasche wieder zur Hand nehmen, als ein ungestümer Golden-Retriever sie von rechts überholte und dabei in einem der Henkel hängen blieb. Prompt purzelte der gesamte Inhalt der Tasche auf den Gehweg. Der Hund winselte erschrocken, und auch Verena blieb vor Schreck fast das Herz stehen, als sie bemerkte, dass das Tier in Richtung des viel zu schnell fahrenden Porsches hüpfte, der auf der Hauptstraße unterwegs war. Sie schrie auf, der Hund verharrte zum Glück sofort, drehte um und kam dann auf sie zugelaufen. Erleichtert streichelte sie ihn und gab ihm zur Belohnung von den Leckerchen aus der Drogerie, die sie vom Boden aufsammelte.

„Pauli, was machst du denn?!", erklang hinter ihr eine verärgerte Männerstimme. Verena sah sich um und erkannte zu ihrer Überraschung den Verkäufer aus der „Möweninsel" am Strand.

„Ist das etwa Ihr Hund? Sie sollten ihn vielleicht an der Straße an die Leine nehmen. Das war gerade nicht ganz ungefährlich!", schimpfte sie aufgebracht.

„Ja, natürlich, Sie haben recht, so was macht er sonst nicht", begann der Crêpeverkäufer. „Entschuldigung!" Dann stutzte er. „Wir kennen uns doch, oder? Sie waren heute an der Bude unten am Risgap!"

„Ja, das stimmt. Ich heiße Verena." Sie reichte ihm die Hand.

„Hanno", antwortete er, nahm den Hund an die Leine

und sammelte die restlichen Dosen Hundefutter vom Gehweg auf. „So, bitte. Ich hoffe, es ist nichts kaputtgegangen."

„Nur die Packung mit den Hundekeksen. Aber da hat Ihr Pauli schon zugeschlagen", schmunzelte Verena.

Doch Hannos hellblaue Augen zeigten keinerlei Anzeichen eines Lächelns. „Wie gesagt, ich ersetze Ihnen gerne, was Pauli kaputtgemacht hat."

Hanno kam ihr ungewöhnlich ernst vor. „Das ist nicht nötig, vielen Dank." Sie streichelte Pauli. „Mein Hund heißt übrigens Rudi. Er ist auch manchmal ziemlich temperamentvoll. Deswegen nehme ich ihn an der Straße immer an die Leine. Wie alt ist Ihrer denn?", fragte sie interessiert.

„Pauli ist ein Mädchen, eigentlich heißt sie Pauline. Jetzt im Sommer wird sie vier." Hanno kraulte die Hündin hinter den Ohren. „Ich muss dann auch mal. Die Arbeit macht sich nicht von alleine."

„Ja, natürlich. Bestimmt sieht man sich mal wieder am Strand. Arbeiten Sie jeden Tag dort?"

Hannos Mundwinkel verzogen sich. Offensichtlich war er an Smalltalk nicht interessiert.

„Der Laden gehört mir", erklärte er kurz, dann gab er Pauli ein Zeichen und setzte ohne weitere Kommentare seinen Weg fort. Verena blieb kopfschüttelnd stehen. Wie unfreundlich! Aber der Hund war nett, dachte sie, während sie zurück zur Ferienwohnung marschierte. Rudi und die Hündin würden sich sicher gut verstehen!

Caro

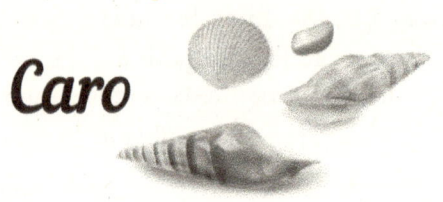

Die kurze Strecke Richtung Zoo fuhr Caroline in ihrem alten, aber heiß geliebten Beetle Cabrio mit offenem Verdeck. Rechts und links der Straße leuchteten Getreidefelder in der aufgehenden Sonne. Mit einem Kopftuch bestens geschützt vor dem kühlen Fahrtwind, sang sie gut gelaunt einen Song von Zucchero mit. „Senza una donna", den mochte sie besonders, weil er so gefühlvoll war. Dieser Ausflug würde sicher ein schöner Tag werden, eine Auszeit von der anstrengenden Phase kurz vor den Ferien. Endlich waren alle Formalitäten erledigt, die Zeugnisse geschrieben und der Unterricht für alle entspannt, weil sowohl Schüler als auch Lehrer mit den Gedanken bereits im Urlaub waren. Caro nahm einen tiefen Zug der sommerlich frischen Luft, lenkte ihr Auto durch eine kurvige Straße und näherte sich schließlich dem Parkplatz, auf dem der Bus mit den Schülern und ihren Kollegen gleich ankommen würde. Sie hatte angeboten, mit ihrem privaten Pkw zu fahren, weil sie damit die Verpflegung und die Getränke abgeholt und transportiert hatte. Im Zoo selbst war das Essen für die meisten Schüler viel zu teuer, und so hatten sie und Michael sich entschlossen, eben eigenhändig ein paar gesunde Snacks und Mineralwasser zu besorgen. Ben, ihren Nachbarn, hatte Caro die letzten Tage nur selten gesehen. Auch auf seiner Einweihungsparty hatte es keine weiteren Annäherungsversuche gegeben. Außer ein paar anderen Nachbarn aus dem Haus kannte sie niemanden der Gäste, was dazu geführt hatte, dass die Unterhaltungen nicht sonderlich ergiebig waren. Ben hatte sich zweimal zu ihr gestellt und auch ein paar Worte mit ihr gewechselt, aber es schien ihr, als ginge er ihr seit dem besagten Abend, an dem beide etwas zu viel Wein getrunken hatten, aus dem Weg. Das Knistern zwischen ihnen spürte Caro zwar noch, aber wahrscheinlich war Ben nicht wirklich an ihr interessiert. Dieser Gedanke hatte sie zuerst verletzt, aber da noch nicht viel gelaufen war, wollte sie sich in keinen Liebeskummer stürzen, der das Wort eigentlich nicht wert war. Zurzeit kam sie ganz gut mit sich alleine klar. Bald würde sie zu Verena nach Sylt reisen. Wenigstens ging es ihrer Freundin anscheinend schon viel besser als noch vor ein paar Wochen, und das war wunderbar, denn sie hatte wirklich viel durchgemacht. Verena half ihrer Tante mit der Betreuung der Ferienwohnungen und schien damit eine gute Ablenkung gefunden zu haben. Caro parkte ihren Wagen auf einem der freien Parkplätze nahe dem Eingang. Sie beobachtete eine junge Familie mit zwei kleinen Kindern, eines davon noch im Kinderwagen, die auch auf den Eingang zusteuerte. Das ältere der beiden Kinder, ein etwa zweijähriger Junge mit kurzen Hosen und Sonnenkappe, tobte laut lachend über den Platz, spielerisch verfolgt von seinem Vater. Caro fühlte angesichts der Kinder einen Stich im Herzen. War es für sie bereits zu spät für eine Familie? Warum hatten manche Menschen Glück und fanden sich so früh? War es Schicksal, nicht den Richtigen zu treffen? Doch bevor sie noch weiter darüber nachdenken konnte, bog auch schon der Bus um die Ecke. Ihre Schüler winkten ihr begeistert zu, als sie sie erkannten, und auch Michael lächelte sie fröhlich an. Caros Laune besserte sich sofort, doch als sich die Bustür öffnete und Julia mit überheblichem Gesicht ausstieg, stieß sie einen innerlichen Seufzer aus. Herrje, hatte Michael sich doch überreden lassen, die Referendarin mitzunehmen. Dabei hätte es so ein schöner Tag werden können! Entschlossen ging Caro auf ihre Kollegen zu und schenkte Julia nur ein kurzes Kopfnicken. Gut, dass Anne aus der Nebenklasse als Begleitung mit dabei war. Dann würde sie sich eben mit ihr unterhalten! Schnell waren Obst, Joghurt und Vollkornbrötchen sowie die Wasserflaschen verteilt. Dazu gab es für jeden Schüler einen Schokoriegel. Alle waren angesichts des Ausflugs und des schönen Wetters freudig erregt, redeten hektisch durcheinander und verstauten ihren Proviant in den Rucksäcken. Dann ging es los in den Zoo. Michael hatte Caro zur Begrüßung herzlich umarmt, als hätte er sie tagelang nicht gesehen, was Julia mit versteinerter Miene zur Kenntnis nahm und einige Schüler zu blöden Kommentaren veranlasste.

„Hey, guckt mal da, der Herr Petersen und die Frau Sanders! Wie ein Liebespaar! Die knutschen bestimmt gleich!"

Albernes Gegacker folgte auf diese Bemerkung, was Caro betreten ignorierte. Micha warf ihr einen undefinierbaren Blick zu, ging aber ebenfalls nicht weiter auf die Kindereien der Schüler ein. „Los, Bewegung, schlaft nicht ein! Wir haben um halb elf eine Führung durch das Tropen-Aquarium, um an unsere Unterrichtsergebnisse anzuknüpfen. Das wird sicher interessant!"

Unter dem halbwegs zustimmenden Gemurmel der Schüler, die inzwischen nur Augen für die ersten interessanten Tiere hatten, näherte sich Micha Caro noch einmal unauffällig und flüsterte ihr ins Ohr: „Du siehst toll aus heute! Ich würde nachher gerne mal in Ruhe mit dir reden. Was die Schüler da vorhin gesagt haben, da ist vielleicht …"

„Michael, kannst du mir bitte mal helfen, ich kriege meinen Reißverschluss am Rucksack nicht zu", unterbrach Julia weinerlich und ziemlich unwirsch Michas Satz. Der Kollege warf Caro einen entschuldigenden und missmutigen Blick zu, dann drehte er seinen dunklen Lockenkopf Richtung Referendarin, um ihr zur Hand zu gehen. Er bemerkte nicht Julias triumphierenden Blick und das siegreiche Lächeln auf ihrem Gesicht, aber Caro war das nicht entgangen. Sie gesellte sich resigniert zu der Schülergruppe um ihre Kollegin Anne und grübelte noch eine ganze Weile, was Micha ihr wohl hatte sagen wollen.

Verena

Die Tage vergingen wie im Flug. Verena hatte so viel zu tun, dass sie nicht mehr ununterbrochen an das Scheitern ihrer Ehe dachte. Tante Marlene hatte ihr die Verantwortung für die Buchungen der Ferienwohnungen übertragen, außerdem musste in zwei Appartements nach der Renovierung noch einiges Mobiliar erneuert werden. Marlene meinte, dass Verenas Geschmack wahrscheinlich eher den der Urlauber treffen würde, also suchte sie online und in den Einrichtungsgeschäften der Insel nach schicken Möbeln und Accessoires, die modern und zugleich behaglich wirkten.

Ganz früh am Morgen unternahm Verena lange Strandspaziergänge mit Rudi. Sie liebte es, in der Zeit, wenn die meisten Urlauber noch schliefen, am Meer, das tiefblau bis zum Horizont schimmerte, entlangzulaufen und die Füße im Sand zu vergraben, wenn sie in den Dünen eine Verschnaufpause machte. Dann schaute sie den Bewegungen der Wellen zu, sah die weiße Gischt und genoss den Sonnenaufgang über dem Meer. Plötzlich sah sie das Leben mit völlig neuen Augen. Sie hatte noch nie so viel Zeit für sich selbst gehabt. In diesen stillen Minuten dachte sie dann doch manchmal über ihr vorangegangenes Leben nach. Wie konnte man sich so darin irren, was der Mensch, mit dem man zusammenlebte, wirklich dachte und fühlte? Noch immer war ihr nicht klar, wieso sie nicht gemerkt hatte, wie ihre Ehe den Bach runterging. Es war nicht alles perfekt gewesen, aber wo war es das schon? Ein lautes Gebell unterbrach ihre Gedanken. Verena sah auf und entdeckte Hanno mit Pauline. Sie hatte den Imbissbudenbesitzer seit dem letzten Treffen vor dem Supermarkt nicht mehr gesehen, obwohl sie sich schon zweimal wieder einen Crêpe an seiner Bude geholt hatte.

„Hallo, Hanno, na, Ihr Hund hat aber gute Laune", sprach Verena ihn freundlich an und ging auf die beiden zu. Rudi hüpfte begeistert um die Hündin herum, die einen großen Stock im Maul trug. Hanno sah Verena mürrisch an.

„Da ist sie aber auch die Einzige", meinte er unwirsch, doch dann besann er sich, setzte ein Lächeln auf und reichte Verena die Hand.

„Guten Morgen, entschuldigen Sie meinen Ton, ich bin um diese Uhrzeit noch nicht zu genießen."

„Macht nichts, ich bin eigentlich auch kein Morgenmensch", entgegnete Verena. „Aber in dieser herrlichen Umgebung ...", sie deutete auf das Meer und den Strand, „da muss es einem einfach gut gehen."

Hanno nickte zustimmend, seine Miene blieb aber ernst.

„Ich habe Sie lange nicht unten an Ihrem kleinen Strandrestaurant gesehen", sagte Verena vorsichtig. „Waren Sie krank?" Als Hanno sie daraufhin aus seinen eisblauen Augen nachdenklich ansah, bereute sie ihre Frage sofort. Was gingen sie schließlich seine privaten Probleme an?

„Mhm, ja ...", begann er zögernd, und sie merkte, dass er nicht so recht mit der Sprache herauswollte. „Ich war ein paar Tage in Hamburg", verriet er dann doch, während

Verena überlegte, welches andere, unverfängliche Thema sie ansprechen konnte. Sie wartete noch kurz, aber es folgte keine weitere Erklärung. Rudi und Pauline, die hübsche Golden-Retriever-Hündin, tollten währenddessen zusammen am Strand entlang. Gemeinsam zerrten sie an dem großen Stock, dann ließen sie ihn fallen und jagten die Wellen, die die Brandung immer wieder an den Strand trieb.

„Wollen wir ein Stück zusammen gehen?", hörte sie Hanno jetzt etwas hölzern fragen.

„Ja, gerne! Ich muss wieder zurück zur Haupttreppe nach Wenningstedt. Vielleicht können wir in die Richtung laufen. Ich wohne in der Ferienanlage meiner Tante, da gibt es heute einen Urlauberwechsel. Wir reinigen zusammen die Appartements, und das neue Bett und die Couch kommen heute auch. Da gibt es viel zu tun!"

Verena strahlte. Da musste selbst der eher unterkühlt wirkende Hanno lachen.

„Das macht Ihnen wohl einen Riesenspaß? Sind Sie Innenarchitektin?"

Verena schüttelte den Kopf. „Nein, Literatur und Bücher sind eigentlich mein Metier. Aber ich habe entdeckt, dass mich das Einrichten von Wohnungen wirklich fasziniert."

„Und Ihr Mann? Ist der mit hier auf Sylt?", fragte Hanno zurückhaltend. Sie trug immer noch ihren Ehering.

„Mein Mann? Nein, aber das ist eine andere Geschichte." Sie zögerte einen Moment. „Er hat mich verlassen. Wegen seiner blutjungen Praktikantin. Er hat schon länger ein Doppelleben geführt und ich habe es nicht gemerkt." So, jetzt war es raus. War doch egal, was dieser Hanno darüber dachte.

Ein paar Sekunden schwiegen die beiden, während sie ihren Hunden folgten. Dann sagte Hanno: „Das tut mir leid. Ich kann kaum glauben, wie viele Männer meines Alters nach langjähriger Ehe in eine Midlife-Crisis verfallen und einen gehörigen Blödsinn anrichten."

Verena musterte ihn nachdenklich. „Und Ihnen könnte das nicht passieren? Sind Sie verheiratet?"

Hanno wurde blass, und Verena fühlte sich schon wieder unwohl wegen ihrer forschen Fragerei.

„Ich war verheiratet", sagte er leise, während sein Gesicht sich vor Kummer verzog. „Meine Frau ist vor zwei Jahren gestorben. Ein Unfall."

Jetzt war es an Verena, eine Weile zu schweigen. Es waren nur noch etwa zweihundert Meter bis zur Haupttreppe. Sie kannte diesen Mann kaum, und doch hatten sie sich ihre schmerzhaftesten Schicksalsschläge erzählt. Verena blieb stehen.

„Das tut mir sehr leid. Das Schicksal meint es nicht immer gut mit einem. Doch ich glaube, dass es das Leben wert ist, immer weiterzumachen. Es gibt so viel Schönes auf der Welt. Irgendwann wird auch der größte Kummer kleiner. Und geliebte Menschen bleiben doch immer in unseren Herzen!"

Sie drückte verlegen Hannos Hand, der sie dankbar anschaute.

„Jetzt muss ich leider. Meine Tante wartet sicher schon. Vielleicht treffen wir uns ja mal wieder mit den Hunden. Oder an der Strandbude."

Hanno nickte. Verena wäre in diesem Moment am liebsten hier am Strand geblieben, bei ihm. Wie konnte es sein, dass sie sich in seiner Nähe so wohlfühlte? Eigentlich hatte sie den Männern doch abgeschworen. Aber wahrscheinlich tat es ihr einfach nur gut, mal mit jemandem zu reden. Sie rief Rudi zu sich und nahm ihn an die Leine. Die Sonne entwickelte schon eine enorme Kraft, in ein paar Tagen begannen die Ferien, dann würde hier am Strand kein Platz mehr frei bleiben. Tante Marlene hatte für ihre Gäste zwei Dauerstrandkörbe gemietet, in denen sich Verena auch ab und zu sonnte. Damit würde es zu Beginn der Hochsaison vorbei sein. Sie winkte Hanno kurz zu, dann verschwand sie Richtung Strandausgang.

Caro

Himmel, sie hatte sich so auf den Ausflug gefreut, und jetzt vermasselte Julia allen den schönen Tag. Ständig jammerte sie rum, mal war es die Hitze, dann der Geruch der Orang-Utans, und zum guten Schluss wurde sie auch noch von einer Wespe gestochen. Micha war ständig darum bemüht, sich um seine Referendarin zu kümmern, aber wirklich Spaß zu machen schien ihm das nicht. Ganz im Gegenteil, Caro sah ihn mehrere Male mit den Augen rollen. Wenigstens hatten die Schüler einen tollen Tag, obwohl Lennart, ein schmächtiger Vierzehnjähriger, der wie alle Jungs die hübsche Referendarin eigentlich mochte, irgendwann genervt zu einem Mitschüler gesagt hatte: „Also so richtig alltagstauglich ist unsere Referendarin aber nicht! Die stellt sich vielleicht an!" Selbst die Mädchen hatten dazu hinter vorgehaltener Hand gekichert. Micha hatte ein paar Mal Caros Nähe gesucht und immer wieder kryptische Andeutungen gemacht, war aber wegen Julias zahlreicher Beschwerden nicht auf den Punkt gekommen. Offensichtlich wollte er sie um ein privates Treffen bitten, so viel hatte Caro herausgehört. In der letzten Zeit verstanden sie sich ausnehmend gut, aber mehr als eine kollegiale Freundschaft hatte nie bestanden, auch wenn Caro zugeben musste, dass sie seit einigen Wochen öfter daran dachte, wie es wohl wäre, ihn zu küssen. Sie schob diese Anwandlungen jedoch auf ihre laut tickende biologische Uhr. Oder waren da doch mehr Gefühle? Ein Date mit ihrem Kollegen, konnte das gut gehen? Und da war immer noch ihr neuer Nachbar, Ben Paulsen, bei dessen Anblick sie jedes Mal so ein Kribbeln im Bauch verspürte. Er war ganz anders als Micha, selbstbewusst, erfolgreich, stylisch … Micha war halt ein typischer Lehrer. Locker, leger angezogen, sozial engagiert … Caro fasste einen Plan. Sie würde einfach vor ihrem Urlaub zwei Dates organisieren. Eins mit Micha und eins mit Ben, damit sie sich endlich über ihre Gefühle im Klaren war. Hoffentlich klappte das so, wie sie es sich vorstellte.

„Hey, Caro, träumst du?!", stupste Anne ihre Kollegin an. „Hilf mal den Kids, ihre Plätze im Bus wieder einzunehmen. Da drin herrscht das große Chaos!" Anne wies auf das Durcheinander hinter der Scheibe. „Die Hitze hat ihnen wohl zugesetzt. Alle sind etwas gereizt."

Seufzend stieg Caro in den Bus, während Micha und Anne die Rucksäcke in den Gepäckfächern verstauten und Abfälle einsammelten. Julia stand wehleidig mit geschwollener Hand daneben. Es war fünf Uhr nachmittags, der Himmel war wolkenklar und tiefblau. „Hey, Leute, jetzt setzt sich jeder mal auf seinen Platz!", rief Caro in den Raum. Als niemand so richtig hörte, klatschte sie zweimal laut in die Hände. Endlich hatte sie die Aufmerksamkeit ihrer Schüler. „Es war ein schöner Tag heute, da wollen wir doch am Ende keinen Stress. Denkt dran, in ein paar Tagen seid ihr schon in den Ferien. Also, bitte alle hinsetzen!"

Ihr kleiner Appell hatte zu ihrer eigenen Überraschung

sofort Erfolg, und so ließen sich die Jugendlichen müde und friedlich auf ihren Plätzen nieder.

„Na also, geht doch!", murmelte Caro und stieg wieder aus. Sie ging auf ihre Kollegen zu.

„Ich verabschiede mich dann auch mal. Schließlich muss ich mit meinem Auto zurückfahren. Sind alle leeren Wasserflaschen wieder im Kasten?", fragte sie Micha.

„Klar, alles paletti." Er trat ein Stück näher an sie heran. Caro konnte wieder sein neues Aftershave riechen. Ihr Herz schlug ein paar Takte schneller. „Du, sag mal, was ich dich schon die ganze Zeit fragen wollte … Hättest du heute Abend Zeit?" Er wirkte verlegen, seine tiefbraunen Augen blickten scheu zu Boden.

„Wolltest du noch was wegen der Schule besprechen?", fragte Caro mit Unschuldsmiene und stellte sich dumm, obwohl sie ahnte, worauf er hinauswollte. Sie zwirbelte nervös an ihrer Kette.

„Ach, Caro, du weißt genau, dass ich das nicht meine", antwortete Micha.

„Also ich dachte, du und Julia …"

Micha stöhnte auf. „Ich interessiere mich nicht für Julia. Sie sich vielleicht für mich, aber darauf bin ich nie eingegangen. Ich wollte nur nett sein …"

Nett sein, ja, das konnte er, dachte Caro. „Wenn das so ist, also gut, heute Abend um acht bei mir. Ich koche uns was, okay?"

Micha strahlte. „Super, ich freue mich. Bis dann!"

„Ja, und jetzt geh lieber, die anderen gucken schon", wandte Caro ein. Besonders Julia beobachtete mit eisiger Miene ihr Gespräch. Wer wusste schon, was sie noch alles plante, um Micha für sich zu gewinnen. Caro setzte sich beschwingt in ihr altes Cabrio. Auf der gesamten Rückfahrt liefen Songs aus den 80ern. Bei „Girls Just Want To Have Fun" von Cyndi Lauper hielt es sie fast nicht mehr auf dem Sitz. Ein entgegenkommender Opelfahrer grinste, als er sie laut singen hörte. Caro schmetterte das Lied lauter als das Radio, und sie entschloss sich, endlich auch mehr „Fun" in ihr Leben zu bringen!

Verena

Die Möbelpacker leisteten tolle Arbeit, ganz im Gegensatz zu dem, was Verenas Tante erwartet hatte. „Moin, junge Frau. Wo soll das neue Bett denn hin?", fragte der ältere von beiden Marlene mit einem Grinsen auf dem Gesicht. Verenas Tante wurde kurz rot, hatte sich aber schnell wieder im Griff und dirigierte die beiden Männer in die richtige Ferienwohnung. Die Bäder, Wände und Böden sowie die Küche waren schon im Winter renoviert worden. Dank Verenas Hilfe ergab die gesamte Einrichtung nun ein stimmiges Bild, modern, anspruchsvoll, aber nicht zu gehoben, denn die Stammgäste schätzten auch die moderaten Preise der Ferienunterkünfte.

„Das hast du wirklich gut gemacht, mein Kind!", lobte Tante Marlene ihre Nichte, nachdem alle Möbel endlich am richtigen Ort standen. „Du solltest so etwas professionell betreiben, du hast ein Händchen für Inneneinrichtungen. Hier auf der Insel gäbe es bestimmt einiges für dich zu tun. Ich habe da eine Freundin, die vermietet in Tinnum ein paar Ferienwohnungen. Was hältst du davon, wenn ich sie frage, ob du ihr auch bei der Renovierung helfen kannst? Es macht dir doch Spaß, und ein bisschen Geld verdienen ist auch nicht schlecht. Schließlich willst du doch unabhängig werden. Damit rechnet dein Noch-Ehemann bestimmt nicht."

Verena wiegte unentschlossen den Kopf hin und her. „Ich weiß nicht, ob ich mir wirklich zutraue, auch fremde Leute zu beraten. Ich bin nun mal keine Innenarchitektin."

„Papperlapapp", meinte Tante Marlene. „Du hast einen guten Geschmack und eine natürliche Begabung für den Job. Versuch es doch einfach!"

„Reizen würde es mich schon. Weißt du was? Ruf deine Freundin einfach an. Ich schaue mir die Wohnungen mal an!"

Tante Marlene drückte ihre Nichte liebevoll.

„Toll, und jetzt gönnen wir uns eine Tasse Tee und ein Stück Kuchen. Ich habe extra Käsekuchen gebacken."

„Du willst mich doch nur mästen", lachte Verena. Als sie auf Sylt angekommen war, war sie ganz dünn vor lauter Kummer gewesen, aber inzwischen hatte sie schon wieder anderthalb Kilo zugenommen.

„Apropos Ex-Ehemann …", fing Tante Marlene nun wieder an, während sie rüber zu ihrer Wohnung gingen. Rudi war noch müde vom morgendlichen Spaziergang und trottete gemächlich hinter den beiden Frauen her. „Habt ihr schon mal darüber gesprochen, ob ihr euch scheiden lasst? Und wer das Haus behält, wie alles aufgeteilt wird eben? Hast du schon einen Anwalt?"

Sie sah Verena fragend an.

„Also weißt du, darüber habe ich mir noch keine Gedanken gemacht. Seit ich hier bin, versuche ich das Ganze ein bisschen zu vergessen. Ich denke da auch an Jonas und Marie. Für die beiden ist das auch nicht leicht, auch wenn sie schon erwachsen sind. Ich hätte es am liebsten, wenn alles friedlich und freundschaftlich abläuft. Aber ob Jan und ich das so hinkriegen ..."

Sie nahm auf Marlenes Terrasse Platz, während die Tante aus der Küche eine Teekanne und eine Kuchenplatte holte.

„Jetzt setz du dich mal, ich schenk uns gleich den Tee ein", ordnete Marlene an, nachdem sie alles auf den Tisch gestellt hatte. Der Käsekuchen sah aus wie vom Konditor. Verena lief das Wasser im Mund zusammen.

„Jan ist sehr aggressiv, wenn wir miteinander reden. Voller Selbstmitleid, egoistisch. Erst letztens haben wir uns wegen Geld gestritten. Er meint, alles gehört ihm, und er braucht jetzt Kapital für seine neue Familie. Stell dir vor, er hat sogar mal zu mir gesagt, wenn ich einen Mann wollte, der keinen Sex mit anderen hat, dann sollte ich mir einen suchen, der mit fünfzig immer noch bei seiner Mutter wohnt. Kannst du dir das vorstellen? Ich glaube, ich habe ihn gar nicht richtig gekannt."

Verena konnte nicht verhindern, dass Tränen in ihren Augen aufstiegen. Es waren so viele Dinge passiert, mit denen sie nie im Leben gerechnet hätte. Und sie wusste auch, dass sie Jan all diese schmerzhaften und erniedrigenden Aussagen kaum verzeihen konnte. Allein der Satz, dass Männer sich nur für Frauen unter fünfundzwanzig interessieren würden und Vierzigjährige viel zu alt seien, war ihr mehr als unter die Haut gegangen. War es denn nicht so, dass man auch glücklich gemeinsam alt werden konnte, sich unterstützte und die Fehler des anderen und seine körperlichen Alterungsprozesse liebevoll annahm? Jan sah auch nicht mehr aus wie fünfunddreißig. Ganz im Gegenteil. Aber manche jungen Frauen wurden eben vom Status, der Erfahrung und der Großzügigkeit älterer Männer angezogen.

69

Eigentlich konnten ihr Jan und seine blutjunge Geliebte nur leidtun. Kaum hatte sie den Tee probiert und die erste Gabel Kuchen in den Mund gesteckt, klingelte ihr Handy. Es war Jonas, ihr Sohn.

„Jonas, mein Schatz, wie geht es dir?", sagte sie erfreut in den Hörer.

„Mama, sag mal, was machst du denn für einen Scheiß? Papa meint, du hast ihm einfach so Geld weggenommen? Drehst du jetzt völlig durch? Das kannst du doch nicht machen!"

Verena musste schlucken. Wieder war Jonas auf Jans Seite. Warum wiegelte Jan ihn so gegen sie auf? Jan betrog und verließ sie, und sie war die Böse?

„Jonas, hör mal, ich habe ihm nichts weggenommen. Das Geld gehört uns beiden, und ich muss schließlich auch von irgendwas leben. Außerdem gefällt mir dein Ton nicht! Ich habe deinen Vater schließlich nicht verlassen!"

Tante Marlene schaute ihr besorgt zu, während sie einen Schluck Tee trank.

„Ja, Mama, komm, ist gut, du hast sicher auch Schuld an der ganzen Sache. Hättest du dich mehr um Papa ge-kümmert ..."

Verena glaubte, nicht richtig zu hören. Sie wusste, dass Jonas an seinem Vater hing, aber sie hier zum Sündenbock zu machen, konnte ja wohl nicht angehen. Sie war jetzt richtig wütend.

„Ich will dir mal was sagen, mein Sohn. Ich glaube kaum, dass du unsere Ehe beurteilen kannst, und ich frage mich, wie du dir anmaßen kannst, so mit mir zu reden. Ich will mich nicht mit dir streiten, aber ich hätte ein wenig Mitgefühl von dir erwartet. Ich habe immer alles für euch getan, jetzt stehe ich alleine da und muss mein Leben neu ordnen. Ich glaube nicht, dass du weißt, wie es ist, wenn man nach zwanzig Jahren Ehe plötzlich für ein Mädchen verlassen wird, das eure Schwester sein könnte!"

Die letzten Worte hatte sie schluchzend herausgepoltert und dann aufgelegt. Marlene setzte sich neben Verena und legte einen Arm um ihre Schultern, die unter ihrem Weinen bebten.

„Er meint es nicht so, glaub mir. Wahrscheinlich weiß er nicht, wie er mit dem Ganzen umgehen soll. Er will eben seinen Vater nicht verlieren."

„Ach, es tut einfach so weh, von allen nur runtergeputzt zu werden. Und Marie sagt gar nicht viel, da weiß ich überhaupt nicht, was sie denkt."

Verena putzte sich die Nase und versuchte, sich zu beruhigen.

„Jetzt iss mal dein Stück Kuchen, mein Kind! Schau dir den blauen Himmel und die Sonne an! Das Leben ist so schön, und Jan hat dich gar nicht verdient! Glaub mir, es ist besser, wenn ihr euch scheiden lasst. Dann gibt es wenigstens klare Verhältnisse, du kommst zur Ruhe und kannst neu anfangen. Und mit deinen Kindern musst du Geduld haben. Sie lieben euch doch beide. Und du kannst natürlich so lange hierbleiben, wie du willst!"

„Aber es ist Hochsaison, und wenn ich in der Ferienwohnung bleibe, verdienst du nichts daran", gab Verena zu bedenken.

„Papperlapapp! Ich brauche das Geld nicht, das geht schon in Ordnung. Mach dir eine schöne Zeit, wenn deine Freundin kommt. Ihr könnt den ganzen Sommer hier verbringen. Bin ich wenigstens auch nicht so alleine."

Verenas Herz ging auf bei den Worten ihrer Tante.
„Danke! Dafür helfe ich dir, wo ich kann. Du bist die Beste!"

Caro

Heute hatte sie also wirklich das erste Date mit ihrem Kollegen! Caro schleppte die Einkaufstüte vom Bio-Supermarkt nachdenklich die Treppe hinauf. Im ersten Moment hatte sie alles aufregend und spannend gefunden, aber so langsam bekam sie Angst vor ihrer eigenen Courage. Sie kannte Michael nun schon eine ganze Weile, sie hatten miteinander gearbeitet und waren im Laufe der Zeit gute Freunde geworden. Seit es die junge Referendarin gab, war Caro klargeworden, dass sie vielleicht doch mehr für ihn empfand. Und Micha ging es anscheinend ebenso. Aber was wäre, wenn das Date schiefging und sie sich danach in der Schule nicht mehr in die Augen sehen konnten? Dann wäre ihre Freundschaft für immer beeinträchtigt, so viel war klar. Nur, ohne Risiken war das Leben doch ziemlich langweilig. Caro stieß einen tiefen Seufzer aus, stellte die Einkaufstasche auf ihre Fußmatte und kramte den Wohnungsschlüssel aus ihrer Umhängetasche hervor. Just in dem Moment öffnete sich die Wohnungstür ihres neuen Nachbarn. Ben Paulsen trat aus seinen vier Wänden, bekleidet mit Sportsachen. Caro musterte ihn verstohlen. Seine Figur war wirklich ansehnlich, das musste man ihm lassen. Er war schlank, hatte ein breites Kreuz und trainierte Beine. Caros Herz pochte schneller.

„Hey, Caro, zu dir wollte ich gerade. Hast du nicht Lust, eine Runde mit mir durch den Park zu joggen? Jetzt ist es nicht mehr so heiß. Hinterher könnten wir auf einen Absacker in Henry's Bar gehen?"

Er sah sie fragend an, und Caro wurde auf einmal ganz schwindlig. Tagelange Funkstille, und jetzt zwei Verabredungen auf einmal an einem Abend? Das war zu viel des Guten.

„Ja, ähm, nein, also …", stotterte sie verwirrt. Was sollte sie jetzt sagen? Am besten die Wahrheit, flüsterte ihre innere Stimme. Schließlich hatte Ben sich bisher nicht wirklich für sie interessiert. „Ich habe heute schon eine Verabredung, ein andermal gerne!"

Bens Miene verriet seine Enttäuschung. Er sah Caro prüfend in die Augen, was bei ihr wieder Herzflattern auslöste, doch dann nickte er verstehend. „Okay, dann wünsche ich dir viel Spaß! Sag einfach Bescheid, wenn du mal Lust auf Sport hast."

Caro atmete erleichtert auf. Gerade wollte sie ihm antworten, als Ben plötzlich mit erhobener Hand auf sie zutrat. Caro zuckte erschreckt zusammen. Ben lächelte, entfernte einen Käfer aus ihrem Haar und hielt ihn ihr unter die Nase. „Der muss sich verirrt haben. Keine Sorge, ich wollte dich nicht überfallen!"

Caros Gesicht verfärbte sich puterrot. „Schon klar. Ich bin nur etwas gestresst im Moment", log sie mit einem verzerrten Grinsen. „Ich muss dann auch mal. Vielleicht komme ich morgen oder übermorgen mit zum Joggen!"

Ben nickte ihr zu und verschwand auf der Treppe. Puh,

wieso brachte der Typ sie immer so aus der Fassung? Wahrscheinlich, weil er ein Womenizer war und als potenzieller Ehemann sowieso nicht geeignet. Aber sie hatte vor, auch mit ihm eine ernsthafte Verabredung zu treffen, um sich über ihre Gefühle den beiden Männern gegenüber klar zu werden. Heute würde sie schauen, wohin das mit Micha führte.

Mikesch strich schnurrend um ihre Beine, während sie die Lebensmittel in der Küche auspackte. „Na, mein Kleiner, ich weiß, dass der Lachs dich interessiert. Aber der ist heute nicht für dich. Ich bekomme Besuch und ich hoffe, du verhältst dich korrekt gegenüber meinem Kollegen! Ich weiß ja, dass du manchmal etwas verrückt sein kannst."

Schmunzelnd kraulte sie den Kater hinter dem Ohr. Wen er nicht mochte, dem gab er schon mal einen ordentlichen Schlag mit seiner Tatze. Allerdings mit eingezogenen Krallen. Wem seine Zuneigung galt, dem war auch meistens zu trauen. Mikesch hatte ein gutes Gespür für den Charakter eines Menschen.

Caro legte sich die Zutaten für ihr Menü in der Küche zurecht. Sie würde mit frischem Lachs und Spinat gefüllte Ravioli zubereiten, dazu Rucola-Tomaten-Salat und als Nachtisch eine Zitronencreme. Caro sah auf die Uhr. Sie hatte noch eine Stunde Zeit, um ein bisschen aufzuräumen, kurz zu duschen, sich umzuziehen, Mikesch zu füttern und das Essen vorzubereiten. Ein bisschen Musik würde helfen, ihre Laune zu steigern. Kurze Zeit später lief die CD von Ed Sheeran in ihrer Anlage. Caro deckte frohen Mutes den Tisch im Wohnzimmer. Die Luft war noch so lau, dass sie sich später mit Micha auf ein Glas Wein auf den Balkon setzen könnte. Die Aufregung war ein wenig verflogen, und sie freute sich ehrlich auf den Abend mit ihm. Eigentlich wusste sie gar nicht viel über sein Privatleben, überlegte sie, während sie die Gabeln auf den Servietten platzierte. Zumindest nichts über seine Beziehungen zu Frauen. Vor gut einem Jahr gab es da mal jemanden, aber er hatte sich immer sehr bedeckt gehalten, was das Thema anging. Aber vielleicht würde sie ja heute mehr von ihm erfahren. Sie tanzte ein paar Schritte zu „*I Don't Care*" und bewegte sich Richtung Küche, um den Nudelteig vorzubereiten. Dank ihrer elektrischen Nudelmaschine ging das ruck, zuck, der Teig würde trocknen können, während sie unter die Dusche hüpfte. Eine Viertelstunde später stand sie in ihrem neuen blauen Sommerkleid vor dem Spiegel im Bad und tuschte sich die Wimpern. Zu viel Make-up mochte sie nicht, aber ein bisschen Lippenstift und Mascara konnten nicht schaden. Ein Blick auf die Uhr verriet ihr, dass es Zeit war, das Essen vorzubereiten. Also Schürze über, klein geschnittenen Lachs, gedünsteten Spinat, etwas Ricotta und Gewürze miteinander vermischen, die Nudeln nach Anweisung füllen und beiseitelegen. Die würden gleich nur kurz in kochendem Wasser gegart. Jetzt noch Rucola-Tomaten-Salat anrichten und die Zitronencreme zusammenrühren. Caro gab noch einen Löffel Sahne unter die Quark-Mascarpone-Masse, dann war sie zufrieden. Kochen war eine ihrer Leidenschaften, damit konnte sie immer auftrumpfen, wenn Besuch kam. Und Michas Essgewohnheiten kannte sie ganz gut. Die italienische Küche mochte er genauso gern wie sie. Sie war gespannt, wie sich der Abend entwickeln würde. War sie wirklich in Micha verliebt?

Verena

Dieser Abend war der Tiefpunkt ihres bisherigen Urlaubs. Von Hanno hatte sie nichts gehört, er war nicht am Strand und auch nicht in seiner Bude gewesen. Dann lief da noch dieses Lied im Radio, das sie früher immer auf Urlaubsfahrten gemeinsam mit Jan und den Kindern gehört hatte … Verena schluchzte laut auf. Warum tat es so verflucht weh, dieses alte Leben hinter sich zu lassen? Wie konnte Jan sie nur so hintergehen und dann auch noch so schreckliche Dinge zu ihr sagen? Rudi kuschelte sich auf der Couch ein Stück näher an sie heran und legte eine Pfote auf ihr Knie. Dankbar strich Verena mit der Hand über seinen weichen Kopf. „Ach, Rudi, du bist der Einzige, der zu mir hält und mich versteht!", flüsterte Verena mit belegter Stimme. Rudis treue Hundeaugen schienen für einen Moment Mitgefühl auszudrücken. Er leckte Verenas Handrücken, dann sank sein Kopf schläfrig auf seine Vorderpfoten. Voller Liebe betrachtete Verena ihren Hund. Niemals würde sie ihn eintauschen oder gar weggeben wollen. Natürlich war es manchmal hart, man hatte Verantwortung für das Tier, musste bei Wind und Wetter raus, und wenn er sich danebenbenahm, was durchaus mal vorkam, zum Beispiel, wenn er Essen vom Tisch klaute, andere Hunde anbellte oder früh um sechs schon winselte, weil er spazieren gehen wollte, dann rollte sie genervt mit den Augen und wünschte ihn das eine oder andere Mal zum Mond. Aber die guten Seiten überwogen eindeutig. Verena nahm sich ein Taschentuch und wischte sich die letzten Tränen aus den Augen. Am schlimmsten war es gewesen zu hören, dass Jans junge Geliebte ein Kind von ihm erwartete. Jan hatte nie mehr als zwei Kinder gewollt. Das war ihm zu anstrengend, hatte er immer gesagt. Und jetzt fing er mit einer anderen noch mal neu an. Verena merkte, wie der Kloß in ihrem Hals sich wieder zuzuschnüren begann. Doch irgendetwas in ihr weigerte sich, wieder zu heulen. Schluss jetzt, schalt sie sich. Es ist nicht zu ändern, und ich muss es annehmen, so wie es ist. Ich will ab jetzt stark sein, sagte sie sich, auch wenn sie wusste, dass der Kummer sie bestimmt immer mal wieder einholen würde. Man konnte die zwanzig gemeinsam gelebten Jahre ja nicht einfach wegwischen. „Kind, du musst aufpassen, dass du nicht verbittert wirst!", hatte Tante Marlene sie gewarnt. „Auch wenn du das nicht glaubst, nicht alle Männer sind so wie Jan. Du wirst ein neues Glück finden. Und du musst auf dich selbst vertrauen, dich selbst lieben, egal, was dein Mann Schlechtes über dich gesagt hat! Du bist nicht zu alt und du hast genauso viel Anteil an eurem Besitz wie er. Überleg doch mal, wie viel deine Arbeit im Haushalt, die Kindererziehung und alles andere wert ist! Sogar die Finanzplanung hast du über all die Jahre alleine bewerkstelligt. Stell dein Licht nicht unter den Scheffel!"

Tante Marlene war eine weise Frau. Ihre Worte hatten Verena neuen Mut gegeben, denn sie wusste, dass sie recht hatte. Eben wollte sie zu ihrem Tee greifen, als ihr Handy erneut klingelte. Verena warf einen Blick auf das Display, bevor sie den Anruf annahm. Caro. Erfreut drückte sie auf das grüne Symbol und hielt das Handy an ihr Ohr.

„Caro, das ist ja schön! Mit dir habe ich gar nicht gerechnet."

„Ich wollte mich nur kurz melden und dir das Neueste aus meinem Leben erzählen. Ich bekomme gleich Besuch. Micha aus meiner Schule! Du wirst es nicht glauben, aber ich bin mega aufgeregt. Je näher es auf das Treffen zugeht, umso schlimmer wird es."

Verena kam aus dem Staunen nicht mehr heraus. Micha, der nette Kollege, den Caro immer etwas herablassend als „Ökofritzen" und „Gutmensch" bezeichnet hatte?

„Ja, ich weiß schon, was du denkst. Aber eigentlich fand ich ihn immer schon attraktiv, ich habe es nur nicht gemerkt", entgegnete Caro rasch. „Aber wie geht es dir? Deine Stimme klingt etwas traurig", bemerkte sie besorgt.

„Heute ist nicht so mein Tag", gestand Verena. „Aber im Großen und Ganzen fühle ich mich hier sehr wohl. Das war die beste Entscheidung überhaupt, meine Tante zu besuchen. Du weißt ja, mein Vater unterstützt mich auch, aber er hat mit seiner Arbeit immer noch so viel zu tun, und Tante Marlene hat Zeit und hört mir zu. Du, ich habe sogar einen netten …", wollte Verena gerade erzählen, doch da erklang im Hintergrund Caros Türklingel.

„Sorry, Süße, das ist er", sagte Caro aufgeregt. „Viel zu früh! Ich ruf dich morgen wieder an, und bald sehen wir uns ja …", dann hatte sie schon aufgelegt. Verena schmunzelte. Hoffentlich ging das gut mit ihr und Micha. Ihre Freundin war jetzt schon so lange solo, ihre Ansprüche an die perfekte Beziehung konnten ganze Bücher füllen. Als Jan Verena verlassen hatte, war Caro so wütend gewesen, dass sie am liebsten alle Männer vom Planeten verbannt hätte. Aber andererseits wusste Verena, dass Caro sich nach einem verlässlichen Partner und einer kleinen Familie sehnte. Also hieß es Daumen drücken und abwarten.

Seufzend trank sie einen Schluck ihres nunmehr lauwarmen Tees. Als ein paar Minuten später eine SMS auf ihrem Handy erschien, dachte Verena zuerst wieder an Caro, aber es war Jan, ihr Noch-Ehemann.

„Wann bringst du Rudi eigentlich wieder zurück? Er gehört schließlich nicht dir alleine, und du wirst kaum in der Lage sein, ordentlich für ihn zu sorgen! Schließlich hat er sich an das Haus und den Garten gewöhnt, tagsüber kann ich ihn mit ins Büro nehmen. Meine Freundin wünscht sich einen Hund, da ist es das Beste, Rudi bleibt bei mir! Gruß Jan

Verena klappte die Kinnlade runter, nachdem sie die SMS gelesen hatte. Ihr Herz hämmerte wie verrückt. Nur mühsam konnte sie ihre Tränen unterdrücken. Jan wollte ihr Rudi wegnehmen? Er hatte nie einen Hund gewollt, sie musste ein halbes Jahr mit ihm kämpfen und ihn zum Kauf überreden. Er war auch ab und zu mit ihm Gassi gegangen, aber er hatte nie mit ihm gespielt, sich mit ihm beschäftigt oder ihn erzogen, und der Dreck, den der Hund ins Haus brachte, störte ihn. Weil seine kleine Freundin einen Hund wollte, sollte Rudi dafür herhalten? Das konnte er sich abschminken. Nur über ihre Leiche!

Voller Zorn schrieb sie ihm zurück: *„Ich hätte nie gedacht, dass du mal so tief sinken würdest! Rudi ist mein Hund, er ist bei mir, und das wird auch so bleiben. Du wolltest ihn doch gar nicht haben, und jetzt willst du ihn mir wegnehmen? Kauf deiner Praktikantin doch einen Welpen, die beiden passen dann altersmäßig viel besser zusammen!"*

Sie drückte auf Senden, und weg war die SMS. Würde sie mit Jan jetzt nur noch in diesem feindseligen Ton kommunizieren? Das würde sie viel Kraft kosten, dieser ewige Krieg. Eigentlich hatte sie gehofft, im Guten auseinandergehen zu können, aber Jan wollte das offensichtlich nicht. Ihm ging es nur noch ums Gewinnen und seine junge Geliebte. Erschöpft stand Verena auf, brachte ihre Teetasse in die Küche und nahm sich eine Banane aus der Obstschale. Am besten, sie ging früh zu Bett. Vielleicht würde sie das neue Buch ihrer Lieblingsschriftstellerin ein wenig ablenken, bevor sie einschlief. Hoffentlich ging es Caro besser bei ihrem Date mit dem Kollegen. Verena aß die Banane, putzte sich die Zähne, rief Rudi zu sich ins Schlafzimmer und schlug ihr Buch auf. Nach ein paar Seiten war sie bereits in die Geschichte versunken. Kurz bevor ihr eine halbe Stunde später vor Müdigkeit die Augen zufielen, versicherte sie sich noch einmal, dass Rudi in seinem Körbchen lag. Ihr Rudi. Niemals würde sie ihn hergeben, und wenn sie bis ans Ende der Welt mit ihm fliehen musste.

Caro

Micha sah heute Abend irgendwie anders aus als sonst. Bisher hatte sie ihn immer mit den Augen einer Kollegin betrachtet, aber jetzt sah sie ihn eigentlich das erste Mal als Mann, nicht nur als Lehrer. Zur Begrüßung hatte er sie auf beide Wangen geküsst, und Caro war vor Aufregung das Herz in die Hose gerutscht. Er trug einen modernen Pulli, den sie noch nie an ihm gesehen hatte, er roch gut, seine Jeans war ebenfalls neu und betonte seine sportliche Figur. Als er ihr dann noch als Mitbringsel einen wunderschönen Strauß Blumen aus seinem Garten in die Hand drückte, der aus roten, rosafarbenen und weißen Rosen bestand und herrlich duftete, so wie gekaufte Rosen nie duften würden, wurden ihr die Knie weich.

„Komm doch rein, Micha! Schön, dass du da bist", sagte sie mit zittriger Stimme.

Ein Lächeln flog über Michas Gesicht. „Soll ich die Schuhe …?" Er zeigte auf seine Sneakers und Caro schüttelte schnell den Kopf.

„Nein, auf keinen Fall … Ich meine … also, du kannst sie ruhig anlassen!" Das wäre ihr jetzt zu viel und zu privat, seine Füße womöglich in Socken mit Fußball- oder Tiermotiv zu sehen. Micha zuckte mit den Schultern, begutachtete still Caros Taschensammlung neben der Garderobe und folgte ihr schließlich mit einem Schmunzeln ins Wohnzimmer. Caro liebte Taschen jeder Art, so wie andere Frauen Schuhe kauften. Das konnten die meisten Männer sicher nicht verstehen, aber für sie war ihre Taschensammlung ein wertvoller Besitz.

„Bevor du jetzt denkst, ich habe einen Spleen", begann sie, verstummte aber sogleich, als er abwehrend die Hände hob.

„Falls du deine Taschensammlung meinst, damit habe ich kein Problem. Man lebt ja nur einmal, und warum soll man sich nicht ein Hobby gönnen, das einem Spaß macht? Bei mir sind es übrigens Gitarren. Jedes Mal, wenn ich ein besonderes Modell entdecke, muss ich zuschlagen."

Er zwinkerte ihr verlegen zu. Auch er schien ein wenig unsicher zu sein. Caro lachte befreit auf. „Gitarren, okay, die musst du mir unbedingt mal zeigen. Dass du gut spielen kannst, habe ich in der Schule ja schon mitbekommen."

„Ich gebe dir gerne ein Privatkonzert", sagte er mit einem versonnenen Lächeln und strich ihr behutsam über den Arm. Caro fühlte sich wie elektrisiert. Erwartete er, dass sie ihn jetzt küsste? Caro näherte sich ihm zögerlich und …

„Ein schönes Wohnzimmer hast du", meinte Micha plötzlich und unterbrach damit den verwirrenden Moment.

Caro wich einen Schritt zurück.

„Ähm, ja, ich habe vor Kurzem erst renoviert. Die Couch ist neu und das Sideboard auch. Verena, meine beste Freundin, hat mir dabei geholfen. Sie hat ein Händchen fürs Renovieren und Einrichten. Aber jetzt setz dich erst mal. Möchtest du einen Schluck Wein?"

„Gerne", antwortete Micha und nahm Platz. Mikesch, der sich bisher im Schlafzimmer unter dem Bett versteckt hatte, tauchte plötzlich auf und beschnupperte den fremden Gast schüchtern.

Micha beugte sich zu ihm runter, kraulte ihn ein wenig unter dem Kinn, sprach dabei leise und hob ihn ein paar Sekunden später sanft zu sich auf den Schoß. Caro sah staunend zu, wie ihr sonst so egozentrischer Kater wohlig schnurrte und sich schließlich entspannt bei Micha niederließ.

„Das gibt's ja gar nicht", sagte sie überrascht. „Mikesch ist sehr wählerisch. Anscheinend war es bei dir Liebe auf den ersten Blick", entfuhr es ihr. Sie öffnete den Rotwein und schenkte ihrem Gast ein.

„Na ja, wenn sein Frauchen genauso denken würde, wäre das toll", behauptete Micha frech.

Caro wurde rot. „Ich komme mir vor, als wären wir zwei Teenager und keine Erwachsenen", meinte sie, während sie den Salat auf den Tisch stellte und die gefüllten Nudeln abgoss. „Wir kennen uns schon so lange … gemocht hab ich dich immer", fügte sie hinzu. „Aber ich dachte, du interessierst dich nicht für mich."

Sie reichte Micha seinen Teller. „Ich mochte dich auch von Anfang an", gestand er. „Aber ich dachte, es würde schwierig, mit einer Kollegin eine Beziehung zu beginnen. Und du warst immer sehr kollegial, aber doch auch distanziert."

Caro seufzte. „Da haben wir es uns anscheinend ziemlich schwer gemacht. Als dann Julia als deine Referendarin anfing, ist mir bewusst geworden, dass ich ein wenig eifersüchtig bin", gab sie offen zu.

Micha lachte. „Ach, Julia? Ganz ehrlich? Ich mag sie, aber nicht so, wie du meinst. Sie ist mit der Zeit ganz schön aufdringlich geworden. Ich habe mich wohl zu viel um sie gekümmert. Dabei wollte ich nur, dass sie einen guten Abschluss macht."

Jetzt war das Eis gebrochen, und während des gesamten Essens unterhielten die zwei sich lebhaft. Micha lobte ihre Kochkünste, erzählte von seinen Reisen nach Italien und Frankreich, seinem Traum von einem kleinen Häuschen im Grünen und seiner Schallplattensammlung. Caro nahm einen Schluck Wein, lehnte sich entspannt zurück und lauschte Michas Worten. Seine Augen blitzten auf, als er über seinen Lieblingsort berichtete, ein verschwiegenes kleines Dörfchen in der Provence. Als er merkte, dass sie ihm nur noch zuhörte und nicht mehr selbst redete, verstummte er plötzlich.

„Ich quatsche zu viel, stimmt's?"

Caro schüttelte den Kopf und lächelte.

„Nein, ganz im Gegenteil. Ich höre dir gerne zu. Wir kennen uns schon so lange, aber all diese Dinge habe ich noch nicht von dir gewusst."

Sie nahm sich ein Stück Baguette, brach es in zwei Teile und stippte die letzten Reste der Salatsoße damit auf. Micha schaute Caro zu, wie sie in das Brot biss. Sie hatte schöne Hände, und ihre Haare fielen in weichen Wellen auf die Schulter. Als Caro merkte, dass er ihr zusah, lächelte sie wieder und schaute ihn lange und tief an. Micha wurde ganz warm, er beugte sich nach vorn und ergriff ihre Hand.

„Wollen wir uns nach draußen setzen?"

„Das hätte ich jetzt auch vorgeschlagen", sagte Caro schmunzelnd. „Am besten nehmen wir das Dessert und den Wein mit!"

Micha sah ihr versonnen nach, als sie aufstand und die beiden Dessertschälchen aus dem Kühlschrank holte. Mikesch riss ihn mit einem beleidigten Maunzen aus seinen Gedanken.

„Ist ja gut, mein Junge, ich habe dich nicht vergessen!"

Er streichelte dem Kater kurz über den Kopf, dann schnappte er sich die beiden Weingläser und die Flasche. Caros Balkon war ziemlich groß. Es war Platz für einen Tisch, zwei Stühle und ein bequemes Outdoor-Sofa. In der Ecke standen ein Grill und ein zusammengeklappter Sonnenschirm. Die beiden stellten die Zitronencreme und die Weingläser auf dem Tisch ab, dann setzte sich Caro auf das Sofa und sah Micha herausfordernd an.

„Heißt das, ich soll mich zu dir setzen?", fragte Micha halb verlegen, halb amüsiert.

Caros Mundwinkel bekamen einen spöttischen Zug. „Du kannst natürlich auch einen der Stühle nehmen ..." Sie reichte Micha die Hand und zog ihn zu sich hinunter. Beide hielten den Atem an, als sie ihre Gesichter so nah beieinander spürten. Diese lang ersehnte Berührung ließ ihre Herzen schneller schlagen. Caro neigte ihren Kopf und drehte ihm das Gesicht ganz zu. Ihre Lippen trafen sich und verharrten aufeinander, zuerst ganz zart, dann immer intensiver. Caro wünschte sich, dass dieser Moment niemals enden würde.

Etwas später saßen sie eng umschlungen in den weichen Polstern. Caro lehnte seitlich ihren Rücken an seine Brust, und Michas Arm umschloss ihre Hüfte. Caro legte ihren Kopf nach hinten auf Michas Schulter. Ihre Augen waren geschlossen, sie atmete langsam ein und aus, während Micha über ihr Haar streichelte. Aus der Nachbarwohnung tönte leise Musik.

„Magst du heute hierbleiben?", fragte Caro plötzlich in die Stille hinein. Statt einer Antwort drehte Micha sie zu sich um und küsste sie erneut. Genau diese Antwort hatte sie sich gewünscht.

Verena

Am nächsten Morgen wurde Verena von einem wunderschönen Naturereignis für ihr frühes Aufstehen belohnt. Sie hatte trotz der unangenehmen Auseinandersetzung mit ihrem Noch-Ehemann gut geschlafen, doch Rudi stupste sie bereits vor fünf Uhr morgens an und riss sie aus ihren Träumen. Offensichtlich steckte er hier im Urlaub voller Energie. Nun stand Verena noch ein wenig verschlafen mit der Leine in der Hand am Wattenmeer in Braderup und bestaunte ehrfurchtsvoll den spektakulären Sonnenaufgang über dem Meer. Morgenröte überzog den Himmel mitsamt der langsam aufsteigenden goldenen Sonnenkugel und ließ die Dunkelheit der Nacht verschwinden. Alleine dafür hatte sich das frühe Aufstehen schon gelohnt. Kaum ein Tourist war um diese Uhrzeit unterwegs, nur ein paar Jogger drehten schwitzend ihre Runden. Verena schloss die Augen, atmete die frische Morgenluft tief ein und versuchte, gute Energien in sich aufzunehmen. Plötzlich zog Rudi heftig an der Leine. Verena riss die Augen auf und versuchte, sich zu orientieren. Doch da erkannte sie schon Pauline, die freudig schwanzwedelnd auf Rudi zulief. Hanno folgte ihr mit langsamen Schritten, aber sein Gesichtsausdruck verriet,

dass er sich diesmal über die neuerliche Begegnung freute.
„Moin, Verena, schön, Sie wiederzusehen. Offensichtlich
haben unsere Hunde immer das richtige Timing", lächelte
er verschmitzt und beugte sich zu Rudi, der ihn stürmisch
begrüßte. Wenn man der Aussage vertrauen konnte, dass
Hunde merkten, ob ein Mensch einen guten Charakter hatte
oder nicht, dann war Rudis Verhalten eindeutig ein Zeichen
dafür, dass Hanno zu den Guten gehörte. Unwillkürlich
musste Verena lächeln. Ihr Herz schlug ein wenig schneller,
als Hanno ihr die Hand reichte. Sie war warm und fühlte
sich angenehm an. Am liebsten hätte Verena sie gar nicht
mehr losgelassen. Außerdem schaute er ihr einen Moment
lang tief in die Augen, was sie zusätzlich verwirrte. Dieses
Eisblau … Hieß es nicht, die Augen sind das Fenster zur
Seele? Schnell zog sie ihre Hand zurück und nahm Rudis
Leine in beide Hände.

„Irgendwie habe ich jetzt einen Riesenhunger", sagte sie
leicht angespannt. „Die frische Seeluft regt jedes Mal meinen
Appetit an."

„Das kann ich verstehen", meinte Hanno, der ganz kurz
enttäuscht gewirkt hatte, als sie ihre Hand wegzog. Nun
aber schien er eine Idee zu haben. „Wie wäre es, hätten Sie
Lust, mit mir in der ‚Möweninsel' zu frühstücken? Frische
Brötchen müssten jeden Moment kommen, und Kaffee und
Konfitüre habe ich auch da. Sogar Schinken sollte im Kühlschrank sein."

Er sah Verena erwartungsvoll an. Die nickte schon, noch
bevor sie überhaupt ernsthaft darüber nachgedacht hatte.

„Sehr gerne. Meine Tante wird ohnehin noch schlafen,
eine kleine Stärkung wäre jetzt toll!"

„Ich mache Ihnen auch einen Crêpe, wenn Sie mögen",

meinte Hanno, während sie gemeinsam Richtung Strandbude spazierten. Ihre Blicke streiften sich für eine Sekunde,
und Verena spürte, wie feine Röte ihre Wangen überzog. Sie
hatte sich lange nicht mehr so lebendig gefühlt.

„Danke, Hanno", sagte sie leise, und er nickte einfach nur
freundlich.

„Wir können uns duzen, wenn Sie damit einverstanden
sind", schlug er vor, als sie kurz vor seinem Laden standen.

„Gerne, ich heiße Verena, wie du schon weißt", strahlte
Verena und reichte ihm die Hand.

„Und ich bin der Hanno", sagte er mit seiner tiefen, angenehmen Stimme. Zu ihrer Überraschung nahm er aber nicht
ihre Hand, sondern drückte ihr einen Kuss auf die Wange.
„Das machen wir hier so!", behauptete er.

Verenas Herz setzte einen Moment aus. Dann nahm sie
ihren Mut zusammen und wiederholte das Ganze von ihrer
Seite aus. Er roch unwiderstehlich gut, merkte sie, als ihre
Lippen seine Wange berührten. Unwillkürlich schloss sie
kurz die Augen. Nach Meer, frischer Dusche und einem
Hauch Rasierwasser.

Doch schon bellten die Hunde ungeduldig, und Verena
musste kichern. Auch Hanno strahlte. Er schloss die Ein-
gangstür auf und ließ Pauline von der Leine, die sofort zu
ihrem Wassernapf stürmte, der neben der Theke stand. Rudi
trottete hinter seiner neuen Freundin her. Im Inneren der
Strandbude war es gemütlich. Ohne Gäste war die Atmosphäre still und angenehm. Wenn man daran dachte, was in
ein paar Stunden hier los sein würde … Eine lange Schlange
vor der Verkaufsstelle war eher normal als außergewöhnlich.

„Setz dich doch!", forderte Hanno Verena auf. Er zog
einen Stuhl an einem Tisch in der Ecke hervor und machte

eine einladende Geste. „Ich brüh uns frischen Kaffee auf. Hier ist die aktuelle Tageszeitung. Du kannst gerne ein wenig schmökern, während ich uns das Frühstück zubereite."

Verena konnte ihr Glück gar nicht fassen. Ihr Ex-Mann wäre nie auf die Idee gekommen, für sie Frühstück zu machen. Bedient werden und alles vorgesetzt bekommen, das war seine Devise. Aber sie wollte sich jetzt gar keinen Kopf um ihn machen, sondern lieber das Frühstück mit Hanno genießen.

„Schön hast du es hier", meinte sie zu Hanno und musterte die freundliche, helle Einrichtung des kleinen Lokals. „Ich kann mir vorstellen, dass es Spaß macht, hier zu arbeiten."

Hanno, der frischen Crêpeteig anrührte, runzelte die Stirn. „Spaß macht es schon, aber es ist auch sehr viel Arbeit und Verantwortung. In der Hochsaison gehen wir auf dem Zahnfleisch. Die Leute wollen am Strand liegen und nicht stundenlang auf ihr Essen warten. Aber ich habe tolle Mitarbeiter und auch die Gäste sind meistens freundlich und geduldig!"

Er heizte das Crêpeeisen an, verteilte gekonnt die richtige Menge Teig auf der Platte und nahm dann Butter, Marmelade und Schinken aus dem Kühlschrank. Verena überflog währenddessen die Schlagzeilen der Zeitung. Doch im Moment interessierte sie eigentlich nur das Hier und Jetzt. Plötzlich blieb sie aber doch an einer Anzeige hängen:

Inneneinrichter/in für Ferienwohnung dringend gesucht stand da in großen Lettern. Verena suchte nach einem Stift und Zettel, notierte sich rasch die darunter stehende Telefonnummer und beschloss, später gleich anzurufen. Jetzt war es ohnehin noch zu früh. Vielleicht hatte

Tante Marlene recht und sie sollte sich beruflich in diese Richtung weiterentwickeln. Hanno hatte inzwischen die Crêpes fertig gebacken und füllte den Tisch mit frischen Brötchen, die der Auslieferer gerade an die Tür gehängt hatte, Marmelade, Honig, Butter und dem Schinken. Dann stellte er die Kaffeekanne mit zwei großen Tassen dazu, reichte Verena einen Teller mit einem dampfenden Crêpe und setzte sich zu ihr an den Tisch.

„Mmm, das sieht ja lecker aus!", murmelte Verena und biss genussvoll hinein.

„Du weißt ja, die Crêpes sind unsere Spezialität", sagte Hanno mit ein wenig Stolz in der Stimme. Sie lächelte ihn an, konnte aber mit vollem Mund nichts erwidern. Das war aber auch gar nicht nötig, denn nachdem beide ihren ersten Hunger gestillt hatten, entwickelte sich ein angeregtes Gespräch. Rudi und Pauline dösten währenddessen eng aneinandergekuschelt vor sich hin. Verena hatte das Gefühl, als kenne sie Hanno schon ewig. So wohl hatte sie sich lange nicht mehr gefühlt. Selbst Hanno, der zu Anfang doch etwas griesgrämig gewirkt hatte, taute zusehends auf. Er erzählte kleine Anekdoten von der Verkaufsbude, über die sie herzlich lachen musste.

„Ich kann mir gut vorstellen, dass dieser Job abwechslungsreich ist und man viel erleben kann", meinte Verena und nahm sich noch eine Tasse Kaffee.

„Ja, ohne die Arbeit wäre ich wohl zugrunde gegangen", offenbarte Hanno und wirkte wieder sehr melancholisch. Verena traute sich nicht zu fragen, was vor zwei Jahren mit seiner Frau passiert war. Wenn er es erzählen wollte, würde er es sicher machen, dachte sie. Schließlich kannten sie sich noch nicht wirklich lange.

„Und du? Wie lange wirst du hier auf Sylt bleiben?", riss Hanno sie aus ihren Gedanken. Verena sah in seine hellblauen Augen. Wieder hatte sie so ein Kribbeln im Bauch. Er gefiel ihr, und wenn sie mit einem nicht gerechnet hatte, dann war es damit, mitten in ihrem Kummer auf einen Mann zu treffen, mit dem sie gerne zusammen war.

„Wie schon gesagt, ich verbringe den Sommer hier", antwortete sie etwas verlegen. Hoffentlich konnte Hanno keine Gedanken lesen. „Meine beste Freundin kommt in Kürze nach, dann wollen wir uns eine schöne Zeit machen. Aber natürlich muss ich mich auch um einen neuen Job bemühen, und was meine Trennung angeht …" Sie machte eine kurze Pause, denn der Gedanke an Jan, sein schäbiges Verhalten und die Scheidung verursachten ihr Bauchschmerzen. „Na ja, da gibt es auch noch vieles zu regeln. Mein Ex-Mann benimmt sich nicht gerade fair."

Hanno strich kurz mitfühlend über ihre Hand. „Du schaffst das", meinte er freundlich, aber dann, als habe er sich zu weit vorgewagt, nahm er die Teller, stand auf und räumte den Tisch ab. „Ich muss jetzt auch leider arbeiten", murmelte er vor sich hin.

„Warte, ich helfe dir kurz", rief Verena und eilte ihm mit den restlichen Sachen nach in Richtung Küche. Als sie um die Ecke bog, stieß sie mit Hanno zusammen, der bereits auf dem Rückweg war. Der Teller mit dem Aufschnitt krachte zu Boden. Die Hunde hoben interessiert die Köpfe und schnupperten nach der Wurst.

„Oh Mann, so ein Mist!", fluchte Verena. Sie merkte gar nicht, dass Hanno sie immer noch festhielt. Doch als sich ihre Blicke für einen Sekundenbruchteil trafen und sie seine Hände spürte, wandte er sich schnell ab und eilte nach hinten in die Abstellkammer, um einen Handfeger und ein Kehrblech zu holen.

„Ich mache das schon", rief er. „Du kannst ruhig gehen, deine Tante wartet bestimmt schon!"

Irritiert wischte Verena sich die Hände ab und nahm Rudis Leine. „Sehen wir uns heute noch?", fragte sie unsicher. Vielleicht war es Hanno ja doch zu viel Nähe. Er war nicht leicht zu durchschauen.

„Ich muss heute sehr lange arbeiten", antwortete er, als er wieder da war. Verena wusste nicht, wie er das meinte. Also entgegnete sie darauf nichts und ging mit Rudi zur Tür.

„Danke schön für das tolle Frühstück! Bis zum nächsten Mal dann!"

„Bis zum nächsten Mal!", sagte Hanno, war aber bereits mit dem Aufkehren der Scherben beschäftigt. Schade, dass der schöne Morgen so endet, dachte Verena, während sie mit Rudi nach Hause spazierte.

Caro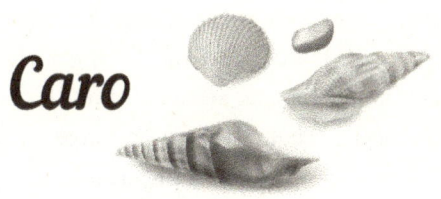

Als Caro am nächsten Morgen erwachte und schlaftrunken ihren Arm zur anderen Seite des Bettes bewegte, war sie schlagartig wach. Micha war nicht mehr da. Blinzelnd suchte sie das Schlafzimmer nach ihm ab. Kein Micha weit und breit, nicht einmal seine Klamotten lagen mehr auf dem Boden. Hoffnungsvoll rief sie mit leicht unsicherer Stimme seinen Namen. Doch es kam keine Antwort. Kurz war ihr in den Sinn gekommen, dass er vielleicht schon geduscht und das Frühstück für sie beide vorbereitet hatte, aber nachdem Caro sich einen Bademantel übergezogen und im Bad und in der Küche nachgeschaut hatte, wusste sie, dass er gegangen war. Sie ließ sich auf einen der Küchenstühle fallen und spürte einen schmerzhaften Stich in ihrer Brust. Enttäuschung und Scham machten sich in ihr breit. Hatte er die Situation nur ausgenutzt und sie dann eiskalt fallen gelassen? War das gestern alles nur Fake gewesen? Wie sollte sie ihm in der Schule jemals wieder gegenübertreten? Tränen traten in ihre Augen. Ihr Kater, der sich bis eben noch mit einem Spielzeug beschäftigt hatte, strich schnurrend um ihre Beine. Sie nahm ihn auf den Schoß und genoss seine Liebkosungen. Wenigstens er war immer für sie da. Dankbar streichelte sie über sein weiches Fell. Dann wischte sie sich die Tränen aus den Augen und beschloss, nicht weiter in Selbstmitleid zu versinken.

„Was hast du denn da?", fragte sie Mikesch und zupfte ein Stück Papier aus seinem Maul. Offensichtlich war der kleine Rabauke mal wieder an ihre Schulunterlagen gegangen. Liebevoll schalt sie ihn, kraulte ihn aber gleich wieder hinter den Ohren. Sie konnte ihm nie lange böse sein. Hoffentlich hatte er keine wichtigen Papiere zerfetzt. Als sie nach einer ausgiebigen Dusche und einer heißen Tasse Tee auf ihrem Schreibtisch nachschaute, konnte sie jedoch keine zerrissenen oder angekauten Zettel finden. Misstrauisch betrachtete sie das Tier. Mikesch sah absolut unschuldig aus. Und leider hatte sie jetzt gar keine Zeit mehr, noch weiter zu suchen. Seufzend steckte sie ihre Unterlagen in den Rucksack, biss noch einmal herzhaft in ihr Vollkornbrötchen, füllte Mikeschs Wassernapf mit frischem Wasser und verließ die Wohnung. Sie würde Micha die kalte Schulter zeigen. In der Schule sollte ohnehin niemand merken, was vorgefallen war. Sie würde damit fertig werden. Und da gab es ja auch noch …

„Caro? Träumst du?", riss Bens Stimme sie aus ihren Gedanken. Ben Paulsen, ihr Nachbar. Seine warmen braunen Augen musterten sie interessiert.

„Äh, ja, nun …", stotterte Caro betreten.

Amüsiert verzog Ben seine Mundwinkel zu einem Grinsen. „Ich weiß gar nicht, warum ich dich jedes Mal so aus der Fassung bringe, wenn wir uns treffen", neckte er sie.

Das ließ nun allerdings Caros Gemütslage zum Explodieren bringen. Was bildeten die Kerle sich eigentlich ein? Dass Frauen nur darauf warteten, von ihnen umgarnt und wie kleine, dumme Schulmädchen behandelt zu werden?

„Ich würde es vorziehen, wenn du dein riesengroßes Ego woanders zur Schau stellst", antwortete sie kalt. „Nicht alles dreht sich um dich. Ich habe ganz andere Sachen im Kopf!"

Dann ließ sie den verdatterten Nachbarn einfach stehen. Kopfschüttelnd sah Ben ihr nach. Er hatte nur witzig sein wollen. Aber offensichtlich war Caro eine große Laus über die Leber gelaufen. Wenn er sie nicht verdammt gern gehabt hätte, hätte er den Kontakt zu ihr auf ein Minimum reduziert. Aber irgendetwas reizte ihn an dieser attraktiven Frau. Er würde nicht aufgeben und versuchen, ein klärendes Gespräch mit ihr zu führen.

In der Schule fühlte Caro sich wie ein Fremdkörper. Alles um sie herum war laut und wuselig, Schüler wie Lehrer freuten sich auf die herannahenden Ferien. Doch ihr war einfach nur schlecht. Ständig sah sie sich um, denn Micha war heute Morgen nicht im Lehrerzimmer erschienen. Anscheinend wollte er ihr komplett aus dem Weg gehen. Einerseits wollte sie ihn gerne zur Rede stellen, andererseits hatte sie panische Angst davor, ihn wiederzusehen. Mit flauem Gefühl im Magen trat sie vor ihre Klasse. Zum Glück lenkte der Unterricht sie in kürzester Zeit ab von ihren negativen Gedanken. Als es auch in der Pause keine Spur von ihrem Kollegen gab und sie vor der dritten Stunde hörte, er habe sich krankgemeldet, war sie zuerst erleichtert. Später, nach Dienstschluss, ärgerte sie sich maßlos über seine Feigheit. Das hätte sie nie von ihm erwartet. Man konnte eben jedem nur vor den Kopf schauen. Aber hinterher war man ja immer schlauer. Um sich weiter abzulenken, beschloss sie, am Nachmittag schon ein paar Sachen für den geplanten Sylturlaub zu packen. Da würde sie auf andere Gedanken kommen. Auf dem Nachhauseweg fiel ihr die Begegnung mit Ben wieder ein. Vielleicht war sie doch zu hart zu ihm gewesen. Er hatte ja eigentlich nur einen Spaß machen wollen, das war ihr jetzt klar. Vielleicht hatte sie mit dem falschen Mann die Nacht verbracht und den richtigen abgewiesen? Oh Mann, warum war das Leben nur so kompliziert? Konnte man in zwei Männer gleichzeitig verliebt sein? Aber sie hatte geglaubt, ihre Gefühle für Micha wären die ernsteren. Möglicherweise hatte sie sich das ja auch nur eingeredet. Im Moment war sie so verwirrt, dass sie nicht klar denken konnte. Aber sie würde herausfinden, was sie wirklich wollte. Wenn Ben noch mit ihr sprach, würde sie ihm eine Chance geben. Gleich heute Abend würde sie mit ihm reden. Sollte Micha doch zum Teufel gehen!

Verena

„Danke, Tante Marlene, aber ich habe gar keinen Hunger. Ich habe schon gefrühstückt."

Schuldbewusst ließ Verena einen Blick über den liebevoll gedeckten Frühstückstisch auf der Terrasse ihrer Tante schweifen. Neugierig sah die ihre Lieblingsnichte an, fragte aber nicht nach.

„Ich habe beim Morgenspaziergang einen Bekannten getroffen, der hat mich eingeladen", erklärte Verena verlegen.

„Das macht doch nichts. Hauptsache, du hattest eine schöne Zeit", meinte Marlene in ihrer üblichen großherzigen Art. „Meine Freundin Hannelore wollte ohnehin gleich vorbeikommen, die hat immer einen großen Appetit", erklärte sie schmunzelnd.

„Dann bin ich ja froh. Kann Rudi vielleicht bei dir bleiben? Er ist so gerne hier im Garten. Ich müsste mal in Ruhe telefonieren", fragte Verena bittend. „Ich will nicht, dass er während des Gesprächs anfängt zu bellen."

„Kein Problem! Er bekommt einen Kauknochen von mir und kann im Schatten dösen. Mach du nur!"

Dankbar warf Verena ihrer Tante eine Kusshand zu und verschwand in ihrer Ferienwohnung. Sie wollte unbedingt versuchen, diesen Job zu bekommen, der in der Zeitung offeriert worden war.

Fünf Minuten später hielt sie schon den Hörer in der Hand. „Ja, guten Tag, mein Name ist Verena Liebert. Ich rufe auf Ihre Stellenanzeige hin an", sagte sie etwas atemlos ins Telefon.

Eine angenehme Frauenstimme antwortete ihr. „Guten Tag, Frau Liebert. Sie sind Innenarchitektin?", fragte die Dame interessiert.

Verena stockte kurz. Sie hatte erwartet, dass man nach ihren Qualifikationen fragen würde. „Nein, das nicht, ich bin eher Quereinsteigerin, aber ich kann Ihnen Referenzobjekte vorweisen, gerade aktuell auch hier von der Insel Sylt."

Die Frau am anderen Ende des Telefons schien zu überlegen.

„Gut, dann schicken Sie mir doch bitte ein paar Fotos an meine E-Mail-Adresse. Wenn mir Ihr Stil gefällt, können wir uns gerne treffen und ich zeige Ihnen unsere Ferienwohnung. Wissen Sie, wir gehören nicht zu den Superreichen. Die Anzahlung für die Ferienwohnung haben wir uns über Jahre angespart. Da wäre es hilfreich, wenn der Inneneinrichter nicht so explizit teuer ist, das sage ich ganz ehrlich."

Verenas Herz klopfte schneller. „Das freut mich, dass Sie mir eine Chance geben. Wie groß ist Ihre Ferienwohnung denn?", fragte sie.

„Ungefähr achtzig Quadratmeter. Sie liegt in Wenningstedt. Erdgeschoss, kleine Küche, Wohnzimmer, Essecke, WC, im Warftgeschoss zwei Schlafzimmer und ein Duschbad. Das war wirklich ein Glücksgriff. Wir haben dort oft Urlaub gemacht, und die alte Dame, der die Wohnung gehörte, hat sie uns zu einem angemessenen Preis verkauft. Der Garten ist klein, aber sehr schön."

„Das hört sich wirklich fabelhaft an. Ich würde Ihnen gerne dabei helfen, die Wohnung nach Ihrem Geschmack einzurichten. Ich schicke Ihnen ein paar Referenzfotos. Melden Sie sich dann gerne wieder bei mir. Ich kann jederzeit bei Ihnen vorbeikommen!"

Verena und die Wohnungsbesitzerin, eine Frau Katja Lüders, tauschten Telefonnummern und E-Mail-Adressen aus. Dann verabschiedete Verena sich freundlich und machte sich nach dem Auflegen sofort daran, ihrer potenziellen Arbeitgeberin Fotos von Tante Marlenes Wohnungen zu schicken. Als sie auf „Senden" gedrückt hatte, fühlte sie sich seltsam beschwingt. Glücksgefühle stiegen in ihr hoch. Vielleicht war das der Anfang von einem neuen Leben. Wenn jetzt noch der Auftrag von Tante Marlenes Freundin in Tinnum dazukam, würde sie endlich eigenes Geld verdienen. Gerade als sie sich einen Schluck Wasser einschenken wollte, trudelte eine Nachricht von Caro ein. Der traurige Smiley ließ Verena sofort erkennen, dass irgendetwas mit ihrer besten Freundin nicht stimmte.

„Können wir nachher telefonieren?", fragte Caro per SMS.

„Natürlich. Was ist denn passiert?", schrieb Verena besorgt zurück.

„Erzähle ich dir später. Scheiß Männer!", schrieb die nur dazu. Verena runzelte die Stirn. Sie war gespannt, was Caro Schlimmes widerfahren war. Einerseits hatte sie ja selbst schlechte Erfahrungen gemacht, andererseits wusste sie von Caros Torschlusspanik bezüglich Ehe und Kindern, da reagierte ihre Freundin schon manchmal sehr sensibel. Aber sie würde für Caro da sein, und es dauerte ja auch nicht mehr lange, bis die beiden auf Sylt nach Herzenslust quatschen konnten. Darauf freute sie sich schon sehr!

Verena staunte nicht schlecht, als sie schon ein paar Minuten, nachdem sie Frau Lüders die Bilder geschickt hatte, eine Einladung zum Kennenlernen erhielt. Frau Lüders wollte sie gegen Mittag in der Ferienwohnung am Normannenweg treffen. Begeistert sagte Verena zu. Das schien ja richtig gut zu laufen. Verena griff sich gleich noch mal ihren Laptop und schaute sich Bilder von vergleichbaren Ferienwohnungen in der Gegend an. So konnte sie schon vor der Besichtigung ein paar Ideen sammeln. Die Aufteilung der Erdgeschosswohnungen war in allen Häusern ungefähr gleich. Hoch motiviert durchstöberte sie anschließend online Möbelshops und Fachmärkte für Farben, Bodenbeläge und Dekomaterial. Diese Arbeit machte ihr unglaublichen Spaß. Schneller, als sie erwartet hatte, waren zwei Stunden vergangen. Erschrocken sah Verena auf die Uhr, klappte ihren Laptop zu, machte sich kurz frisch und eilte zu Tante Marlene. Rudi schlief seelenruhig auf seiner Decke.

„Hallo, mein Kind", begrüßte Tante Marlene sie fröhlich. „Rudi hat mit der Nachbarshündin getobt. Jetzt ist er völlig durch."

„Oh, vielen Dank, Tantchen! Du wirst es nicht glauben, aber ich bekomme vielleicht den Auftrag für die Inneneinrichtung einer Ferienwohnung hier in Wenningstedt!", sprudelte es aus Verena heraus.

Tante Marlene machte große Augen. „Wirklich? Na, du bist ja ein Glückspilz! Meine Freundin würde dich auch gerne engagieren. Ich habe beim Frühstück mit Hannelore darüber gesprochen. Ihr hat gefallen, was du hier geleistet hast. Siehst du, auch wenn eine Tür zugeht, geht doch immer eine andere auf!"

Die beiden lagen sich strahlend in den Armen. „Darauf müssen wir anstoßen!", meinte Marlene und öffnete eine große Flasche Asti Cinzano. Sie und ihre Nichte tranken nicht gerne das herbe Zeug. Kurz darauf prosteten die Frauen sich zu.

„Auf eine positive Zukunft, mein Kind! Und darauf, dass wir alle gesund bleiben", fügte sie hinzu. Verena nickte glücklich. Endlich fühlte sie sich nicht mehr wie ein verlorenes Schaf, das den Anschluss verloren hatte. Und ein kleines bisschen musste sie auch an Hanno denken. Ob sie ihn wohl bald wiedersah? Beim Frühstück hatten sie ihre Handynummern ausgetauscht. Vielleicht würde er sich ja melden.

Caro

Mikesch döste in seiner Kuschelhöhle, als Caro ihre Wohnung betrat. Wehmütig betrachtete sie die Weingläser vom vorigen Abend, die noch in der Spüle standen. Micha hatte zwei Mal versucht, sie auf dem Handy zu erreichen, aber Caro hatte die Anrufe nicht angenommen. Auf eine billige Entschuldigung hatte sie so gar keine Lust.

„Hallo, Mikesch", begrüßte sie den Kater. Mikesch steckte sein schwarzes Köpfchen durch die Höhlenöffnung und gähnte ausgiebig. Caro kraulte sein weiches Fell, öffnete eine Futterdose und schob ihm seinen Napf mit frischem Lachsragout vor die Nase. Jetzt war Mikesch auf einmal hellwach. Er schlüpfte aus seinem Versteck, streckte sich und leckte die feinen Häppchen genüsslich aus der Schale. Caro sah ihm amüsiert zu.

„Du bist ein richtiger kleiner Feinschmecker, weißt du das?", raunte sie ihm zu. „Ich kann es mir nicht leisten, jeden Tag Lachs zu essen!"

Sie musste lachen. Gut, dass es den Kater gab. So ein Tier bereicherte das gesamte Leben. Da sah sie gerne darüber hinweg, dass sein Katzenklo regelmäßig sauber gemacht werden musste und er hin und wieder in Spiellaune mit seinen Krallen etwas zerfetzte. Sie würde jetzt ein Bad nehmen, sich eine Gesichtsmaske gönnen und anschließend in etwas Schickes, aber Bequemes schlüpfen, um dann bei Ben zu klingeln. Er hatte eine Erklärung verdient.

Zehn Minuten später lag Caro in einem duftenden Schaumbad, rundherum brannten Kerzen und im Hintergrund tönte leise Jazzmusik. Das Bad war für Caro neben dem Wohnzimmer der schönste Raum, denn sie besaß den Luxus einer Dusche und einer Badewanne, noch dazu hatte das Bad ein Fenster. Kurz vor ihrem Einzug war alles neu renoviert worden. Zum jetzigen Zeitpunkt wäre die Miete der Wohnung wahrscheinlich um einiges teurer, aber sie hatte einen netten Hausbesitzer, der Wert auf ein gutes Verhältnis zwischen Vermieter und Mieter legte, ohne nur nach dem Profit zu schielen. Caro war nach wenigen Minuten in der Wanne tiefenentspannt. Der ganze Ärger und Kummer wegen Micha fiel von ihr ab. Sie konnte sich auch selbst genug sein, und sie würde aufhören, krampfhaft nach dem Mann fürs Leben zu suchen. Sogar ein Kind konnte sie ohne Mann bekommen. Vielleicht sollte sie es wie die meisten Männer halten. Spaß haben ohne Verantwortung. Doch dann hielt sie kurz inne. So ein Quatsch. So war sie nicht gestrickt, das konnte auch nur schiefgehen. Aber ein wenig loslassen, einfach sehen, was auf sie zukam, das würde sie schaffen. Sie verdrängte dabei, dass in der hintersten Ecke ihres Herzens immer noch eine kleine Flamme für den richtigen Mann loderte. Sie war sich nur noch nicht bewusst darüber, dass sie die wahre Liebe schon getroffen hatte.

Verena

Auf ein Hoch folgt leider immer auch gleich ein Tief, dachte Verena und legte verärgert ihr Handy zur Seite. Kaum hatte sie mit Tante Marlene auf ihre Jobangebote angestoßen, meldete sich Jan schon wieder mit irgendwelchen obskuren Anliegen. Doch diesmal versuchte er es auf die sanfte Art. Anscheinend drängte seine neue Freundin ihn zu diesen übergriffigen Handlungen. Er bemühte sich sogar, sich halbwegs zu entschuldigen.

„Verena, mir persönlich geht es auch gar nicht gut dabei. Es wäre mir lieber, wir würden uns freundschaftlich und in Frieden trennen", hatte er gesagt. „Wobei … ich bin mir gar nicht mehr so sicher, ob ich das Richtige mache", hatte er zu ihrem Erstaunen hinzugefügt. „Ich weiß gar nicht, was so ein junges Mädchen an mir findet. Mir hat einfach ihre Bewunderung gefallen. Ich habe mich wieder lebendig gefühlt", offenbarte er reumütig.

Zu Verenas eigener Überraschung war ihr das inzwischen völlig egal. Sie hatten sich auseinandergelebt, ohne dass sie darüber nachgedacht hatten. Natürlich hatte er ihr sehr wehgetan, sie hatte ihn geliebt, aber wenn sie ehrlich war, war auch sie schon lange nicht mehr glücklich in der Beziehung gewesen. Und auf ihr Mitleid konnte er sicher nicht hoffen.

„Jan, zum letzten Mal: Rudi bleibt bei mir. Ich habe ihn geholt und großgezogen, er ist mein Hund. Und die Hälfte vom Haus gehört ebenfalls mir. Ich möchte, dass du mich auszahlst. Bis das geklärt ist und wir offiziell geschieden sind, möchte ich dich bitten, deine Praktikantin nicht mit in unser gemeinsames Zuhause zu bringen. Es ist auch das Haus deiner Kinder! Bis ich etwas Neues gefunden habe, werde ich dort wohnen."

Jan schwieg ein paar Sekunden. Dann seufzte er laut. „Das Haus … wir werden es verkaufen müssen. Das ist auch für mich nicht leicht. Annika hat schon eine Wohnung für uns gefunden. Eine sehr große und teure Wohnung …" Er seufzte wieder. „Verena, mir wächst das alles über den Kopf. Können wir nicht noch einmal zusammen reden? Ich könnte zu dir kommen, nach Sylt. Ich finde bestimmt noch ein Zimmer. Ich weiß, ich habe dich sehr verletzt, aber …"

„Stopp!", rief Verena entsetzt. „Das hier ist meine Auszeit. Ich will wieder zu mir kommen. In den letzten Monaten hat dich doch auch nicht interessiert, wie es mir geht, und auch jetzt jammerst du nur über deine eigenen Probleme. Du hast uns in diese Situation gebracht. Ich wollte das so nie. Aber es gibt keinen Weg mehr zurück. Dafür ist zu viel passiert. Und ich bin gerade dabei, mir ein neues Leben aufzubauen. Außerdem, hast du vergessen, dass deine junge Freundin ein Kind erwartet? Du trägst Verantwortung! In absehbarer Zeit werden wir uns zusammensetzen müssen und über alles reden, aber jetzt will ich meine Ruhe! Respektiere das bitte!"

Die letzten Worte hatte sie wütend und laut in den Hörer gebrüllt. Jan hatte sie behandelt wie ein altes Handtuch. Der ganze angestaute Zorn und Schmerz entlud sich mit einem Mal.

„Ist ja gut", sagte Jan kleinlaut. „Aber manchmal denke ich, wir sollten nicht so kampflos aufgeben. Ich werde zu dem Kind stehen, das ist klar. Aber du und ich … Ich vermisse dich, Verena!"

Nun verschlug es ihr die Sprache. Jan hatte wohl doch Angst vor seiner eigenen Courage bekommen. Er war es gewohnt, dass sie im Hintergrund das Leben für ihn angenehm gemacht hatte. Das fehlte ihm jetzt wohl.

„Jan, ich beende jetzt das Gespräch. Ich melde mich, wenn ich mit dir reden will. Mach's gut!"

Dann legte sie schnell auf, ohne eine Antwort abzuwarten. Sein Sinneswandel nervte sie nur. Vor ein paar Monaten, da hatte sie inständig darauf gehofft, dass er so mit ihr redete. Aber jetzt?! Es war komisch, nichts mehr zu fühlen für einen Menschen, den man jahrelang geliebt oder dies zumindest geglaubt hatte. Jetzt war da nur noch Leere. Auch das würde sie erst einmal verarbeiten müssen.

„Verena, Kind, was ist denn los?", fragte Tante Marlene im Hintergrund besorgt.

Verena war zum Telefonieren in die Küche gegangen. „Das war Jan", erklärte Verena. „Wir hatten mal wieder eine Auseinandersetzung. Jetzt ist er auf einmal weinerlich und will mich zurück. Ich will aber einfach nur meine Ruhe haben."

Sie ließ sich in den weichen Polstersessel im Wohnzimmer fallen und streichelte Rudi, der seinen Kopf auf ihr Knie legte. Auch er hatte gemerkt, wie aufgeregt sein Frauchen war.

„Ach, Verena. Reg dich nicht auf. Es war doch abzusehen, dass das nicht lange gut gehen kann, ein älterer Mann und so ein junges Mädchen. Jetzt wird ihm bewusst, was du alles geleistet hast und wie bequem sein Leben mit dir war. Aber das reicht nicht für einen Neuanfang. Man muss auf Augenhöhe sein und sich gegenseitig unterstützen und respektieren. Und lieben."

„Ich weiß, Tante Marlene. Und ich habe schon viel zu viel Lebenszeit verloren. Ich hab ihm gesagt, er soll mich in Ruhe lassen. Ich möchte im Moment nicht mit ihm reden. Ich bin gerade dabei, mich besser zu fühlen. Wobei …" Sie sah hektisch auf ihre Armbanduhr. „Schon halb zwölf! Ich muss mich fertig machen! Gleich ist der Termin in der Ferienwohnung hier in Wenningstedt! Tante Marlene, kann Rudi noch mal …?"

„Natürlich, lass ihn ruhig hier! Er ist ja ein lieber Schatz", sagte Marlene gutmütig. „Und viel Erfolg!", rief sie ihrer Nichte hinterher.

„Kann ich eines der Gästefahrräder nehmen?", fragte Verena auf dem Weg zur Tür.

„Kein Problem, meine Liebe!", antwortete Marlene. „Die sind doch für alle da!" Verena winkte ihr dankend zu, dann war sie auch schon in Richtung ihres Appartementhauses verschwunden. Marlene gönnte ihr von Herzen den beruflichen Neuanfang, denn insgeheim hoffte sie, dass Verena gar nicht mehr fortging von der Insel. Denn auch Tante Marlene hatte ein Geheimnis, das sie ihrer Nichte aber noch nicht erzählen wollte.

Verena wechselte kurz ihre Bluse und entschied sich für ein weißes Modell, das Seriosität ausstrahlte. Dazu eine beigefarbene Chino, ein Paar Wildledermokassins und dezenter Silberschmuck. Aufgeregt griff sie nach ihrer Handtasche, warf einen prüfenden Blick in den Spiegel, glättete ein paar fliegende Haarsträhnen und schloss zufrieden die Tür ihrer Ferienwohnung hinter sich. Dann schwang sie sich auf eines der neuen Gästefahrräder, das sie aus dem Holzschuppen neben den Parkplätzen holte. Bis zum Normannenweg war es nicht weit, und unter strahlend blauem Himmel im Sonnenschein durch Wenningstedt zu radeln, war wirklich keine Strafe. Bei moderaten fünfundzwanzig Grad Außentemperatur und einer leichten Brise fühlte sie sich angenehm belebt. Motiviert steuerte sie den kleinen Anliegerweg an, auf dessen Grundstück mehrere ähnlich gebaute Appartementhäuser standen. Das war eine schöne, ruhige Ecke hier. Frau Lüders, sie nahm einfach mal an, dass es Frau Lüders war, winkte ihr schon von Weitem zu. Verena stellte ihr Rad in einem der Fahrradständer ab und schloss es ab.

„Moin, Frau Liebert", begrüßte die Ferienwohnungsbesitzerin sie freundlich. „Schön, dass Sie so pünktlich sind!"

Frau Lüders war Mitte fünfzig, eine sympathische, gepflegte Frau, die kein bisschen arrogant rüberkam.

„Hallo, Frau Lüders! Ich bin schon ganz gespannt auf Ihre Ferienwohnung!", antwortete Verena lächelnd.

Die beiden betraten die Erdgeschosswohnung, die sogar einen eigenen Eingang hatte. Von dem kleinen Vorflur trat man direkt in den Wohn- und Essraum, an den eine kleine offene Küche und ein Duschbad angrenzten. Der Ausblick in den kleinen Garten war wunderschön. Ein Strandkorb und eine Sitzgruppe luden auf der Terrasse zum Verweilen ein. Allerdings schien in den Innenräumen schon lange nicht mehr renoviert worden zu sein, auch wenn alles recht gepflegt wirkte.

„Ein neuer Anstrich, neue Böden und Möbel sind

auf jeden Fall nötig", meinte Frau Lüders mit einem Seufzer, als sie Verenas prüfende Blicke sah. „Wir wollen die Wohnung vermieten, um sie zu finanzieren, und das hier entspricht leider nicht mehr dem heutigen Standard. Zum Glück sind wenigstens die Bäder vor zwei Jahren neu gemacht worden. Die alte Dame ist die letzten Jahre nur noch selber hierhergekommen und hat höchstens an Stammgäste vermietet."

Verena nickte zustimmend. „Wollen Sie auch die Küche renovieren? Ich hätte da eine Idee, wie man mehr Platz schaffen könnte", fragte sie interessiert.

„Ja, ich denke, die Küche hat ihre besten Zeiten auch hinter sich. Allein die Elektrogeräte ..."

Die beiden Frauen inspizierten noch die untere Etage, in der sich die beiden Schlafzimmer und ein weiteres Duschbad befanden.

„Eine wirklich schöne Wohnung haben Sie da ergattert!", meinte Verena ehrlich bewundernd.

Frau Lüders strahlte. „Ja, wir sind auch wirklich überglücklich darüber. Was meinen Sie, könnten Sie aus diesen Räumen eine Wohlfühloase zaubern? Ich mag die typischen Sylter Farben, viel Weiß und ein paar maritime, moderne Accessoires, vielleicht in Blau oder Beige ..."

„Genau so würde ich mir die Wohnung auch vorstellen! Ich denke, ich kann Ihnen da ein paar entsprechende Vorschläge machen. Haben Sie einen Grundriss für mich mit den exakten Quadratmeterzahlen? Dann schicke ich Ihnen mein Angebot per Mail. Kontakt zu einer Malerfirma kann ich auch herstellen."

Frau Lüders war einverstanden. „Ich habe das Gefühl, Sie sind die Richtige für uns. Und Ihr Honorar ist auch angemessen. Ich denke, wir werden uns einig", sagte sie lächelnd und gab Verena die Hand.

Die konnte ihr Glück kaum fassen. Mit Herzklopfen schüttelte sie die Hand ihrer Auftraggeberin. „Vielen Dank, Frau Lüders, ich werde Sie nicht enttäuschen!"

„Kommen Sie, wir setzen uns noch einen Moment auf die Terrasse und plaudern ein wenig. Möchten Sie einen Cappuccino?"

Verena stimmte gerne zu. So kam es, dass sie sich mit Frau Lüders noch eine ganze Weile über die Einrichtung der Wohnung und schließlich auch privat unterhielt. Frau Lüders setzte nachdenklich ihre Tasse ab. „Ich glaube, ich habe mit meinem Mann wirklich Glück gehabt. Was Ihnen passiert ist, passiert leider vielen Frauen nach einer langjährigen Ehe. Ich denke, man sollte jemanden, mit dem man so lange zusammenlebt und Kinder hat, nicht so respektlos hintergehen. Dass man sich nicht mehr liebt und versteht, kann natürlich vorkommen. Mein Mann und ich haben viele Gemeinsamkeiten und können immer noch zusammen lachen. Ich habe allerdings finanziell immer auf eigenen Füßen gestanden. Unabhängigkeit war mir wichtig. Und ich liebe ihn immer noch, auch nach fünfundzwanzig Jahren. Aber ich bewundere Sie, dass Sie hier neu durchstarten wollen. Ich wünsche Ihnen, dass das klappt. Lassen Sie sich nicht unterkriegen!"

Verena verabschiedete sich mit einem guten Gefühl von ihrer Auftraggeberin. Es ging voran, wenn auch mit kleinen Schritten. Beschwingt setzte sie sich auf ihr Rad und drehte noch eine entspannte Runde durch den Ort. Dass sie dabei an Hanno dachte, von dem sie seit dem frühen Morgen nichts mehr gehört hatte, kam ihr gar nicht mehr komisch vor. Das Leben war hier viel leichter als zu Hause. Der Ärger mit Jan lag gerade weit hinter ihr. Also konnte sie auch einen Blick in die „Möweninsel" werfen. Vielleicht freute Hanno sich ja, sie zu sehen!

Caro

Noch in ihr flauschiges Badetuch gewickelt, eilte Caro mit nassen Füssen durch die Wohnung zur Tür und versuchte, nicht dabei auszurutschen. Wer klingelte denn um diese Zeit? Hastig wischte sie sich ein paar Wassertropfen aus dem Gesicht und öffnete die Wohnungstür. Vor ihr stand Ben mit einem riesigen Blumenstrauß und musterte sie amüsiert von den lackierten Zehen bis zum feuchten Haarschopf.

„Frau Nachbarin, ich wusste nicht, dass ich Sie beim nachmittäglichen Bad störe. Eine kleine Geste zur Versöhnung!"

Er reichte ihr, diesmal mit ernstem Gesichtsausdruck, den Blumenstrauß über die Türschwelle.

„Ich würde mich wirklich freuen, wenn wir zusammen einen Kaffee trinken und versuchen könnten, unser Verhältnis …", er stockte kurz, „ich meine unsere Nachbarschaft oder Freundschaft – in freundliche Bahnen zu lenken." Er sah sie mit aufrichtigem Blick an: „Ich mag Sie nämlich ziemlich gerne, Frau Sanders!"

Er räusperte sich und wich ihrem erstaunten Blick aus. Caro musste lächeln. Hinter der frechen Fassade steckte also ein netter Kerl.

„Komm doch einfach rein, Ben", entfuhr es ihr spontan.

„Ich ziehe mich schnell an, dann mache ich uns einen Kaffee. Ich wollte gerade anfangen, für meinen Urlaub zu packen."

„Von mir aus musst du dich nicht anziehen", meinte Ben leise, als er die Wohnung betrat. Zum Glück hatte Caro ihn nicht gehört. Mikesch lief sofort auf den Gast zu und umkreiste miauend seine Beine. Ben bückte sich und streichelte den Kater.

Caro stellte die Blumen in eine Vase, warf sich im Schlafzimmer schnell ein Kleid über, rubbelte einmal durch ihre nassen Haare, legte etwas Lippenstift auf und schlüpfte in ein Paar Ballerinas. Ein paar Minuten später reichte sie Ben strahlend eine Tasse Kaffee. Während sie sich neben ihn setzte, konnte sie nicht vermeiden, immer wieder an Micha zu denken, der auch neben ihr auf dieser Couch gesessen hatte. Sie verspürte wieder diesen schmerzhaften Stich in der Brust, wenn sie an die Nacht dachte, die sie zusammen verbracht hatten. Aber Ben hatte sie schnell in ein anregendes Gespräch verwickelt, und irgendwann sah sie nur noch fasziniert in seine warmen braunen Augen.

Ben bemerkte diese Reaktion schnell und rückte ein Stück näher zu ihr. „Du riechst wirklich gut!", flüsterte er, während er ihr zärtlich eine widerspenstige Haarsträhne aus dem Gesicht strich.

Caro konnte ihre Gefühle nicht ganz einordnen. Ben war ihr sehr sympathisch, aber war sie auch wirklich in ihn verliebt? Noch ehe sie weiter darüber nachdenken konnte, war er mit seinem Gesicht ganz nah an ihres herangekommen. Ihr Herz klopfte schneller. Seine Lippen waren warm und weich, der Kuss war aufregend und schmeckte nach mehr. Gerade, als sie im Begriff war, mit ihm auf die Couch zu sinken, klingelte ihr Handy.

„Lass es doch klingeln", raunte Ben ihr atemlos zu. Doch Caro wand sich aus seiner Umarmung.

„Ich muss da rangehen, könnte was mit der Schule sein", murmelte sie entschuldigend. Aber es war Micha. Zum fünften Mal versuchte er, sie zu erreichen. Vielleicht sollte sie doch seine Erklärung anhören? Schlagartig fühlte sie sich unwohl in Bens Gegenwart. Was machte sie hier bloß? Schlief mit dem einen und küsste am nächsten Tag einen anderen? Sie musste sich erst klarwerden, was sie wirklich wollte. Sonst würde sie einen der Männer verletzen und sich selber auch. „Ben, ich muss dringend noch mal in die Schule. Es geht da um ein Projekt, das muss vor den Ferien geklärt werden …", log sie stotternd.

„Aber du bist doch gar nicht rangegangen?", fragte Ben verwirrt.

„Es war der Direktor. Ich weiß ja, was er wollte", log sie weiter. Dann nahm sie seine Hand. „Sei mir nicht böse. Ich melde mich heute Abend bei dir. Und hab vielen Dank für die wunderschönen Blumen!" Sie hauchte ihm einen Kuss auf die Wange und bugsierte ihn zur Tür.

„Ich möchte mit dir gerne da weitermachen, wo wir aufgehört haben", flüsterte Ben ihr zum Abschied ins Ohr.

Caro wich seinem Blick aus. „Wir werden sehen. Vielleicht sollten wir es langsam angehen lassen", sagte sie etwas zu reserviert. Ben sah sie fragend an, sagte aber nichts. Caro atmete auf, als er seine Wohnungstür hinter sich schloss. Warum war das Leben immer so kompliziert?

Im Wohnzimmer entdeckte sie zum zweiten Mal ein paar Papierfetzen, die Mikesch angeschleppt hatte. Woher zum Teufel kamen die? Caro verfolgte die Spur bis zu seiner Schlafhöhle. Neugierig kramte sie mit einer Hand in der

Höhle herum und förderte ein angekautes Blatt Papier zutage. Sie konnte noch deutlich erkennen, was auf dem Zettel stand:

Liebste Caro, habe gerade eine SMS bekommen. Meinem Vater geht es schlecht. Wollte dich nicht wecken, du hast so fest geschlafen. Melde mich später, Kuss Micha

Caro wurde ganz heiß und kalt. Ihr stockte der Atem. Mikesch war also der Übeltäter! Micha hatte sie gar nicht nur benutzt und dann fallen gelassen! Und sie hatte in ihrer Wut nicht eine Sekunde darüber nachgedacht, ihm zu vertrauen oder seinen Anruf anzunehmen. Er brauchte sie vielleicht gerade jetzt. Ihr wurde ganz schlecht vor lauter Schuldgefühlen. Hektisch wählte sie seine Nummer. Aber natürlich ging er jetzt nicht mehr ran. Mit fahrigen Fingern schrieb sie ihm eine SMS:

Hallo Micha, ich habe deine Nachricht erst jetzt gefunden, sorry! Ich hoffe, deinem Vater geht es besser. Melde dich doch bitte, wenn du kannst! Liebe Grüße Caro

Das sollte vorerst als Entschuldigung reichen.

Sie fügte drei Herzchen zu der Nachricht und schickte sie ab. Wenn er ihr jetzt böse war, konnte sie es ihm nicht verdenken. Um sich abzulenken, holte sie ihren Koffer aus dem Keller und fing tatsächlich an, für Sylt zu packen. Zum Glück hatte Ben seine Wohnung verlassen und war unterwegs, sie hatte vom Fenster aus gesehen, wie er in seinen Wagen gestiegen war. So brauchte sie nicht zu tun, als fahre sie tatsächlich noch einmal zur Schule. Nachdem sie eine Weile gepackt hatte, setzte sie sich aufs Bett und wählte Verenas Nummer. Ihre beste Freundin wusste bestimmt einen Rat. Sie freute sich schon sehr darauf, sie bald wiederzusehen.

Verena

Das Sylter Wetter zeigte sich heute wieder von seiner allerbesten Seite. Kaum ein Wölkchen trübte den strahlend blauen Himmel. Die Menschen strömten in Scharen zum Strand. Der Weststrand war ein Eldorado für Sonnenanbeter und Wasserratten. Verena liebte aber auch die Wattseite mit dem weißen Kliff und der herrlichen Landschaft im östlichen Ortsteil Braderup. Hier konnte sie stundenlang mit Rudi spazieren gehen. Doch jetzt war sie neugierig auf Hannos Reaktion auf ihr Erscheinen. Sie fühlte sich ihm nach der kurzen Zeit schon sehr verbunden und wollte seine Freundschaft gerne noch länger genießen. Sie fragte sich, ob er das Gleiche empfand. Verena stellte voller Optimismus ihr Fahrrad in einem der zahlreichen Fahrradständer ab und verriegelte das Schloss. Dann ging sie, noch von ihrem beruflichen Erfolg beschwingt, erwartungsvoll die wenigen Schritte zu Hannos kleinem Speiseimbiss. Vor dem Außenverkauf hatte sich eine lange Schlange gebildet. Verena hielt ungeduldig an der Menschenmenge vorbei Ausschau nach ihrem neuen Bekannten. Kein Hanno weit und breit. Kurz entschlossen schlängelte sie sich einfach an den Wartenden vorbei zum Einlass vor dem Innenraum. Sie öffnete die Tür, betrat die Bude und sah sich suchend um. Einer der Angestellten, ein junger Mann in kurzer Hose und blauem Shirt, kam auf sie zu.

„Kann ich Ihnen helfen?", fragte er freundlich.

„Ja, ich suche Hanno. Ist er heute nicht hier?"

Der junge Mann schüttelte den Kopf.

„Nein, der Chef kommt erst am späten Nachmittag wieder, tut mir leid. Kann ich ihm etwas ausrichten?"

„Oh, nein, danke. Vielleicht komme ich noch mal wieder", antwortete Verena enttäuscht. Hatte er nicht am Morgen behauptet, er müsse den ganzen Tag hier arbeiten? Aber sie konnte ihn auch falsch verstanden haben. Spontan entschied sie sich, noch eine halbe Stunde am Strand zu bleiben. Zusammen mit anderen Urlaubern lief sie die schmale Holzbrücke entlang durch die Dünen hinunter zum Meer. Der weite Blick über das klare, blaue Wasser faszinierte sie jedes Mal wieder aufs Neue. In der Nähe eines freien Strandkorbs setzte sie sich in den Halbschatten. Zwei Möwen zankten sich ganz in ihrer Nähe um ein Stück Brötchen. Verena schaute den Vögeln eine Weile zu, streckte ihre Füße in den warmen Sand und schloss entspannt die Augen. Sie konnte die Kraft der Sonne in ihrem Gesicht und auf den Armen spüren. Am Nachmittag würde sie sich einen Strandkorb mieten und im Meer schwimmen gehen. Das hatte sie sich verdient. Ein neues Buch wartete auch schon auf sie. Verena liebte Cosy-Crime-Krimis. Spannend, aber nicht zu brutal, das Leben war schließlich oft anstrengend und grausam genug. Ein roter Softball, der gegen ihre Schulter prallte, riss sie aus ihren Gedanken. Zwei Kinder hatten vorne am Wasser damit gespielt und ihn aus Versehen in ihre Richtung geworfen. Jetzt sahen sie mit einer Mischung aus Verlegenheit und dem

Verlangen, ihren Ball wiederzubekommen, in Richtung der fremden Frau. Verena stand lachend auf und warf den Ball zu ihnen zurück. Fröhlich winkte eines der Kinder ihr zu. Verena winkte ebenfalls kurz und entschloss sich, ein paar Schritte am Meer entlangzulaufen, um Muscheln zu suchen. Das hatte sie früher oft mit ihren eigenen Kindern getan und liebte es auch heute noch. Jedes Jahr verwahrte sie die Muscheln in einer großen, flachen Schüssel auf der Fensterbank in ihrem Haus.

Eine halbe Stunde später hatte sie ihre Tasche voll mit Schalen der kleinen Meeresbewohner. Sie würde ihre Schätze in der Ferienwohnung unter klarem Wasser abspülen, vorsichtig trocknen, um sie dann in der alten Holzkiste, die ihre Kinder ihr vor Jahren zum Geburtstag bemalt und geschenkt hatten, aufzubewahren. Entspannt lief Verena den Weg vom Strand hoch Richtung Parkplatz. Als ihr Blick über die zahlreichen Touristen wanderte, die rings um das Gosch-Restaurant standen, blieb er bei einer Person plötzlich hängen. War das nicht Hanno? Und neben ihm stand Pauline! Spontan hatte sie den Impuls, ihm entgegenzulaufen oder ihn wenigstens laut zu rufen, da wandte er sich aber schon einer jungen, blonden Frau zu, die ihm strahlend in die Arme fiel. Hanno schien sie gar nicht mehr loslassen zu wollen. Verena fühlte eine riesengroße Enttäuschung in sich aufsteigen. Was hatte sie sich gedacht? Dass dieser attraktive, erfolgreiche Mann sich nur für sie interessierte? Er war schließlich ungebunden, und obwohl er sich über Jans Verhalten empört hatte, schien er ja derselben Vorliebe zu frönen. Älterer Mann, junge Frau. Der ganze Schmerz ihrer eigenen Trennung überrollte sie auf einmal mit voller Wucht. Nur mit Mühe konnte sie ihre Tränen unterdrücken. Schnell schnappte sie sich ihr

Fahrrad und bemühte sich, nicht mehr zu Hanno hinüberzusehen. Die Blondine hatte sich inzwischen in Hannos Arm geschmiegt und streichelte Pauline. Verena war ganz schlecht vor lauter Kummer. Das war's dann mit der neuen Freundschaft! Auf solche Typen konnte sie gut verzichten. Sobald Caro da war, würden sie ihren Mädelsurlaub durchziehen. Die Kerle konnten ihnen gestohlen bleiben!

Verena war gerade die Hälfte der Strecke gefahren, da klingelte ihr Handy. Erschöpft hielt sie ihr Fahrrad an, suchte sich eine ruhige Stelle in der Nähe des Minigolfplatzes und nahm den Anruf an, als sie gesehen hatte, dass es Caro war.

„Caro, an dich habe ich gerade gedacht", seufzte sie deprimiert in den Hörer. „Ich wünschte, du wärst schon da!"

Dann brachen ihre Tränen durch den dünnen Damm von Selbstbeherrschung, den sie sich aufgebaut hatte.

„Verena, was ist denn los?", fragte Caro erschrocken. Sonst hatte ihre Freundin doch immer so glücklich gewirkt, seit sie auf der Insel war. „Eigentlich wollte ich dir ja von meinem Liebeswirrwarr erzählen, aber jetzt bist du erst mal dran. Was ist passiert?"

Verena erzählte ihrer Freundin alles, von Hanno und seinem Hund, dem Frühstück, Jans Anruf und natürlich von Hannos junger Geliebter.

„Ach Mensch, Vreni, ich kann verstehen, wie du dich fühlst. Das tut mir so leid! Es hörte sich doch wirklich so an, als sei dieser Hanno ein netter Kerl! Aber die meisten Männer denken eben nicht mit ihrem Gehirn. Trotzdem, glaub mir, es sind nicht alle so, und du hast jemand ganz Besonderen verdient. Warte nur, bis ich da bin! Ich werde mir diesen Hanno vorknöpfen. Dann kann er sich seine Bratwurst sonst wohin stecken!"

Auf einmal musste Verena lachen. Caro würde tatsächlich ihre Worte in die Tat umsetzen, wenn man sie ließ.

„Nee, lass mal, am besten vergessen wir die Männer für eine Weile, wenn du da bist. Jetzt geht es mir auch schon viel besser." Sie schnäuzte sich in ein Papiertaschentuch und trocknete ihre Tränen. „Was wolltest du mir denn erzählen?"

Doch Caro dachte jetzt nur an den bevorstehenden Urlaub.

„Ach, eigentlich nur, dass ich schon einiges gepackt habe und mich riesig freue! Am Wochenende bin ich bei dir! Ich will so braun werden, als wenn wir in der Karibik wären, das schwöre ich dir. Jeden Tag Strand, natürlich nur mit Lichtschutzfaktor fünfzig!"

Verena musste wieder lächeln. Gut, dass es Caro gab. „Aber was ist mit deinem Kollegen? Und deinem Nachbarn? Wird es mit einem von beiden was Ernstes?"

Caro dachte kurz nach. „Ja, weißt du, es gab da auch bei mir einige Missverständnisse. Ich hoffe, ich kann das bis Ende der Woche klären. Vielleicht werde ich dir dann Neues berichten. Außerdem muss ich Mikesch noch zu meiner Cousine bringen, er bleibt für die Ferien bei ihr. Er ist ja kein Hund wie Rudi, da kann ich ihn leider nicht mitnehmen. So, und jetzt Kopf hoch! Lass dich nicht ärgern und mach es dir schön. Wir sehen uns Samstag!"

„Bis Samstag dann! Übrigens, warte noch, etwas Gutes gibt es doch: Ich habe einen Job als Inneneinrichterin! Ich werde endlich eigenes Geld verdienen. Du wirst staunen, wie toll die Ferienwohnung hinterher aussehen wird. Endlich etwas, was mir richtig Spaß macht. Also mach's gut, wir sehen uns!"

Caro

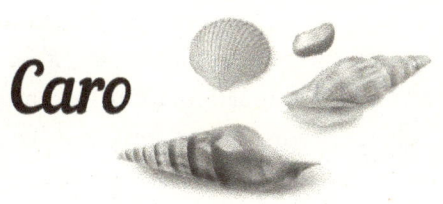

Wie tröstlich so ein kleiner Kater doch sein konnte! Mikesch kuschelte sich wohlig auf Caros Bauch, während sie auf der Couch saß und auf ihr Handy starrte. Eigentlich hatte sie Verena ihr Herz ausschütten wollen, aber der ging es ja noch schlechter als ihr. Wieso meldete Micha sich denn nicht? Caro strich Mikesch über das seidige Fell, was ihm ein zufriedenes Schnurren entlockte. „Mikesch, sei froh, dass du kein Mensch bist! Beziehungen sind wirklich das nackte Grauen. Entweder man schwebt auf Wolke sieben, oder man ist in der Hölle. Woher weiß man, wer der richtige Lebensmensch für einen ist?"

Mikesch öffnete kurz seine Augen und schenkte ihr einen verständnislosen Blick. Er mochte es sowieso nicht, wenn fremde Männer sein Frauchen besuchten. Obwohl – Micha hatte er eigentlich sofort gemocht. Ob das ein gutes Zeichen war? Seufzend wählte Caro ein letztes Mal Michas Nummer. Wieder lief nur die Mailbox. Frustriert legte sie das Handy auf den Wohnzimmertisch. Wenn er Zeit hatte, würde er sich schon melden. Sie wollte ja nicht wie eine Stalkerin wirken. Während sie mit ihrem Kater auf der Couch döste, versuchte sie fortwährend, sich über ihre Gefühle klar zu werden. Sie hätte sich nie auf Micha eingelassen, wenn sie nicht wirklich viel für ihn empfunden hätte. Zu Ben fühlte sie sich ebenfalls hingezogen, aber war sie auch in ihn verliebt? In so einer Situation war sie noch nie gewesen. Aber vielleicht würde sie Klarheit erhalten, wenn sie im Urlaub war und ihr dann bewusst wurde, wen sie wirklich vermisste. Ihr Wunsch, endlich eine Familie zu gründen, war in der letzten Zeit so übermächtig gewesen, dass sie Angst hatte, den falschen Weg zu gehen. Außerdem graute es ihr davor, so zu enden wie Verena. Anscheinend hielten nur die wenigsten Beziehungen ein Leben lang. Aber sollte sie das davon abhalten, es selbst zu versuchen? Caro schüttelte den Kopf. Nein, wer aus Angst vor allem weglief, der verpasste auch die schönen Momente und das Glück. Eine Garantie gab es doch sowieso für nichts. Sie kraulte Mikesch hinter den Ohren und hob ihn dann sanft von ihrem Schoß. Sie würde einfach weiterpacken, das lenkte sie ab. Zu ihrer Überraschung kam, kaum, dass sie wieder im Schlafzimmer stand und ihren Schrank geöffnet hatte, eine Nachricht auf ihrem Handy an. Hastig wischte Caro über das Display. Es war nicht Micha. Die Nachricht war von Jan, Verenas Mann. Was wollte der denn von ihr?

„Hallo Caro, du bist sicher nicht gut auf mich zu sprechen, aber ich würde gerne mit dir reden. Ich weiß, ich habe vieles falsch gemacht. Verena ist so abweisend geworden. Vielleicht kannst du mir helfen, wieder mit ihr ins Gespräch zu kommen? Es wäre mir wirklich wichtig! Viele Grüße Jan

Zum Donnerwetter! Jetzt versuchte es Jan auch noch bei ihr auf die jammernde Tour! Was bildete dieser Heini sich eigentlich ein? Caro war ganz und gar nicht bereit, zwischen den beiden zu vermitteln. Zumindest so lange nicht, bis

Verena dies selbst wünschte. Eigentlich hatte sie Jan nie so wirklich gemocht. Er tat Verena nicht gut. Mit ihm zusammen war sie immer nur die treusorgende Hausfrau und Mutter gewesen. Sie konnte nie sie selbst sein. Jetzt sollte sie erst einmal Abstand gewinnen und sich ein neues Leben aufbauen. Entschlossen tippte sie in ihr Handy:

Lieber Jan, geh doch dahin, wo der Pfeffer wächst! Wenn Verena mit dir reden will, sagt sie dir das schon! Gruß Caro

Zufrieden schaltete sie das Handy aus und widmete sich wieder ihrem Koffer. Dabei fiel ihr auf, dass sie sich noch ein paar neue Shirts und einen Bikini zulegen könnte. Ein schickes Kleid konnte auch nicht schaden! Kurz entschlossen entschied Caro sich, in der Stadt shoppen zu gehen. Das würde ihre Laune bestimmt verbessern!

Caro mochte das einzige große Kaufhaus in ihrer Stadt. Zwar shoppte sie auch gerne in kleinen Boutiquen, aber hier fand sie eine große Auswahl an Marken und Sortimenten. Entspannt streifte sie durch die einzelnen Abteilungen, schnupperte in der Parfümerieabteilung an den neuen Düften, probierte einen knallroten Lippenstift aus und studierte die aktuellen Trendfarben fürs Augen-Make-up.

„Kann ich Ihnen helfen?", fragte eine perfekt gestylte junge Verkäuferin plötzlich und riss Caro aus ihrer Muße. Erschreckt sah Caro auf und musterte verlegen das stark geschminkte Gesicht der jungen Frau. Trug man die Augenbrauen jetzt so buschig?

„Ähm, nein, eigentlich wollte ich nur mal schauen …", erwiderte sie höflich. Sie mochte es nicht, wenn Verkäufer zu aufdringlich waren. Aber die junge Dame ließ nicht locker.

„Bei Ihnen könnte ich mir ein softes Türkis für die Augen

gut vorstellen. Und wir haben da eine ganz neue Wimpern-
tusche, die macht auch aus wenig Wimpern mehr. Sie sollten
sehen, wie Ihr Blick danach strahlt!"

Die Verkäuferin warf einen kurzen Blick auf Caros kurze
Wimpern. Die fühlte sich ob ihrer scheinbar unzulänglichen
Körpermerkmale zusehends unwohl. Sie trug eher selten
Make-up, ein natürlicher Look war ihr lieber. Alleine der
Gedanke, die braune Farbe beim An- und Ausziehen auf
ihrer Kleidung zu haben ...

„Danke, wie gesagt, ich schaue mich nur mal um", betonte
sie nachdrücklich.

„Der rote Lippenstift ist gerade im Angebot. Fünfzehn
Prozent, und das bei dieser Kultmarke. Die Farbe macht
um Jahre jünger", versuchte die Verkäuferin, die vielleicht
Anfang zwanzig war, es ein letztes Mal.

Jetzt hätte Caro den Lippenstift sowieso für kein Geld der
Welt mehr gekauft.

„Dann komme ich in zehn Jahren noch mal wieder",
antwortete sie süffisant und verließ hoch erhobenen
Hauptes den Drogeriebereich. Zum Glück wurde sie in der
Bekleidungsabteilung schnell fündig.

Eine Stunde später stolzierte sie mit einem blauen Bikini,
zwei T-Shirts, einem weißen Sommerkleid, einer gelben
Strickjacke und einem Sonnenhut in der Tüte aus dem Kaufhaus. Draußen schien ihr die Sonne unmittelbar ins Gesicht,
und Caro atmete tief durch. Sie war gerne Lehrerin, aber
jetzt freute sie sich einfach nur auf die Ferien. Bei ihrem
Einkaufsbummel hatte sie sogar ganz vergessen, ständig
auf ihr Handy zu schauen. Aber nun guckte sie doch kurz
nach. Micha hatte geschrieben! Endlich! Er schien ihr nicht
böse zu sein und wollte sich gegen Abend persönlich bei

ihr melden. Erleichtert steckte sie das Smartphone wieder in ihre Tasche. Ein warmes Gefühl überkam sie. Der Abend mit ihm war schön gewesen. Vielleicht hatte ihre Beziehung ja doch eine Chance! Caro fiel ein Stein vom Herzen. Jetzt würde sie sich drüben an ihrer Lieblingseisdiele noch ein großes Spaghetti-Eis gönnen.

Gerade, als sie auf die Eisdiele zusteuerte, fiel ihr ein Gesicht auf, das sie schon einmal auf einem Foto gesehen hatte, das Verena ihr gezeigt hatte. War das nicht die junge Kollegin von Jan, mit der er Verena betrogen hatte? Tatsächlich! Die junge Frau saß mit einer Freundin an einem der Tische im Außenbereich, rührte in ihrem Eiskaffee und unterhielt sich angeregt. Caro stellte sich neugierig in die Schlange und versuchte, dabei unauffällig dem Gespräch zu lauschen. Jans Name fiel immer wieder, die jungen Frauen kicherten, unterhielten sich über die Arbeit, aber was Caro dann hörte, schlug dem Fass den Boden aus. Sie war so geschockt, dass sie zuerst überhaupt nicht auf den Eisverkäufer reagierte, der nach ihrem Wunsch fragte, weil sie endlich an der Reihe war. Zerstreut bestellte sie zwei Kugeln Zitrone im Hörnchen, denn sie konnte sich jetzt beim besten Willen nicht hinsetzen und in Ruhe einen Eisbecher löffeln. Das Ganze war so unglaublich, dass sie es selbst erst einmal verarbeiten musste.

Verena

Die Enttäuschung über Hanno saß tief. Verena stocherte lustlos in dem Schollenfilet herum, das Tante Marlene ihr serviert hatte.

„Mein Gott, Kind, der arme Fisch kann doch nichts dafür, dass dieser Hanno nicht bei der Arbeit war! Und du weißt doch gar nicht, wer diese junge Frau ist!"

Aufmunternd klopfte Marlene ihrer Nichte auf die Schulter. „Kopf hoch, Verena. Wenn du ihn das nächste Mal siehst, frag ihn einfach. Du kennst den Mann doch kaum. Vielleicht ist er ein Filou, vielleicht hat er aber auch gar nichts Schlimmes getan."

Sie räusperte sich und wurde eine wenig verlegen. „Außerdem habe ich ein Attentat auf dich vor. Wenn du nachher vom Strand kommst, kannst du dann für zwei Stunden die Gästebetreuung übernehmen? Da kommt eine neue Familie an, denen müsstest du nur die Schlüssel übergeben und vorher kurz die Wohnung lüften. Und ans Telefon gehen, falls jemand anruft."

Verena sah mürrisch von ihrem Teller auf. „Wo musst du denn hin?" Ihre Tante schien neuerdings sehr umtriebig zu sein. Manchmal telefonierte sie heimlich und tat dann so, als habe sich nur jemand verwählt. Sie war doch wohl nicht krank?

Tante Marlene winkte ab. „Ach, nur eine alte Schulfreundin. Wir wollen zusammen spazieren gehen und ein wenig über alte Zeiten quatschen."

Neugierig musterte Verena ihre Tante. Dafür war sie extra beim Friseur gewesen? Und ein neues Kleid trug sie auch, fiel ihr jetzt erst auf. Sie sah richtig schick aus. Gerade wollte sie etwas sagen, da stupste Rudi sie ungestüm an. Es war Zeit für seine große Gassirunde. Die Sonne war von einigen Schäfchenwolken verdeckt, sodass es nicht mehr zu heiß für das Tier war. Und er liebte es wirklich, hier auf Sylt lange Spaziergänge zu machen. Dabei traf er auf viele interessante Artgenossen, die mehr oder weniger gut erzogen waren. Da Rudi ein sehr verträglicher und sozialer Zeitgenosse war, gab es meistens keine Probleme. Das Problem waren mehr die Halter, die ihre unerzogenen Hunde frei laufen ließen, selbst in Naturschutzgebieten.

„Kein Problem, Tante Marlene", antwortete Verena mit einem schelmischen Grinsen. „Ich gehe jetzt mit Rudi spazieren, danach lege ich mich an den Strand, aber dann bin ich ganz für dich da. Du kannst dich auf mich verlassen!"

Tante Marlene strahlte. „Danke, mein Schatz! Ich wünsche dir viel Spaß heute! Lass dich nicht unterkriegen! Du wirst sehen, die Sache mit Hanno wird sich aufklären."

Verena nickte unentschlossen. Ihre Erfahrungen hatten ihr gezeigt, lieber vorsichtig zu sein. Und wenn die Bekanntschaft mit Hanno nicht andauern würde, dann war das eben so. Sie kraulte Rudi den Rücken, räumte trotz Marlenes Protest den Esstisch ab, schnappte sich dann die Hundeleine und ging kurz rüber in ihre Ferienwohnung. Einmal

Sonnencreme auftragen, einen Sonnenhut aufsetzen, eine Flasche Wasser und Leckerchen für Rudi einpacken, schon konnte es losgehen! Mit jedem Schritt durch die schöne Landschaft besserte sich ihre Laune. Heute hatte Verena den Weg Richtung Kampen entlang der Felder gewählt. Zuerst verweilte sie mit Rudi am Dorfteich, beobachtete die Enten und Gänse auf dem Wasser, dann spazierte sie mit Blick auf die kleine Friesenkapelle, in der sie früher immer hatte heiraten wollen, Richtung Rad- und Wanderweg. Verena versuchte, Heirat und Ehe wieder aus ihren Gedanken zu verbannen. Einmal verheiratet gewesen zu sein, war genug. Ab jetzt würde sie das Leben führen, das ihr guttat, und sie würde sich Mühe geben, nicht verbittert zu sein, sondern offen für das, was das Leben ihr noch schenken würde. Rudi hatte mit alldem nichts am Hut. Er schnupperte begeistert an jedem Grashalm. Für ihn war jeder Tag ein schöner Tag, solange es etwas zu fressen und mehrere interessante Spaziergänge gab. Unglaublich, dass Jan ihr den Hund wegnehmen wollte. Dabei hatte er ihn nie wirklich gewollt. Verena schüttelte wortlos den Kopf, während Rudi eine kleine Hundedame begrüßte, die ein wenig ängstlich vor seiner Nase hin und her tänzelte. Doch der gutmütige Rüde hatte sie schnell von seiner Harmlosigkeit überzeugt. Leider kam in dem Moment ein großer grauer Weimaraner angeschossen, den sein Herrchen, ein junger Mann in weißem Polohemd und hellblauen, teuren Mokassins, nicht wirklich im Griff hatte. Der Weimaraner baute sich knurrend vor Rudi und seiner neuen Hundefreundin auf, dessen Frauchen ihren Liebling erschreckt näher zu sich heranzog. Doch der Weimaraner hatte nicht mit Rudi gerechnet, der nun ebenfalls mit angespannter Rute seine Zähne fletschte. So kannte Verena ihn gar nicht.

„Der will nur spielen!", rief der Mann den beiden Frauen zu. Er machte keine Anstalten, seinen Hund zu sich zu rufen.

„Haben Sie nicht gesehen, dass man Hunde hier an die Leine nehmen muss?", fragte Verena erzürnt. „Und ganz besonders, wenn Ihr Hund auf andere losgeht!", fügte sie hinzu.

„Nun machen Sie hier mal nicht so einen Wind", antwortete der Mann mit arroganter Miene. „Ihr Mischling hat meinen Cosimo gereizt, das sieht doch ein Blinder!"

Wie zur Bestätigung knurrte und bellte Rudi den Weimaraner kräftig an, der tatsächlich zurückwich.

„Er hat ihn höchstens erzieherisch zurechtgewiesen", entgegnete Verena souverän. „Was Sie offensichtlich nicht können!"

Nach diesen Worten drehte sie sich um, ließ den arroganten Hundehalter mit offenem Mund stehen und setzte ihren Weg fort. Solchen Leuten war sowieso nicht zu helfen.

Eine Stunde später kamen die beiden glücklich, aber müde zurück in ihrer Ferienwohnung an. Rudi bekam einen Knochen und verzog sich in sein Körbchen, Verena schlüpfte in ihren Bikini und packte eine Leinentasche für den Strand. Sie hatte sich unterwegs noch eine Modezeitschrift und ein Stück Butterkuchen gekauft. Ihr neues Buch musste natürlich auch mit, denn sie wollte unbedingt lesen.

„Bis später, Rudi!", sagte sie zu ihrem Hund, während sie zur Tür ging. „Mach keinen Blödsinn und schlaf dich aus. Ich bin bald wieder da!"

Rudi schenkte ihr einen kurzen, treuherzigen Blick, dann wandte er sich direkt wieder seinem Knochen zu.

Am Strand wurde es jeden Tag voller. Man merkte, dass die Ferien unmittelbar bevorstanden. Trotzdem hatte Verena noch einen Strandkorb ergattern können, in den sie jetzt ihre Habseligkeiten packte. Wie wunderschön der Blick auf das weite, silbrig blau glänzende Meer war! Hannos Imbissbude hatte sie links liegen lassen. Vor der „Möweninsel" hatte sich wie jeden Tag um diese Zeit eine lange Menschenschlange gebildet. Sie wollte gar nicht wissen, ob Hanno womöglich seiner jungen Bekannten in diesem Moment ein leckeres Menü zauberte. Wenn er sie wiedersehen wollte, würde er sich schon melden! Verena breitete ein Handtuch auf der Sitzfläche des Strandkorbs aus, setzte ihre Sonnenbrille auf und griff zu ihrem Buch. Jetzt würde sie schmökern, bis der Arzt kam!

Caro

Zu Hause hatte Caro ihre Einkäufe achtlos in den Flur gestellt und war unschlüssig auf ihre Couch gesunken. Jetzt
hielt sie ratlos ihr Handy in der Hand und überlegte. Sollte
sie Verena direkt anrufen? Aber damit würde sie nur wieder
Öl ins Feuer gießen und ihre Freundin beunruhigen. Außerdem hatte sie keine Beweise für das, was sie gehört hatte.
Vielleicht war es besser, damit zu warten, bis sie selbst auf
der Insel war. Schließlich sollte Verena ihre Ehemisere für
eine Weile vergessen. Auf jeden Fall würde die ganze Sache
die Angelegenheit völlig verändern. Ob Jan davon wusste?
Oder hatte seine Geliebte ein falsches Spiel mit ihm gespielt?
Mit Verenas Ex-Mann hatte sie wirklich noch am wenigsten
Mitleid. Eigentlich geschah es ihm recht, dachte Caro.
Verena musste ihren eigenen Weg gehen. So schlimm Jans
Betrug auch war, ohne diese Krise hätte Verena sicher noch
Jahre an dieser unglücklichen Beziehung festgehalten. Und
jetzt war sie gerade dabei, sich wieder zu fangen, neu zu be-
ginnen, und hatte sogar einen netten Mann kennengelernt.
Nein, Caro würde das Gehörte erst einmal für sich behalten.
Noch anderthalb Schultage, dann würde sie ebenfalls Rich-
tung Sylt aufbrechen. Motiviert sprang sie auf, schnappte

sich ihre Einkaufstüten, entfernte die Etiketten von den Neuanschaffungen und legte die Sachen fein säuberlich in ihren Koffer. Bis auf einige wenige persönliche Dinge wie Kosmetika hatte sie schon alles gepackt. Sie freute sich sehr auf die Fahrt mit ihrem Beetle Cabrio. Auf Sylt konnte man wunderbar im Sonnenschein über die Insel kurven. Als sie schließlich gut gelaunt mit einem Eistee auf dem Balkon saß, klingelte ihr Handy. Es war Micha. Caros Herz schlug gleich ein paar Takte schneller.

„Caro, hallo, endlich erreiche ich dich", hörte sie seine leicht verlegen klingende Stimme. „Hör zu, ich wollte nicht … Na ja, ich meine, es sah bestimmt blöd aus, als du heute Morgen aufgewacht bist und ich war nicht mehr da."

Er räusperte sich, und Caro wusste auch nicht so recht, was sie sagen sollte. Schließlich war sie ganz schön stinkig gewesen, bevor sie seinen Zettel gefunden hatte.

„Ja, ich gebe zu, ich war etwas verwirrt. Aber stell dir vor, Mikesch hatte sich deine Nachricht geschnappt. Ich habe sie erst nach Stunden gefunden!"

Micha lachte leise, aber seine Stimme klang bedrückt.

„Du, sag mal, was ist denn los mit deinem Vater?", fragte Caro deshalb besorgt. „Geht es ihm wieder besser?"

„Leider nicht. Er hatte am frühen Morgen einen Herzinfarkt. Ich bin noch bei ihm in der Klinik. Er wurde schon operiert, aber die Ärzte sagen, die kommende Nacht entscheidet, ob er es schafft. Das kam wie aus heiterem Himmel. Meine Mutter ist mit den Nerven am Ende. Ich kann sie jetzt nicht alleine lassen."

Micha wirkte müde und deprimiert. So kannte sie ihn gar nicht. „Schon gut, das verstehe ich doch. Kümmere du dich um deine Familie. Ich freue mich, wenn du dich wieder bei mir meldest. Zum Glück sind ja bald Ferien. Gute Besserung und die allerbesten Wünsche für deinen Vater", fügte sie noch hinzu. Sie kannte seine Eltern nicht, aber sie wusste, dass er aus einer intakten Familie kam und eine enge Bindung zu seinen Eltern und seiner Schwester hatte.

„Danke, Caro, das ist lieb", antwortete Micha. Dann murmelte er noch ein leises „die Nacht mit dir war schön, du fehlst mir", aber bevor sie darauf reagieren konnte, hatte er schon aufgelegt. Du fehlst mir auch, dachte Caro versonnen und lehnte sich in ihrem Liegestuhl zurück. Wie gerne hätte sie ihn jetzt in den Arm genommen. Sie schloss die Augen und konnte plötzlich wieder seinen Duft riechen und seine Wärme spüren. War er der Richtige? Dieser eine, mit dem sie den Rest ihres Lebens verbringen wollte? Um diese Frage zu beantworten, war es noch zu früh, entschied sie schließlich. Sie kannten sich als Kollegen, aber ob ihre Beziehung Bestand haben würde, würde sich erst zeigen. Die Gedanken kreisten in ihrem Kopf, ohne dass sie sie stoppen konnte. Ehe sie sich's versah, war sie über der ganzen Grübelei eingeschlafen.

Eine Stunde später wachte sie auf, weil sie von irgendwoher jemanden ihren Namen rufen hörte. Irritiert sah Caro sich um, stand leicht benommen auf und entdeckte schließlich Ben Paulsen, der unten auf der Straße neben seinem Auto stand und ihr zuwinkte.

„Hast du Lust auf eine Pizza?", rief er mit strahlendem Lächeln. Caro musste schmunzeln. Dem Kerl konnte man einfach nicht widerstehen. Er hatte so viel Charme, dass jeder Widerstand zwecklos war.

„Was bist du eigentlich für ein Orthopäde? Musst du nie arbeiten?", rief sie zurück.

Ben schüttelte den Kopf. „Ich fange erst in zwei Wochen an. Die Praxis wird gerade renoviert."

Caro, die zum Glück selten zum Arzt musste, grinste ihn an. „Na, dann komm mal hoch. Ein Stück Pizza wäre nicht schlecht." Während sie durchs Wohnzimmer zur Tür schlurfte, meldete sich kurz ihr schlechtes Gewissen. War das unfair Micha gegenüber? Was würde sie denken, wenn er nach so einer Nacht die Referendarin bei sich hätte, während sie im Krankenhaus war? Doch dann verwarf sie jeden Skrupel. Ben war doch eigentlich nur ein Nachbar und guter Freund, mit dem sie ein bisschen quatschte und Pizza aß.

Was sie jedoch nicht ahnen konnte, war, dass Micha die ganze Szene beobachtet hatte. Er hatte sich kurz entschlossen Zeit genommen, um doch noch bei ihr vorbeizuschauen. Nun stand er mit bedrückter Miene und einem kleinen Strauß voller rosafarbener Sommerblumen an der Ecke der Straße. So hatte er sich das nicht vorgestellt. Zornig stopfte er die schönen Blumen in den Papierkorb an der Ampel und machte sich auf den Rückweg zur Klinik. Offenbar hatte Caro ja schnell Ersatz für ihn gefunden. Dabei hatte er sie für verlässlich und ehrlich gehalten. Er war schon lange heimlich in sie verliebt gewesen, und jetzt, wo es endlich ernst geworden war mit ihnen beiden, traf sie sich noch mit anderen Männern. Dieser Typ war doch ganz offensichtlich verknallt in Caro. Wie hatte er nur so blind sein können!

Caro warf noch schnell einen prüfenden Blick in den Garderobenspiegel, fuhr mit der Hand einmal durch ihre Haare und öffnete Ben die Tür.

„Hallo, meine Schöne! Ihr Lieferservice mit der besten Pizza der Welt!"

Ben strahlte sie an, während er auf seiner Hand einen riesigen Pizzakarton balancierte. Kurz bevor die Pizza ihm aus der Hand zu rutschen drohte, griff Caro beherzt zu.

„Das musst du aber noch mal üben, so als Pizzabote. Deine Kartons musst du schon im Griff haben!", neckte Caro ihn lächelnd. Ben zuckte belustigt mit den Schultern und folgte ihr durch die Wohnung auf den Balkon.

„Möchtest du ein Glas Wein dazu? Echten italienischen?", fragte Caro ihren Besuch.

„Gerne. Hast du Rotwein?", erkundigte sich Ben.

Caro nickte und verschwand wieder in die Küche. Kurze Zeit später schenkte sie sich und ihrem Nachbarn einen gut gekühlten, leichten Rotwein ein und setzte sich in den freien Stuhl. Die Pizza war wirklich fantastisch. Vor lauter Genuss kamen sie gar nicht zum Reden. Schweigend kauten die beiden an ihrem letzten Stück.

„Puh, jetzt bin ich wirklich voll!", stöhnte Caro nach einer Weile.

Ben blinzelte ihr verschwörerisch zu. „Das könnten wir gerne öfter machen. Wenn du Pizza liebst, liefere ich dir gerne einmal in der Woche eine anständige Mahlzeit." Er beugte sich vor und griff nach ihrer Hand. Dabei sah er ihr tief in die Augen. „Als gemeinsames Essen natürlich."

Caro, der das Glas Wein etwas zu Kopf gestiegen war, fühlte sich plötzlich unbehaglich. Sie hatte Ben gar nicht zu irgendwelchen romantischen Äußerungen animieren wollen. Ein gemütliches Essen unter Nachbarn, so hatte sie sich das gedacht. Sicher, Ben sah gut aus, er war witzig und bemühte sich ganz offensichtlich um sie, aber sie wollte jetzt keinen Fehler machen. Erst musste sie sich über ihre Gefühle klarwerden. Und da spielte Micha nun mal eine große Rolle. Sie musste sehen, was die nächsten Tage bringen würden. Vielleicht tat ihr der Abstand im Urlaub sogar gut.

„Ben, versteh mich nicht falsch …“, begann sie zögerlich und zog ihre Hand vorsichtig unter seiner weg. „Du bist ein toller Mann und ich mag dich sehr, aber ich will …“ Sie suchte verzweifelt nach Worten, die ihn nicht kränken würden. „Ich will nichts überstürzen.“ Erleichtert lehnte sie sich in ihrem Gartenstuhl zurück. Nun war es raus. Zumindest in vereinfachter Form.

„Was heißt nichts überstürzen?“, fragte Ben mit einem Anflug von verletztem Stolz in der Stimme. „Die Signale, die du mir gesendet hast … habe ich die alle falsch verstanden? Ich meine, da war doch was zwischen uns. Oder liege ich komplett daneben?“

Er war jetzt aufgestanden und lief unruhig auf dem großen Balkon hin und her.

„Ben, setz dich doch wieder“, bat Caro ihn inständig. „Du machst mich ganz nervös!“

Ben sah sie für einen Augenblick mit traurigen Augen an, dann nahm er wieder Platz.

„Sieh mal, das geht mir einfach alles zu schnell“, erklärte Caro, die sich immer noch nicht dazu durchringen konnte, ihm von Micha zu erzählen. „Lass uns doch Freunde bleiben und wir sehen, wo das hinführt. Weißt du, ich habe schon einige Enttäuschungen hinter mir, ich bin einfach vorsichtig, was Beziehungen angeht. Woher soll man wissen, ob man sich auf die richtige Person einlässt?“

Bens Gesichtsausdruck war von Satz zu Satz abweisender geworden. „Du glaubst also, ich sei nicht vertrauenswürdig? Weißt du, auch Männer haben durchaus Zweifel und Ängste.

Aber wenn man es erst gar nicht versucht, kann man auch nicht herausfinden, ob man zueinanderpasst."

Er stand wieder auf und schaute mit leerem Blick in den Abendhimmel. „Ich respektiere, dass du Zeit brauchst und dir über deine Gefühle klarwerden willst. Wenn du mich brauchst, du weißt ja, wo ich wohne!"

Caro sah bestürzt zu ihm auf. Etwas in ihr rief: Lass ihn nicht gehen!, aber sie war wie gelähmt. So konnte sie nur mit einem flauen Gefühl im Magen zuschauen, wie er ihr den Rücken zuwandte und ihre Wohnung tief enttäuscht verließ. Plötzlich überkam sie so eine tiefe Traurigkeit, dass sie die Tränen nicht mehr zurückhalten konnte. Erst Mikesch, der sich schnurrend auf ihren Schoß legte, konnte sie aus ihrer Niedergeschlagenheit holen.

„Schon gut, mein Kleiner", besänftigte sie ihn und tupfte sich mit einer Serviette die letzten Tränen aus dem Gesicht. „Du musst dir keine Sorgen machen. Du hast einfach ein beziehungsunfähiges Frauchen. Ich glaube, wir brauchen beide erst mal Urlaub. Und jetzt bekommst du dein Abendessen!"

Dass Micha sich an diesem Abend auch nicht mehr bei ihr meldete, versetzte ihr zwar einen Stich, aber ihr Karma war zurzeit ganz offensichtlich schlecht. Sie würde sich jetzt ganz auf den Urlaub konzentrieren und die Männer Männer sein lassen!

Verena

Verena sah entspannt von ihrem Buch auf. Obwohl rings um sie herum das Strandleben tobte, hatte sie sich ganz in die Geschichte fallen lassen können. Gute Bücher gaben so etwas her. In letzter Zeit las sie bevorzugt Romane, die eine positive, lebensfrohe Betrachtungsweise vermittelten. Sie war dünnhäutig geworden nach ihrer Trennung von Jan, aber fest entschlossen, ihr Leben wieder in den Griff zu bekommen. Verena blinzelte gegen die Sonne an, nahm ihre Sonnenbrille kurz ab, putzte sie mit einem sauberen Taschentuch, setzte sie wieder auf und erstarrte. Das konnte doch nicht wahr sein! Sie schaffte es nicht, die Augen von dem Mann zu lösen, der grinsend in viel zu bunten Badeshorts und rosa Zehentrennern vor ihr stand. Ich glaub, mich trifft der Schlag, dachte Verena und versuchte, ihr galoppierendes Herz zu beruhigen. Das war doch Jan! Da stand wahrhaftig ihr abtrünniger Ehemann in einem lächerlichen Aufzug vor ihr! Wo kam der denn auf einmal her?

„Um Himmels willen, willst du, dass ich einen Herzinfarkt bekomme?", schimpfte Verena verärgert und zog sich rasch eine Tunika über ihren Bikini. Wie seltsam sich das anfühlte, dass sie sich vor ihrem Noch-Ehemann nicht im Bikini zeigen wollte. Aber mit der Trennung war auch eine rasche Entfremdung einhergegangen, außerdem hatte Verena unterbewusst immer noch die Befürchtung, er würde sie mit seiner jungen Geliebten vergleichen. Ihr verletztes Selbstbewusstsein war noch nicht vollständig wiederhergestellt.

Jans Gesichtsausdruck wechselte von einem ersten vergnügten Grinsen wegen seines (in seinen Augen) gelungenen Überraschungsauftritts zu einer zerknirschten Miene.

„Ach, Verena, reg dich doch nicht gleich wieder auf! Ich dachte, du freust dich! Du wolltest nicht mit mir reden, da blieb mir doch keine andere Wahl. Vor ein paar Wochen hast du mich noch angefleht, zu dir zurückzukommen."

Er senkte schuldbewusst den Kopf und scharrte nervös mit den Zehen im Sand. Fassungslos starrte Verena ihren Mann an. Was glaubte er eigentlich, wie er mit ihr umgehen konnte? Sie hatte ihm eindeutig erklärt, dass sie Abstand von ihm wollte und ganz bestimmt nicht, dass er sie hier auf Sylt besuchen sollte. Schon stieg der ganze Ärger wieder in ihr hoch.

„Jan, ich finde es unglaublich, dass du hier auftauchst. Was sagt denn deine Freundin dazu?", fragte sie ihn, als sie sich wieder gefangen hatte.

„Die findet es gut, wenn wir uns endlich aussprechen", log er, ohne Verena dabei anzusehen. „Sie meint, dass es besser wäre, wenn wir im Guten auseinandergehen. Ist ja viel Unschönes passiert die letzte Zeit."

Die letzten Worte brabbelte er sich in seinen nicht vorhandenen Bart, aber Verena hatte ihn ganz genau verstanden. Trotzdem traute sie dem Braten nicht. Als ob dieses junge Ding Jan auf einmal ziehen ließ, nachdem sie die ganze Zeit eifersüchtig ihre Krallen in ihn gehauen hatte. Da musste doch irgendetwas vorgefallen sein.

„Gibt es Stress im Liebesparadies?", fragte sie amüsiert. „Du willst mir doch nicht erzählen, deine Annika hat dich einfach so in den Urlaub fahren lassen? Alleine. Zu mir!"

Jan sah sich betreten um. Offenbar hatte er Sorge, dass jemand mithörte. „Es gab keinen Streit", behauptete er. „Aber mir wird das im Moment alles zu viel. Was das alles kostet … Die neue Wohnung, die Babyausstattung, Annikas Klamotten …"

Jetzt jammert er schon wieder rum und erwartet auch noch Mitleid von mir, dachte Verena verärgert. Geizig war er ja schon immer gewesen.

„Das hättest du dir eher überlegen sollen", erklärte Verena kurz angebunden. „Und jetzt entschuldige mich bitte, ich würde mich sehr gerne noch eine Weile sonnen."

„Aber Verena …", fing Jan wieder an. „Ich weiß, ich habe einen riesengroßen Fehler gemacht. Kannst du mir nicht wenigstens ein bisschen Zeit schenken? Wir waren über zwanzig Jahre zusammen. Ist dir das gar nichts wert?"

Treuherzig sah er sie an. Jetzt fiel ihm also auf einmal ein, dass sie so lange zusammen gewesen waren. Wenn es ihm nutzte, dann war es was wert. Sie musterte ihren Noch-Ehemann durch ihre Sonnenbrille. Es wollte sich einfach kein Gefühl der Zusammengehörigkeit mehr einstellen. Der Beginn ihres neuen Lebens fühlte sich besser an als das, was sie die letzten Jahre erlebt hatte, nicht erst seit seinem Betrug. Jan hatte sich verändert, aber leider nicht zu seinem Vorteil. Was ihren Blick wieder zu seiner sicher teuren, aber unzumutbar bunten Badehose schweifen ließ. Die war etwas für einen zwanzigjährigen Surfer, aber nicht für einen Mann fortgeschrittenen Alters mit leichtem Bierbauch. Obwohl er daran für seine junge Geliebte anscheinend hart trainiert hatte. Jan, der ihren Blick bemerkt hatte, zog den Bauch ein und sah sie bittend an.

„Na schön", erklärte Verena etwas versöhnlicher. „Wir können uns heute Abend zum Essen treffen, dann können wir reden. Aber auch nur dann. Wie lange bist du denn eigentlich hier auf der Insel?", fragte sie mit zusammengekniffenen Augen.

„Bis zum Wochenende", antwortete Jan erleichtert. „Ich verspreche auch, dich nicht weiter zu stören. Um halb acht in List bei Gosch?", fragte er dann. „Da waren wir doch mit den Kindern immer so gerne."

Hoffnungsvoll wartete er auf ihre Antwort. Sein Rücken musste in der prallen Sonne inzwischen ziemlich verbrannt sein, dachte Verena leicht schadenfroh. Er war schon immer sehr empfindlich gewesen.

„Da ist es mir zu voll für ein ernstes Gespräch. Ich kenne hier in Wenningstedt ein kleines Lokal, da können wir in aller Ruhe reden. Um acht."

Sie erklärte ihm den Weg zu dem kleinen Restaurant und war froh, dass er anschließend tatsächlich von dannen zog. Er wohnte in einer Pension an der Westerlandstraße, hatte er noch eilig berichtet. Falls sie mal vorbeikommen wolle …

Verena schüttelte den Kopf. Sie konnte sich beim besten Willen nicht vorstellen, dass es für ihre Ehe noch eine Chance gab. Außerdem steckte mehr hinter seinem Besuch. Vielleicht hatte seine junge Geliebte ihn ja rausgeschmissen. Oder er vermisste Verenas Rundum-Service. Wer wusste das schon? Sie schnappte sich ein Stück Butterkuchen und beschloss, noch eine Runde schwimmen zu gehen, bevor sie sich später auf den Weg nach Hause machte. Sie hatte fest vor, sich nicht mehr runterziehen zu lassen. Und schon gar nicht von Jan, obwohl sie ein leicht mulmiges Gefühl dabei hatte, sich am Abend mit ihm zu treffen. Aber früher oder später hätten sie eh miteinander reden müssen. Es gab ja viel zu klären. Genüsslich stopfte sie sich das letzte Stück Kuchen in den Mund und musste dabei kurz an das leckere Frühstück mit Hanno denken. Was der wohl gerade machte?

Caro

Der letzte Schultag war angebrochen! Sowohl die Lehrer als auch die Schüler waren nur noch physisch anwesend. Alle warteten gespannt auf die Zeugnisausgabe, danach war das Schuljahr passé. Für die einen ein Grund zum Jubeln, weil sie ihren Abschluss geschafft oder in die nächste Klasse versetzt worden waren, für einige wenige ein Grund zum Trübsal blasen, weil sie das Klassenziel nicht erreicht hatten. Aber auch die Lehrer atmeten auf, denn das letzte Jahr war kein leichtes gewesen. Und wer behauptete, Lehrer hätten zu viel Freizeit und machten den Job sowieso nur wegen der langen Ferien, der sollte doch für ein paar Monate mal mit einem von ihnen tauschen, dachte Caro verärgert. Kaum jemand konnte sich vorstellen, wie viel Stress und Verantwortung dieser Job bedeutete. Endlose Vorbereitungen zu Hause, Arbeiten korrigieren, Fortbildungen, Elternabende, Konferenzen … Sie hatte gerade den Brief einer unzufriedenen Mutter gelesen, deren Sohn faul und renitent war, aber glaubte, nur weil er aus einer Akademikerfamilie kam, hätte er bessere Noten verdient. Seufzend packte Caro das Klassenbuch in den Schrank und beobachtete heimlich Micha, der sich angeregt mit einer Kollegin aus der Mittelstufe unterhielt. Seine schwarzen Locken bewegten sich bei jeder seiner Bewegungen. Die neue Brille trug er auch noch. Er war ihr die letzten Tage aus dem Weg gegangen. Ein knapper Gruß, ein kurzer Wortwechsel – Caro schob es auf die Sorge um seinen Vater, aber insgeheim hatte sie das Gefühl, dass mehr dahintersteckte. Er hatte doch gesagt, er vermisste sie. Und wenn sie ihn in der Schule sah, konnte sie nicht verhehlen, dass sie sich zu ihm hingezogen fühlte. Sehr sogar. Das hatten inzwischen auch die Kollegen gecheckt, nur Micha tat so, als wäre überhaupt nichts gewesen. Caro nahm sich vor, ihn gleich nach Ende des Unterrichts abzufangen. Für ein klärendes Gespräch so kurz vor ihrem Urlaub würde er doch wohl Zeit haben, wenn ihm die Nacht mit ihr etwas bedeutet hatte. Auch wenn Caro sich eingeredet hatte, dass sie den ganzen Beziehungskram für die Zeit des Urlaubs vergessen wollte, konnte sie doch nicht so ganz gegen ihre Gefühle angehen. Als sie sich nervös ein paar widerspenstige Haare aus der Stirn strich, spürte sie kurz Michas Blick auf ihrem Gesicht. Hoffnungsvoll erwiderte sie diesen, aber seine Augen blieben unergründlich, und gerade als sie ihm mit einer Geste zu bedeuten versuchte, dass sie ihn sprechen wollte, wandte er sich wieder ab. Seufzend packte Caro ihre Schultasche und bereitete sich darauf vor, für die allerletzte Stunde vor den Sommerferien zu ihren Schülern zu gehen. Unglücklicherweise versperrte der Lateinlehrer ihr den Weg, sodass sie wohl oder übel an Micha vorbeimusste, der sein Gespräch beendet hatte und ihr ungeschickt zu entgehen versuchte. Da packte Caro auf einmal der Stolz. Sie stellte sich genau dorthin, wohin er zu fliehen versuchte. Widerstrebend ergab er sich in sein Schicksal.

„Micha, was ist denn los?", fragte Caro mit einem Hauch von Verzweiflung in der Stimme. „Ich habe das Gefühl, du gehst mir aus dem Weg. Dabei habe ich gehört, deinem Vater geht es schon viel besser." Sie dämpfte ihre Stimme, damit die Kollegen nicht allzu viel mitbekamen. „Ich dachte, du und ich …" Sie verstummte für einen Moment, als sie seinen gequälten Gesichtsausdruck sah. „Hat dir das nichts bedeutet?" Sie musste schlucken, um ihre Nervosität zu überspielen. Wollte sie die Antwort wirklich hören?

Michas intensiver Blick schien sie förmlich zu durchdringen. Caros Herz klopfte bis zu den Ohren. Ihr war ein wenig schwindelig, so stark berührte sie seine Gegenwart. Er musterte sie unverblümt, als erwarte er, dass sie wüsste, was er dachte. Die Temperaturanzeige im Lehrerzimmer stieg auf unerträgliche achtundzwanzig Grad, feuchtwarme Luft strömte durch das geöffnete Fenster. Caro strich sich zum wiederholten Male eine verschwitzte Strähne aus dem Gesicht. Gerade als Micha den Mund öffnete und anfangen wollte zu reden, erklang die Schulglocke zur nächsten Stunde. Erleichtert klappte Micha den Mund wieder zu und zuckte mit den Schultern. So leicht kommst du mir nicht davon, dachte Caro und hielt ihn am Ärmel fest.

„Nach der Schule, hinten am alten Baum, okay?", sagte sie forsch, ohne ihn widersprechen zu lassen. Sie drehte sich abrupt um und verschwand zwischen dem Schuldirektor und der Sekretärin Richtung Tür. Puh, hoffentlich hielt er sich daran. Das wäre doch gelacht, wenn sie nicht wie zwei erwachsene Menschen miteinander reden könnten!

Dann war es endlich geschafft. Die Schüler stürmten glücklich aus dem Schulgebäude. Jetzt gab es nur noch Urlaub, Freibad, Freizeit. Das Kollegium verabschiedete sich traditionell im Lehrerzimmer voneinander. Der Direktor hatte eine ganze Platte belegter Brötchen spendiert, einige Kollegen und Kolleginnen hatten sogar Kuchen gebacken. Doch nach einer halben Stunde Smalltalk waren alle heiß darauf, in die wohlverdienten Ferien zu verschwinden. Rasch wurde alles aufgeräumt, Abfall eingesammelt und die Reste des Büfetts wurden verteilt. Die Hitze setzte allen zusätzlich zu. Caro griff nach ihrer Wasserflasche, die sie in einem Zug leerte. Dabei behielt sie Micha ganz genau im Auge. Als sich ihre Blicke trafen, nickte sie ihm zu und zeigte Richtung Schulhof. Micha nickte ebenfalls. Zehn Minuten später marschierte Caro angespannt auf ihren Kollegen zu, der auf der Bank unter ihrem Lieblingsbaum bereits auf sie wartete. Caro lächelte Micha an, doch sein Gesicht blieb regungslos. Tapfer setzte sie sich zu ihm.

„Caro, hör zu …", fing Micha an, kaum, dass sie Platz genommen hatte. „Ich mag dich, aber ich hatte …" Er stockte, so als müsste er seine Worte mit Bedacht wählen. Caro fühlte sich von Minute zu Minute unbehaglicher. Micha drehte sich zu ihr, sodass er ihr direkt in die Augen schauen konnte. Caro fröstelte es, denn sie konnte in seinen Augen lesen, was er ihr sagen wollte. Sein Blick war wund und traurig.

„Ich mag dich wirklich", fing er wieder an. „Aber vielleicht ist es besser, wenn wir nur Freunde bleiben. Eine Beziehung unter Kollegen – das kann doch nicht gut gehen."

Man merkte ihm an, wie schwer ihm dieser Satz fiel. Er wiederholte seine Aussage, so als ob er sich selbst beweisen wollte, dass sie stimmte. „Das denkst du doch auch, oder?", fragte er sie dann. Glomm da ein Fünkchen Hoffnung in seinen Augen? Warum wirkte er so resigniert? Caro war wie gelähmt und konnte nicht antworten. Damit hatte sie nicht gerechnet. Insgeheim hatte sie sich eine feste Beziehung mit ihm gewünscht. Es stimmte doch alles. Sie verstanden sich gut, waren auf einer Wellenlänge, und was den Sex betraf – viel besser konnte es nicht sein. Sie fühlte einen körperlichen Schmerz, weil er sie plötzlich so kühl abwies. Na gut, vielleicht nicht kühl, aber doch überraschend. Was war nur passiert?

Caro versuchte ihre Tränen zu unterdrücken. Jetzt nur keine Schwäche zeigen. Vielleicht hatte er sie wirklich nur ins Bett kriegen wollen, und mehr war da nicht zwischen ihnen. So ein Verhalten hätte sie ihm nicht zugetraut. Zu allem Unheil hörte sie nun auch noch die grelle Stimme dieser blöden Referendarin quer über den Schulhof rufen. Caro sah auf und blinzelte gegen einen Sonnenstrahl an. Wie die mit wehenden Haaren und flatterndem Rock auf Micha zugelaufen kam! Ihr Ausschnitt zeigte mehr, als er verhüllte. Caro wurde übel. Wenigstens schien Micha nicht besonders erfreut zu sein, obwohl er freundlich tat. Er erklärte der jungen Frau, dass er gleich für sie da sein würde, und bat sie, auf dem Parkplatz auf ihn zu warten. Schmollend zog die Referendarin ab, nicht ohne Caro einen verächtlichen Blick zuzuwerfen.

Micha wandte sich ihr wieder zu und nahm ihre Hände in seine. Diese zärtliche Geste schmerzte sie erneut, denn wozu tat er das, wenn er sie nicht liebte? Moment mal, Liebe, wie kam sie jetzt darauf? Verwirrt schaute sie auf ihre ineinander verschlungenen Hände. Liebte sie Micha denn? Ihr wurde abwechselnd heiß und kalt. Er tat es doch bestimmt nur aus Mitleid. Hastig entzog sie ihm ihre Finger. „Micha, ich bin etwas durcheinander", sagte sie leise. „Ich mag dich auch, und ich dachte … na ja, ich dachte, wir könnten wirklich zusammen sein. Ich verstehe nicht, warum du meinst, als Kollegen könnten wir kein Paar sein. Wenn es uns ernst ist …?" Sie sah ihn fragend an, doch er wich ihr aus.

„Caro, vielleicht bist du nicht bereit für eine ernsthafte Beziehung", fing er an. „Es gibt so viele Männer, du warst immer unabhängig, und ich sehne mich nach Zweisamkeit, Treue, Liebe, einer Familie …" Seine Stimme wurde brüchig. Aber ich doch auch, wollte Caro herausschreien, doch ihre Stimme versagte. Micha stand jetzt auf. „Ich wünsche dir einen wunderschönen Urlaub, Caro", sagte er steif. „Und ich wünsche dir, dass du glücklich wirst. Das meine ich ernst!"

Caro erhob sich mit zitternden Knien. „Gut, wenn du das so willst", sagte sie kraftlos. „Deine Referendarin wartet."

Für einen kurzen Augenblick hatte sie das Gefühl, zusammenzubrechen. Sie schwankte, und Micha trat besorgt an sie heran, um sie aufzufangen. Caro schluchzte, warf sich für einen unüberlegten Moment in seine Arme, atmete seinen Duft ein und spürte seine Wärme, seine tröstliche Umarmung, dann entwand sie sich ihm brüsk und lief geradewegs ins Schulgebäude, ohne sich auch nur einmal umzuschauen. Sollte die blöde Kuh ihn doch bekommen. Die war doch schon immer scharf auf ihn gewesen. Hätte sie sich umgeschaut, hätte sie gesehen, wie Micha ihr überrascht und mit todtraurigem Blick hinterhersah. Jetzt war er sich nicht mehr sicher, ob er das Richtige getan hatte.

Verena

Das Wasser fühlte sich himmlisch kühl und erfrischend an. Die zwei Stunden, die sie zwischendurch die Gästebetreuung für Marlene übernommen hatte, waren wie im Flug vergangen. Verena tauchte unter einer Welle hindurch, schwamm ein paar Züge aufs Meer hinaus und genoss das Gefühl, sich frei und leicht zu fühlen. Die Nordsee war auch im Sommer immer etwas kälter als das Mittelmeer, aber es lohnte sich, den ersten Schauer zu überwinden und zuerst die Füße und dann nach und nach den gesamten Körper in das herrliche Nass einzutauchen. Verena atmete ruhig und langsam, und mit jedem Zug, den sie schwamm, fühlte sie sich stärker. Hier auf Sylt war das Leben angenehm. Sie hatte großes Glück, eine Tante wie Marlene zu haben, die sie jederzeit besuchen konnte. Verena drehte sich und schwamm wieder zurück Richtung Strand. Man durfte die Strömungen hier im Meer nicht unterschätzen. Jedes Jahr kamen einige Menschen in brenzlige Situationen. Doch Verena war schon wieder im knietiefen Wasser angekommen, ordnete mit einer Hand ihre nassen Haare und ließ sich von der strahlenden Sonne wärmen. Gleich neben ihr planschte ein etwa dreijähriges Mädchen glückselig mit einer Schüppe und einem kleinen Eimerchen am Meeressaum. Verena lächelte die Kleine und ihren Vater an. Das Kind juchzte freudig und zeigte Verena stolz den Inhalt ihres Eimers. Vier Muscheln, ein toter Krebs und zwei farbige Steine.

„Na, da hast du ja eine tolle Sammlung!", bewunderte Verena die Fundstücke der Kleinen. „Wenn Sie noch ein Stück weitergehen, dort vorne, da kann man besonders gut Muscheln suchen", gab sie dem jungen Vater einen Tipp. Der nickte dankbar, musste sich aber gleich darauf um das nun schreiende Kind kümmern, das das Gleichgewicht verloren hatte und mit dem Allerwertesten ins Wasser geplumpst war. Schmunzelnd trocknete Verena sich in ihrem Strandkorb ab. Sie dachte gerne an die Zeit zurück, als ihre Kinder so klein gewesen waren. Aber jetzt konnte sie endlich wieder ihr eigenes Leben führen, ihre eigenen Ziele verfolgen. Sie trank einen Schluck Apfelschorle, wechselte den Bikini gegen ihre Kleidung und trug etwas Lippenstift auf. Jetzt war es aber Zeit, mit Rudi einen Abendspaziergang zu machen. Danach traf sie sich mit Jan. Über die Einrichtung der Ferienwohnung ihrer Kundin musste sie sich auch langsam Gedanken machen. Nachdem sie alles zusammengepackt hatte, machte sie sich auf den Nachhauseweg. Sie war so in Gedanken, dass sie Hanno übersah, der oben an der Holzbrücke stand und sie beobachtete.

„Hallo, Verena", begrüßte er sie mit einem vertrauten Lächeln. Verena blickte erschrocken drein und spürte, wie ihr die Hitze ins Gesicht stieg. Für einen kleinen Moment sahen die beiden sich schweigend in die Augen. Dann ließ Verena hektisch ihren Blick schweifen. Ihr Kinn begann zu zittern. Wo war seine junge Freundin? Doch sie konnte weit und breit niemanden entdecken. Nur seine Hündin saß neben ihm.

„Warst du schwimmen?", fragte Hanno, der sich wunderte, dass Verena so einsilbig blieb. Die musste sich schwer zusammenreißen, um locker zu wirken.

„Ja, ich habe ein bisschen gelesen, mich gesonnt und war zum Schluss eine Runde schwimmen. Und was hast du so gemacht?"

Hanno zuckte mit den Schultern. „Gearbeitet, was sonst? Das schöne Wetter kann ich leider nur bedingt genießen", sagte er und verzog seufzend den Mund. Verena beschloss, ihn nicht darauf anzusprechen, dass sie ihn mit dieser jungen Frau gesehen hatte. Im Grunde ging es sie ja auch gar nichts an. Sie kannten sich erst kurz, waren lose befreundet und hatten einmal zusammen gefrühstückt.

„Hast du Lust, mit mir und Pauline spazieren zu gehen? Ich hätte jetzt Zeit", fragte Hanno und sah sie erwartungsvoll an. Verena zögerte für ein paar Sekunden. Eine Familie mit drei Kindern und einem voll beladenen Bollerwagen schubste sie unsanft aus dem Weg.

„Ja, äh, in Ordnung", stammelte sie dann Richtung Hanno. „Gib mir eine Viertelstunde Zeit. Wir treffen uns am Minigolfplatz."

Hanno runzelte verwirrt die Stirn und sah ihr nachdenklich hinterher. Wieso wirkte sie auf einmal so abweisend? Er hatte sich lange niemandem mehr so geöffnet wie Verena. Es hatte sich gut angefühlt, Zeit mit ihr zu verbringen. Vielleicht hatte sie sich auch einfach nur überrumpelt gefühlt. Er würde sie später danach fragen.

Verena eilte schnellen Schrittes zu ihrer Ferienwohnung. Auch ihr ging vieles durch den Kopf. Was sollte sie jetzt davon halten? Mochte er sie, mochte er sie nicht? Und dann noch die Sache mit Jan ... Ihr Magen krampfte sich schmerzhaft zusammen. Sie wusste nicht mehr, was sie denken sollte. Wieso war ihr Ex-Mann auch nach Sylt gekommen? Das war wieder so typisch, dass er ihre Wünsche missachtete. Irgendwie wurde ihr gerade wieder alles zu viel. Sie hatte nicht damit gerechnet, heute noch etwas von Hanno zu hören. Aber was sollte es, Rudi musste eh raus und die Hunde mochten sich. Es war ja nichts wirklich Schlimmes passiert zwischen ihnen. In der Wohnung begrüßte sie ihren Hund, warf einen prüfenden Blick in den Spiegel, kämmte sich die Haare und trug einen Hauch von Parfüm auf. Es roch wunderbar zitrisch und versetzte sie gleich in eine bessere Stimmung.

„So, mein Lieber, deine Freundin Pauline und ihr Herrchen warten auf uns. Benimm dich gefälligst, ich kann heute keinen weiteren Stress ertragen!", ermahnte sie halb im Scherz den Hund. Rudi legte den Kopf schief und sah sie treuherzig an. Verena musste lachen.

„Ist ja schon gut, mein Süßer. Ich weiß doch, dass du immer brav bist."

Sie streichelte ihm über den Kopf, leinte ihn an und schnappte sich ihre Handtasche. Es konnte losgehen!

Kurze Zeit später stand sie Hanno wieder gegenüber. Rudi und Pauline begrüßten sich begeistert. Ihr Herz machte einen Sprung, als sich ihre Hände zufällig beim Auseinanderwirren der Leinen berührten.

„Tut mir leid, wenn ich vorhin etwas einsilbig war", sagte sie leise, ohne ihm dabei in die Augen zu sehen. „Ich hatte ein wenig Stress heute."

Hanno musterte sie prüfend, ging aber nicht weiter darauf ein. Wenn Verena ihm erzählen wollte, was los war, würde sie es schon machen. „Ist schon gut. Wir haben alle mal einen schlechten Tag."

Eine Weile gingen sie schweigend mit den Hunden nebeneinanderher. Verena empfand die Situation aber nicht als unangenehm, ganz im Gegenteil, in Hannos Gegenwart fühlte sie sich wieder so gut wie am Morgen. Die Ruhe, die er ausstrahlte, übertrug sich irgendwie auch auf sie. Und plötzlich war sie wieder bereit, sich mit ihm zu unterhalten.

„Ist viel los in deiner Bude, oder?", fragte sie. „Ich war heute Mittag kurz da, aber ich hab dich nicht gesehen."

Hanno warf ihr einen merkwürdigen Blick zu.

„Kann schon sein, dass ich mal kurz eine Pause gemacht habe. Es ist wirklich anstrengend, die Gäste den ganzen Tag freundlich zu bedienen. Da muss man manchmal Luft holen."

Seine eisblauen Augen funkelten sie an. Ob er ahnte, dass sie ihn mit seiner blonden Freundin gesehen hatte? Warum verschwieg er ihr, dass er gebunden war?

„Das kann ich verstehen. Ich weiß nicht, ob ich diesen Job machen könnte", antwortete sie.

„Warum hast du mich gesucht? Ist etwas passiert?", fragte Hanno jetzt mit seiner tiefen, dunklen Stimme.

„Ja, das ist es tatsächlich. Stell dir vor, ich hab meinen ersten Auftrag in der Tasche! Eine tolle Ferienwohnung am Normannenweg. Eine sehr nette Kundin. Ich glaube, ich kann eine richtig tolle Unterkunft daraus machen. Ideen habe ich jedenfalls genug. Die Besitzerin war begeistert!"

Hanno freute sich über Verenas Erfolg. Spontan klopfte er ihr anerkennend auf die Schulter und strich ihr dabei versehentlich übers Haar. Verena hielt den Atem an. Sie waren jetzt beim Dorfteich angekommen, standen plötzlich verlegen nebeneinander und wussten nicht, was sie sagen sollten. Selbst die Hunde saßen andächtig Schulter an Schulter und sahen den Enten beim Schwimmen zu.

„Verena …", fing Hanno an. Seine Stimme klang heiser. Verenas Herz schlug schneller. Entweder gestand er ihr jetzt seine Gefühle oder er erzählte von seiner Geliebten. Ihre Beine wurden schwach.

„Verena, ich muss dir …", versuchte Hanno weiterzureden, doch da unterbrach ihn eine schrecklich bekannte Stimme.

„Verena, Schatz, da bist du ja!"

Keine zwei Meter entfernt pirschte sich Jan an die beiden heran. Schatz? Bei dem piept es wohl, dachte Verena verärgert. Hanno schaute verwundert erst zu Jan, dann zu Verena. Selbst Rudi war nicht sonderlich begeistert vom Besuch seines ehemaligen Herrchens. Desinteressiert widmete er sich nach einem kurzen Blick wieder Pauline und leckte ihr über die Lefzen. Verena musterte ihren Noch-Ehemann mit zusammengekniffenen Augen. Schon wieder so ein rosafarbenes Hemd. Dazu teure braune Mokassins und eine beige Chino. Seine Freundin hatte ihn offensichtlich einer Gehirnwäsche unterzogen. Früher hatte Jan sich sportlich-bequem gekleidet und überhaupt keinen Wert auf teure Markenware gelegt. Sie hob eine Augenbraue und wollte einen blöden Kommentar fallen lassen, besann sich aber eines Besseren.

„Willst du mich dem Herrn nicht vorstellen?", fragte Jan fordernd. Er führte sich auf wie ein Platzhirsch, der seine Ansprüche klarstellt. Als Verena nicht reagierte, nahm er selbst das Heft in die Hand. Ganz offensiv nahm er Hanno ins Visier.

„Ich bin Jan, Verenas Mann." Ein leichtes, aber falsches Lächeln umspielte dabei seine Lippen. Er musterte den Kontrahenten abschätzig und reichte dem verdutzten Hanno die Hand. Verena fühlte sich hundeelend. Jan hatte mal wieder im richtigen Moment gestört.

„Ex-Mann, um genau zu sein", korrigierte sie ihn aufgebracht. „Und ich habe ihn nicht eingeladen", setzte sie noch hinzu. Hannos Miene verriet, dass er enttäuscht war und sich unwohl fühlte.

„Nett, Sie kennenzulernen", sagte Hanno trotzdem höflich. „Ich bin Hanno, ein Bekannter Ihrer Frau. Und jetzt muss ich dann auch mal weiter. Einen schönen Abend noch!"

Verzweifelt sah Verena ihm nach. Am liebsten hätte sie ihn aufgehalten. Aber das würde die Situation jetzt auch nicht mehr retten. Besser sie brachte das Treffen mit Jan gleich hinter sich. Sie würde Hanno später alles erklären. Hoffentlich wollte er das auch hören. Mit einer Zornesfalte auf der Stirn wandte sie sich zu Jan.

„Was fällt dir ein, mich Schatz zu rufen? Und wieso spionierst du mir hier hinterher? Mit wem ich spazieren gehe, geht dich gar nichts an!"

Jan gab sich kleinlaut.

„Tut mir leid, ich war ganz zufällig hier. Und noch bin ich doch schließlich dein Mann. Da kann ich deine neuen Freunde doch auch kennenlernen. Ich wollte dich nicht ärgern, ehrlich!"

Sie wollte schon erwidern, dass es nicht nötig war, dass er ihre Freunde kennenlernte, ließ es aber bleiben. Es hatte sowieso keinen Sinn, sich mit ihm zu streiten. Er sah ohnehin nie ein, was er falsch machte. Verena gab sich geschlagen.

„Belassen wir es dabei. Ich bringe Rudi jetzt nach Hause, dann treffen wir uns im Restaurant", erklärte Verena.

„Aber ich kann dich doch …", fing Jan an.

„Nein, kannst du nicht!", sagte Verena scharf. „Um acht im Restaurant, und damit basta!"

Caro

Der Begriff „sich wie ein heulendes Elend fühlen" hatte bei Caro eine ganz neue Dimension erreicht. Völlig verweint saß sie zu Hause auf ihrer Couch, die Knie angezogen und eine Decke fest um ihre Beine geschlungen. Im Radio lief „Just The Way You Are" von Bruno Mars, was sie zu einem erneuten Weinanfall brachte. Wie konnte jemand so schöne Lieder schreiben, wo doch das Leben alles andere als ein Paradies war? Und warum sagte zu ihr niemand solche wundervollen Worte? Caro schnäuzte sich lautstark in ihr vorletztes Taschentuch. Die ganze Couch und auch der Tisch und der Fußboden waren übersät von zusammengeknüllten Papiertüchern. Mikesch stakste mit befremdetem Blick durch das Chaos und sah sein Frauchen vorwurfsvoll an. Eigentlich sollte sie ihn schon längst zu ihrer Cousine gebracht haben, und Hunger hatte er auch. Schuldbewusst wischte Caro sich die letzte Träne aus dem Gesicht, stellte das Radio aus und erhob sich gequält. Morgen würden ihre Augen zugeschwollen sein und Kopfschmerzen würde sie auch haben. Dabei wollte sie doch zeitig losfahren Richtung Sylt. Vor lauter Missmut stiegen ihr schon wieder die Tränen in die Augen, aber sie kämpfte tapfer dagegen an. Schluss jetzt mit dem ganzen Selbstmitleid. Micha hatte sie abserviert, das war nun mal so. Sie würde Mikesch jetzt etwas zu fressen geben, eine kalte Dusche nehmen, Augenpads auflegen, eine Kopfschmerztablette schlucken und mit dem Leben weitermachen. Im Urlaub würde es ihr bestimmt besser gehen. Dort konnte sie zusammen mit Verena ihre Wunden lecken. Apropos Verena, da fiel ihr gleich wieder ein, was Jans Geliebte in dem Eiscafé gesagt hatte. Verena würde aus allen Wolken fallen, wenn sie das hörte. Kaum hatte sie an ihre Freundin gedacht, da tönte auch schon ihr Handy. Eine Nachricht von Verena.

Liebe Caro, Jan ist hier auf der Insel! Stell dir das mal vor! Ich bin so froh, wenn du endlich kommst. Erzähle dir später alles. Liebe Grüße Vreni

Caro traute ihren Augen nicht. Was wollte Jan von Verena? Er dachte doch nicht etwa daran, sie zurückzugewinnen? Weil er schon wusste, was sie auch wusste? Konzentriert tippte sie mit ihren entzündeten Augen ein paar Worte an Verena.

Halt die Ohren steif und lass dich nicht einwickeln! Bin bald bei dir. Werde bloß nicht schwach! Muss dir morgen auch unbedingt was erzählen. Liebe Grüße zurück Caro

Stirnrunzelnd legte sie ihr Handy zur Seite. Wenn das mal gut ging … Sie machte sich große Sorgen um ihre Freundin. Aber Verena war schließlich erwachsen, hatte aus den Ereignissen der letzten Zeit gelernt und war reifer geworden. Caro öffnete eine Katzenfutterdose, streichelte Mikesch, duschte anschließend ausgiebig und fühlte sich danach schon viel besser. Zehn Minuten später schloss sie mit dem Katzenkorb auf dem Arm und Mikeschs gesamtem Equipment in einer Tasche ihre Wohnungstür ab. Der kleine Racker würde ihr fehlen. Aber so eine lange Fahrt und der Ortswechsel waren nichts für eine Katze.

„Caro, hey, kann ich dir irgendwie helfen?", hörte sie Ben sagen, der gerade von seiner Joggingrunde zurückgekehrt war. Er war verschwitzt und konnte nur stoßweise sprechen. Mit einem Tuch trocknete er sein Gesicht und seinen Hals eilig ab. Caro versuchte angestrengt, ihr verquollenes Gesicht zu verbergen. Sie hatte extra ihre Sonnenbrille mitgenommen, die sie nun ungelenk aufzusetzen versuchte. Dabei fiel ihr das Katzenkörbchen fast aus der Hand. Ben war sofort zur Stelle und fing das Körbchen samt Mikesch auf.

„Ich begleite dich zum Auto", sagte er bestimmt. „Sonst holt Mikesch sich noch eine Beule."

Caro gab ihm murrend die Erlaubnis. Er bemerkte natürlich die Sonnenbrille, die sie im Hausflur nicht gebraucht hätte, musterte sie auch kurz verwundert, aber er sagte nichts. Dankbar für seine Hilfe und seine Zurückhaltung trottete Caro erleichtert mit ihm zu ihrem Cabrio. Ben half ihr, die Utensilien auf dem Rücksitz zu verstauen.

„Ganz schön viel Gepäck für so einen kleinen Kater", scherzte er lächelnd.

„Er soll doch alles dabeihaben, was er braucht", sagte Caro leicht verstimmt. „Mikesch ist mehr als nur ein Kater für mich. Ich möchte, dass es ihm gut geht. Wer keine Haustiere hat, kann so was meistens nicht verstehen", erklärte sie ihm.

Ben nickte. „Ich verstehe dich schon. Als Kind hatte ich eine Hündin, Laika, die habe ich über alles geliebt."

Überrascht sah Caro ihn durch die dunklen Brillengläser an. Das hätte sie nicht von ihm gedacht. Er war ein netter Kerl, und vielleicht hatte sie ihm unrecht getan. Aber

Gefühle konnte man nicht erzwingen. Trotzdem wollte sie ihrer Freundschaft eine Chance geben.

„Vielen Dank, Ben. Es tut mir leid, wenn ich letztens so garstig zu dir war. Ich bin im Moment gefühlsmäßig etwas durcheinander."

Sie spielte verlegen mit ihrem Autoschlüssel. Ben trat auf sie zu, legte vorsichtig einen Arm um ihre Schulter und drückte sie sanft an sich.

„Alles wird gut, glaub mir. Du kennst doch das Sprichwort: Wenn sich eine Tür schließt, öffnet sich eine andere. Und wenn sie sich nicht öffnet, ist es nicht deine Tür!"

Caro musste lächeln. Es tat gut, von einem Freund so bestärkt zu werden. Sie gab Ben spontan einen Kuss auf die Wange.

„So, jetzt muss ich aber los. Meine Cousine wartet schon. Vielleicht sehen wir uns später noch? Auf einen Abschiedstrunk?"

Diese Einladung war ihr spontan rausgerutscht, obwohl sie eigentlich hundemüde war. Aber Ben hatte schon begeistert zugesagt.

„Gerne. Sag mir einfach Bescheid, wenn du wieder da bist!"

Caro stieg in ihr Auto und fuhr leichteren Herzens los. Ben winkte ihr strahlend hinterher. Vielleicht konnte man ja auch mit jemandem zusammen sein, den man nicht über alle Maßen liebte. Vielleicht musste sich Liebe erst entwickeln …

Nachdem sie Mikesch wohlbehalten bei ihrer Cousine abgeliefert hatte, parkte sie ihren Beetle auf dem letzten freien Parkplatz vor dem Haus. Es war inzwischen dunkel geworden, und die Sonnenbrille wirkte einfach nur noch lächerlich. Seufzend verstaute sie die Brille in ihrer Handtasche. Ben würde ihren verheulten Anblick ertragen müssen. Sie warf einen Blick hoch zu Bens hell erleuchtetem Küchenfenster. Zum Ausklang des Tages mit ihm auf dem Balkon zu sitzen, empfand sie als tröstliche Vorstellung. Die Luft war warm und mild, ihre Sachen waren gepackt, was sprach also gegen ein geselliges Beisammensein? Voller Vorfreude schrieb sie ihm eine SMS. Sie wollte jetzt nicht mehr an Micha denken. Wer sie nicht wollte, war es auch nicht wert, dass sie ihm nachtrauerte!

Eine halbe Stunde später stand sie mit Ben in ihrer Küche. Er hatte extra ein paar Häppchen vorbereitet. Fasziniert sah Caro ihrem Nachbarn zu, wie er mit flinken Fingern drei verschiedene Dips, Baguette, Serranoschinken, Oliven und Sommerrollen auf einer Platte drapierte.

„Das sieht köstlich aus! Darf ich mal probieren?", fragte Caro hungrig. Sie bewegte ihre Finger in Richtung der Häppchen, doch Ben griff nach ihrer Hand und hielt sie fest. „Kommt gar nicht infrage. Du wartest gefälligst, bis wir beide draußen sitzen!" Verschmitzt nahm er einen Löffel, steckte ihn in den ersten Dip und schob ihn ihr in den Mund. „Mmm, Frischkäse mit Paprika und Frühlingszwiebeln. Ich wusste bis eben gar nicht, wie hungrig ich wirklich bin. Du bist ja ein Meisterkoch!" Sie stupste ihn freundschaftlich in die Hüfte. Ben bedankte sich mit einer Verbeugung für das Kompliment. Als sie endlich auf dem Balkon saßen, gab es für Caro kein Halten mehr. Nur für den Wein konnte sie sich heute nicht begeistern. Das musste an der Hitze liegen. Wasser löschte einfach besser den Durst. Nachdem sie alle Häppchen verputzt hatten und müde in ihre Stühle gesunken waren, betrachtete Ben Caro schweigend eine Weile.

„Muss ich mir Sorgen um dich machen? Es ist nicht zu übersehen, dass du geweint hast. Ich will dir nicht zu nahetreten, aber ...“

Caro winkte ab. „Ist schon gut. Mir ist schon klar, wie ich aussehe. Ich hab dir ja gesagt, dass ich zurzeit ein bisschen durch den Wind bin. Umso mehr freue ich mich auf den Urlaub. Den kann ich jetzt gut gebrauchen.“

„Du willst mit dem Auto morgen alleine die Strecke fahren? In deiner Verfassung?“, fragte Ben mit Bedenken in der Stimme. „Findest du das klug?“

Caro wusste nicht, ob sie sich ärgern oder amüsiert sein sollte wegen seiner Besorgnis. „Ich bin schon ein großes Mädchen, vielen Dank. Frauen sind bessere Autofahrer als Männer, wusstest du das nicht?“

Ben rollte mit den Augen. „Das sollte kein Männer-Frauen-Ding sein! Du siehst einfach erschöpft aus. Morgen wirst du Kopfschmerzen haben. Die zugeschwollenen Augen sind dann auch noch nicht besser.“ Er erhob sich, lief die wenigen Schritte zu ihrem Kühlschrank, suchte einige Sekunden nach etwas und kam dann mit einer in Küchenkrepp gewickelten Eiskompresse zurück.

„Besser du kühlst jetzt schon“, sagte er liebevoll und reichte ihr die Kompresse.

„Wie zuvorkommend“, antwortete Caro verlegen. Fürsorglich war er also auch noch. Eine Weile saßen die beiden noch entspannt zusammen auf dem Balkon, Caro mit dem Eis auf der Stirn, ab und zu auch auf den Augen.

„Was hältst du davon, wenn ich dich morgen nach Sylt fahre?“, schlug er plötzlich vor. „Ich hab noch eine Woche Urlaub, zurück könnte ich mit dem Zug wieder nach Hause fahren.“

Caro, die fast schon eingeduselt war, schreckte hoch. Er wollte sie nach Sylt fahren?! Obwohl - eigentlich war das gar keine so schlechte Idee ... Sie fühlte sich wirklich ziemlich erschöpft. Nur, was würde Verena dazu sagen? Und wo sollte Ben wohnen? Sie setzte sich aufrecht hin und sah ihm eindringlich in die Augen. „Das meinst du ernst, oder? Du wärst bereit, so einfach spontan mit mir nach Sylt zu fahren? Ich wohne da bei meiner Freundin. Wo willst du unterkommen?"

Ben lächelte zuversichtlich. „Kein Ding. Einer meiner Kollegen hat ein Ferienhaus in Kampen. Er ist mit seiner Familie erst in der zweiten Ferienhälfte dort. Er hat mir schon oft angeboten, bei ihm zu wohnen. Ein kurzes Telefonat, und ich könnte das klären."

„Und das machst du aus purer Freundschaft? Ganz ohne amouröse Absichten?", fragte Caro mit schelmischem Blick. Ein verräterisches Zucken um Bens Augenlid verriet ihr die Wahrheit.

„Ohne Hintergedanken, ganz ehrlich!", log Ben lächelnd. „Außerdem liebe ich Sylt. Ich wollte schon immer mal Stand-up-Paddling ausprobieren."

Irgendwie fühlte sich das alles unwirklich an, aber auf eine schräge Art auch gut. Caro entschied, Bens Angebot anzunehmen. „Weißt du was? Wir machen das so. Aber wir nehmen mein Auto, und beim Fahren wechseln wir uns ab. Und du versuchst nicht, mich rumzukriegen! Sonst schmeiße ich dich unterwegs raus und du kannst nach Hause laufen!"

Ben musste lachen, und auch Caro ließ sich von ihm mitreißen. „Ups, ich muss noch meinen Freund anrufen und packen", sagte Ben plötzlich, nachdem er auf die Uhr geschaut hatte. „Wann willst du morgen früh los?"

„Wäre acht Uhr okay? Dann haben wir noch ein paar Stunden Schlaf."

„Acht Uhr ist gut. Wir treffen uns am besten auf dem Flur."

Caro begleitete Ben noch zur Tür. Bevor er über die Schwelle trat, beugte er sich zu ihr hinunter. Für einen Moment dachte Caro, er wollte sie jetzt küssen, doch er streifte nur ganz sacht ihr Gesicht und flüsterte ihr ins Ohr: „Ich freue mich, schlaf gut!"

Ein Schauer lief durch Caros Körper. Fast war sie ein wenig enttäuscht, dass er es nicht versucht hatte. Aber sie war zu müde, um sich darüber einen Kopf zu machen.

„Schlaf gut, bis morgen früh", rief sie ihm nach. Was für ein Tag!

Verena

Tante Marlene schien Geheimnisse zu haben, denn sie hatte Verena erzählt, sie träfe sich mit einer alten Freundin in Westerland, und stattdessen hatte Verena sie zufällig vor ein paar Minuten in Wenningstedt zusammen mit dem ehemaligen Leiter der Stadtverwaltung gesehen. Tante Marlene hatte sich bei dem Mann eingehängt und schien sich köstlich zu amüsieren. Was ging denn da vor sich? Überhaupt, es war schon ein paar Mal vorgekommen, dass Marlene so tat, als habe sich jemand verwählt, wenn Verena zufällig in der Nähe stand. Nachdenklich faltete Verena ihre Serviette zusammen. Sie saß in dem kleinen Restaurant und wartete auf Jan. Sie hatte damit gerechnet, dass er vor ihr da sein würde, aber komischerweise kam er zu spät. Und das, nachdem er sie so sehr zu diesem Treffen gedrängt hatte. Missmutig studierte Verena die Speisekarte und sah zum wiederholten Male auf ihre Armbanduhr. Schon fünfzehn Minuten über der Zeit! Das war wieder mal so typisch, dass man sich nicht auf ihn verlassen konnte! Nach weiteren fünf Minuten und der wiederholten, vorsichtigen Anfrage des Kellners, ob er ihr schon etwas bringen sollte, klingelte ihr Handy. Es war Jan.

„Verena, es tut mir so leid", stammelte er in den Hörer.

„Ich muss dringend nach Hause. Mein Flieger geht morgen schon sehr früh, deshalb muss ich jetzt packen. Es ist wirklich wichtig, glaub mir. Wenn ich zu Hause alles geregelt habe, komme ich zurück. Versprochen!"

Bevor Verena etwas erwidern konnte, hatte Jan aufgelegt. Sie war außer sich vor Wut. Schon wieder hatte er sie versetzt. Sicher hatte seine kleine Freundin ihn zurückgepfiffen. Wenn er ihr wenigstens erklärt hätte, worum es ging. Verena sehnte sich mittlerweile wirklich nach einem endgültigen Schlussstrich. Auf dem Weg zum Restaurant hatte sie sich noch Gedanken darüber gemacht, ob sie dazu bereit war, ihrer Ehe noch eine Chance zu geben. Sie hatten zwei Kinder zusammen, das Haus, die langjährige Ehe … Konnte man so einen großen Vertrauensbruch vielleicht doch irgendwann verzeihen? Mit einer Ehetherapie vielleicht? Aber Jan war ihr wirklich fremd geworden, und er hatte so viele fürchterliche Dinge gesagt und getan. Und konnte sie damit leben, dass seine Geliebte ein Kind von ihm bekam, selbst wenn er zu Verena zurückwollte? Verena schüttelte den Kopf. Nein, sie hatte sich doch eigentlich schon längst entschieden. Die letzten Jahre war sie meistens unglücklich gewesen. Und dass Jan zu ihr und den Kindern immer so knickerig und engherzig war, seine junge Freundin aber mit teuren Geschenken und Zuwendung überschüttete, das würde sie nie verzeihen können. Das Treffen heute wäre nur noch eine letzte Aussprache gewesen. Seufzend winkte sie den Kellner heran und bestellte ein Glas Weißwein und die Seezunge. Wenn sie schon einmal hier war, konnte sie es sich auch gut gehen lassen!

Zwei Stunden später lag sie hellwach in ihrem Bett. Rudi schnarchte entspannt in seinem Körbchen. Die letzte

Gassirunde war immer kurz und gemütlich, denn der Hund war in den Abendstunden eher faul und trottete nur gemächlich entlang der Wege. Tante Marlene schien immer noch nicht zu Hause zu sein, denn in ihrer Wohnung brannte den ganzen Abend kein Licht. Verena drehte sich von einer Seite auf die andere. Das Gedankenkarussell nahm einfach kein Ende. Sie sorgte sich um ihre Tante, ärgerte sich über Jan, und dann war da noch Hanno … Sie hatte nach dem Restaurant-Desaster vergeblich versucht, ihn anzurufen. Immer sprang nur die Mailbox an. Ob er jetzt überhaupt noch etwas mit ihr zu tun haben wollte? Er hatte ihr am Dorfteich etwas Wichtiges sagen wollen, und dann stand Jan plötzlich da … Umgekehrt wäre es ihr auch unangenehm gewesen, wenn da plötzlich Hannos junge Bekannte aufgetaucht wäre und ihr Revier markiert hätte. Verena schälte sich aus dem Bett, schlurfte durch die dunkle Wohnung in die Küche und holte sich eine Flasche Wasser aus dem Kühlschrank. Die Seezunge lag ihr schwer im Magen. Sie griff zum oberen Regal, nahm eines der Gläser vom Brett und goss sich das Glas randvoll. Gerade hatte sie zum ersten Schluck angesetzt, als sie ein Auto vor dem Haus ankommen hörte. Neugierig trat Verena ans Fenster. Gut, dass sie kein Licht angemacht hatte, so konnte man sie wenigstens nicht sehen. Das Auto, ein schicker schwarzer Audi, hielt mitten auf dem Parkplatz. Ein älterer, sehr gut aussehender Herr mit vollem grauen Haar, den Verena als den Stadtdirektor a. D. identifizierte, sprang aus dem Auto, eilte zur Beifahrerseite, öffnete die Tür und half Tante Marlene galant aus dem Auto. Als Marlene kurz in ihre Richtung sah, versteckte Verena sich schuldbewusst hinter dem Vorhang. Ob ihre Tante ein Date mit dem Mann gehabt hatte? Oder war es etwas

Geschäftliches? Sollte sie sie darauf ansprechen? Vorsichtig lugte Verena wieder aus dem Fenster, sah Marlene aber nur noch die Haustür aufschließen. Mist! Jetzt hatte sie nicht sehen können, ob die beiden sich geküsst hatten! Aber in dem Alter? Warum nicht, schalt sie sich dann. Verliebt sein durfte man doch schließlich in jedem Alter. Tante Marlene würde ihr schon davon erzählen, wenn es der richtige Zeitpunkt war. Verena trank das Glas halb leer, stellte es auf ihren Nachttisch und legte sich wieder ins Bett. Morgen war auch noch ein Tag, dann würde sie sich als Erstes um ihren Auftrag kümmern. Alles andere konnte warten.

Am nächsten Morgen gab es eine Überraschung für Verena. Tante Marlene hatte den Frühstückstisch auf der Terrasse gedeckt. „Setz dich, mein Kind", forderte Marlene ihre Nichte auf. Zögerlich zog Verena sich einen Stuhl heran und ließ sich nieder.

„Ist irgendetwas passiert?", fragte sie nach einem erstaunten Blick auf den üppig gedeckten Tisch, der mit frischen Brötchen, Croissants, Marmelade, Wurst, Erdbeeren, ja sogar mit Lachs, Pfannkuchen und gekochten Eiern beladen war.

Marlene schüttelte amüsiert den Kopf. „Nein, meine Liebe. Nichts Schlimmes auf jeden Fall. Ich muss dir etwas erzählen!"

Gespannt hing Verena an Marlenes Lippen, während sie mit viel Appetit ein Brötchen halbierte, die eine Hälfte mit Butter und Marmelade bestrich und die andere Hälfte mit Lachs belegte. Sie hatte nach anfänglichen Schwierigkeiten gut geschlafen. Die Sache mit Jan beschäftigte sie nicht mehr wirklich.

„Verena, du bist ja nun meine Lieblingsnichte …", fing Marlene an und köpfte ein Ei. „Ich muss dir etwas erzählen, was mir sehr wichtig ist. Du weißt, ich bin schon lange alleine, ich komme ja gut zurecht, aber eines Tages … ja also, eines Tages, da habe ich Julius besser kennengelernt und wir sind uns nähergekommen."

Sie stoppte einen Moment und wartete auf Verenas Reaktion. Die war aber weniger überrascht als erwartet. Sie kaute auf ihrem Brötchen und nickte nur freundlich. Tante Marlene räusperte sich. „Ja, nun, Julius Westerstede war ja früher unser Stadtdirektor. Ich kenne ihn schon sehr lange. Nach einer öffentlichen Sitzung im letzten Jahr haben wir noch ein wenig diskutiert. Wir sind beide in der Bürgerinitiative, die für die Erhaltung und den Ausbau des Sylter Wohnraums für Einheimische kämpft. Dann waren wir gemeinsam Kaffee-trinken, dann spazieren … na ja, dabei haben wir festgestellt, dass wir eine Menge gemeinsam haben."

Verena griff zu einem Croissant und tunkte es ungerührt in ihren Milchkaffee.

„Meine Güte, Verena, jetzt sag doch auch mal was!", echauffierte sich Marlene auf einmal. „Du tust ja geradezu so, als wüsstest du das schon alles!"

Verena musste grinsen. Mit vollem Mund gestand sie: „Ich habe euch gestern Abend gesehen. Und deine heimli-chen Telefonate … ich bin ja nicht blöd!"

Marlene warf mit gespielter Entrüstung eine Serviette nach ihrer Nichte.

„Und ich mühe mich hier so ab! Ich wollte es dir erst sagen, wenn ich mir ganz sicher bin."

Verena schluckte die Reste des Croissants hinunter, tupfte sich den Mund ab und fragte: „Wie lange geht das denn schon mit euch beiden? Ist es was Ernstes? Ich freue mich wirklich sehr für dich!"

Marlene wurde rot. „Ich kann mir ein Leben ohne Julius nicht mehr vorstellen. Dass ich so etwas noch mal erleben darf, das hätte ich nicht gedacht. Er ist sehr aufmerksam, klug, liebevoll – und dann ist er auch noch für Gleichberechtigung. Und er sieht gut aus. So ein toller Mann für sein Alter!"

„Hört sich fantastisch an! Wie geht es denn weiter mit euch? Wollt ihr zusammenziehen? Lerne ich ihn mal kennen?", fragte Verena neugierig und schnappte sich eine reife Erdbeere.

Jetzt wurde Marlene plötzlich schmallippig. „Mein liebes Kind, dazu kann ich noch nichts sagen. Jetzt weißt du erst mal Bescheid, alles andere sehen wir später."

Überrascht sah Verena sie an. „Aber du gibst doch deine Pension hier nicht auf, oder? Das ist doch dein Lebensinhalt!"

Sie hatte irgendwie ein komisches Bauchgefühl, so als gäbe es da noch etwas, über das ihre Tante aber nicht sprechen wollte. Marlene sah mit abwesendem Blick über den Rasen. „Kommt Zeit, kommt Rat!", meinte sie nur.

Caro

Es war gar nicht so leicht, das ganze Gepäck in Caros Beetle zu verstauen. Zum Glück hatte Ben nur einen kleinen Koffer und eine Sporttasche dabei. Die Kühlbox schnallten sie auf der Rückbank fest, somit blieb noch Platz für Caros zweite Reisetasche und ein paar Leinenbeutel. Schließlich hatte Caro vor, mindestens drei Wochen auf Sylt zu bleiben. Ein Lächeln umspielte Bens Lippen, während er Caro beim Packen zusah. „Du meine Güte", neckte er sie. „Es sieht ja so aus, als wolltest du für mehrere Monate verreisen. Warum ihr Frauen immer so viel Gepäck braucht!"

Caro streckte ihm die Zunge raus und stopfte fluchend ihren Kulturbeutel unter den Beifahrersitz. Dann sah sie Ben für einen Moment in die Augen, und es knisterte plötzlich so heftig zwischen den beiden, dass man die Funken förmlich sprühen sah. Caro drehte den Kopf schnell zur Seite. Es gefiel ihr immer besser, mit Ben zusammen auf Fahrt zu gehen, aber das musste er ja nicht wissen.

„So, die erste Etappe übernehme ich", erklärte sie. „Mein Beetle ist keine fremden Fahrer gewöhnt. Du musst erst mal ein Gefühl für dieses Auto kriegen!"

Ben setzte sich widerstandslos auf den Beifahrersitz. Er

trug ein hellblaues T-Shirt und Bermudashorts, dazu blaue Sneakers. Das Wetter meinte es auch heute gut. Am frühen Morgen zeigte das Thermometer schon fünfundzwanzig Grad. Caro hatte sich für ein luftiges Kleid entschieden, in dem sie bequem einige Stunden durchhalten konnte, auch wenn es heiß werden würde. Sie war ebenfalls in ein paar Sneakers geschlüpft, die eigneten sich am besten zum Autofahren. Bevor sie den Motor anließ, dachte sie einen Moment an Micha. Sein Bild vor ihren Augen versetzte ihr einen schmerzhaften Stich. Er hatte unglücklich ausgesehen, als er ihr die Abfuhr erteilt hatte. Wenn er ihr wenigstens erklärt hätte, was plötzlich in ihn gefahren war ... Aber sie wollte jetzt nicht darüber nachdenken. Man konnte niemanden zu seinem Glück zwingen. In Bens Gegenwart fühlte sie sich wohl, es war alles ungezwungen und fröhlich, das würde ihr guttun. Sie stellte das Radio auf ihren Lieblingssender und freute sich über den ersten Song. Ausgerechnet *Die Ärzte* mit „*Westerland*" wurde gespielt! Wenn das mal nicht ein gutes Omen war! Caro sang fröhlich mit, und auch Ben grölte lautstark den Refrain, als es hieß:

„Oh ich hab solche Sehnsucht
Ich verliere den Verstand
Ich will wieder an die Nordsee
Ich will zurück nach Westerland"

Die beiden kugelten sich vor Lachen, und die Zeit verging wie im Flug. Ben erzählte Anekdoten aus seinem Leben und seiner Laufbahn als Arzt, Caro verriet ihm sogar die Geschichte mit ihrer Mutter. Alles war entspannt und leicht. Kurz vor Hamburg legten sie eine Pause ein.

„Jetzt darfst du gleich mal fahren", bot Caro ihrem Nachbarn großzügig an. Sie fühlte sich gut, die Kopfschmerzen waren bisher ausgeblieben, nur die Augen taten ihr noch vom gestrigen Weinen weh. Aber das Adrenalin hatte ihr bis hierher geholfen.

„Ich muss schon sagen, du bist eine ausgezeichnete Autofahrerin. Ich habe keinen Moment um mein Leben gefürchtet!", unkte Ben lachend. „Aber natürlich fahre ich das Schmuckstück gerne den Rest des Weges."

Um seine Augen bildeten sich kleine Lachfältchen. Er war attraktiv und wusste das auch. Seine Anziehungskraft war enorm. Trotzdem wollte Caro sich im Moment nur als seine gute Freundin und Nachbarin sehen. Amouröse Verwicklungen brauchte sie die nächste Zeit sicher nicht. Also widerstand sie seinem Charme, bot ihm ein belegtes Brötchen und eine Möhre an und nahm dankend seinen selbst angerührten Himbeerjoghurt entgegen. Das Verdeck des Cabrios hatte sie schon bei einem kleinen Zwischenstopp geschlossen, denn die Sonne brannte vom Himmel, und obwohl die beiden Kappen und Sonnenbrillen trugen, hatten sie auf den Armen bereits einen Sonnenbrand und sehnten sich nach kühlendem Schatten.

„Ich verschwinde mal schnell auf dem Klo", hatte Caro Ben nach dem Essen erklärt und war aus dem Auto gesprungen. „Du kannst es dir schon mal auf dem Fahrersitz gemütlich machen!"

Caro hatte eine ganze Flasche Wasser getrunken. Wenn sie gleich bei Hamburg noch in einen Stau kamen … Es war Ferienbeginn, eine ganze Lawine an Autos fuhr in die gleiche Richtung. Spätestens vor dem Elbtunnel würde es eng werden. Ben zwinkerte ihr zu, sammelte den Abfall zusammen, als sie weg war, und warf die Sachen in den Mülleimer neben dem Parkplatz. Er ging ein paar Schritte um das

Auto herum, streckte und dehnte sich und beobachtete die anderen Urlauber. Alle schienen voller Vorfreude auf ihre Ferien. Familien mit Kindern, Hunden, Paare und Motorradfahrer. Alle waren gut gelaunt, nur manche gestresst von einer langen Fahrt. Und die Sonne setzte natürlich allen zu. Das gute Wetter war toll, aber im Auto zu schwitzen war nicht besonders angenehm. Ben und Caro hatten es aber bald geschafft. Zehn Minuten später saßen die beiden wieder zusammen in Caros Beetle. Ben hatte keine Probleme, das Auto zu fahren. Entspannt fädelte er sich wieder auf der Autobahn ein.

„So, schöne Frau, den Elbtunnel haben wir hinter uns", sagte er eine ganze Zeit später. Caro, die sich immer ein wenig vor dem Tunnel fürchtete, schließlich hatte man etliche Tonnen Wasser über sich, nickte erleichtert.

„Ich habe gemerkt, dass du etwas angespannt warst", sagte Ben und strich kurz über ihre Hand. „Alles in Ordnung? Ich möchte, dass es dir gut geht!"

Caro steckte erschrocken ihre Hände zwischen ihre Knie und sah aus dem Fenster. Die Berührung war ihr unangenehm.

„Was ist los?", wunderte sich Ben. „Ich beiße doch nicht. Du weißt, dass ich dich mag", fuhr er fort. „Ein wenig flirten ist doch erlaubt, oder?"

Er warf ihr einen kurzen Seitenblick zu.

„Du flirtest mit mir?", fragte Caro verlegen. „Ich denke, es ist besser, wenn wir Freunde bleiben. Du weißt schon, ich muss erst noch einiges verarbeiten. Aber ja, es war blöd, so zu reagieren. Es ist nett, dass du dich um mich sorgst!"

Jetzt strich sie ihm freundschaftlich über die Schulter. Freundschaft zwischen Mann und Frau, ging das überhaupt?

Seufzend widmete sie sich lieber wieder der Landschaft um sie herum. Das letzte Stück bis zum Autozugterminal fuhren sie über Landstraße. Dann kam wie erwartet der Supergau. Nichts ging mehr. Die Schlange zum Autozug war so lang, dass sie geschlagene zwei Stunden warten mussten und nur noch im Schneckentempo vorankamen. Erfahrene Sylturlauber kannten das Prozedere. Da konnte man nichts machen. Entweder man fuhr unter der Woche an oder zu nachtschlafender Zeit. Als sie endlich auf den Zug fahren durften, spürte Caro ihre Schläfen bereits pochen. Die Kopfschmerzen bahnten sich doch noch ihren Weg. Caro tupfte sich mit einem Tempo den Schweiß von der Stirn und versenkte eine Magnesiumtablette in einem Becher Wasser. Noch eine gute Dreiviertelstunde, dann waren sie endlich am Ziel. Erschöpft lehnte sie sich auf dem Beifahrersitz zurück. Ben war ganz begeistert von der Zugfahrt. Es war aber auch himmlisch, bei strahlendem Sonnenschein die Wiesen, Felder und das Meer an sich vorbeiziehen zu sehen. Jetzt wusste man, man war angekommen. Caro würde Ben zuerst in Kampen absetzen, schließlich hatte er kein eigenes Auto. Aber das würde sie auch noch schaffen!

Verena

Verena rechnete am späten Mittag mit ihrer Freundin. Caro hatte sich nur einmal gemeldet, um ihr mitzuteilen, dass sie losgefahren war und von ihrem Nachbarn begleitet wurde, der in Kampen wohnen würde. Also schnappte Verena sich Rudi, um mit ihm nach dem Frühstück eine große Runde spazieren zu gehen. Tante Marlene hatte auch etwas vor. Komisch, dass Caro mit Ben hierher unterwegs war, aber das hatte sicher einen Grund. Eigentlich war ja eine Freundinnen-Auszeit geplant. Mal schauen, ob dieser Plan aufging. Aber Verena hatte heute Morgen eh noch zu tun. Sie musste die Malerfirma instruieren, die die Ferienwohnung aufhübschen sollte. Danach war ein Telefonat mit den Parkettlegern dran. Außerdem wollte sie in Westerland in einem Fachgeschäft nach Accessoires suchen. Die konnte sie vorerst in Tante Marlenes Keller lagern. Den Einkauf der Möbel musste sie sich von der Besitzerin absegnen lassen, aber Verena glaubte, ihren Geschmack getroffen zu haben. Zufrieden nahm sie mit Rudi ihren üblichen Weg Richtung Wenningstedter Dorfteich. Ab und zu sah Verena sich heimlich um, ob sie nicht zufällig auf Hanno träfe. Aber er war weit und breit nicht zu sehen, bis … ja, bis Verena ihn vor Fitschen, dem Hotel mit

Restaurant am Dorfteich, erblickte. Was sie sah, schnürte ihr den Magen zu. Offenbar checkte Hannos junge Freundin gerade aus dem Hotel aus. Sie beugte sich zu Pauline hinunter, streichelte die Hündin innig, drückte sie an sich und gab ihr einen Kuss. So vertraut war sie also schon mit Hanno und Pauline. Hanno stand wehmütig daneben, beobachtete die Szene und … – war das wirklich wahr? Er wischte sich verstohlen eine Träne aus dem Gesicht! Dann drückte er die junge Frau lange an sich, strich ihr über die langen Haare und gab ihr einen Kuss. Auf die Wange. Trotzdem, Verena fühlte einen ähnlichen Schmerz wie damals bei Jans Betrug. Anscheinend hatte sie für Hanno Gefühle entwickelt, derer sie sich noch gar nicht bewusst gewesen war. Hastig wollte sie umkehren, um den dreien nicht zu begegnen, aber es war zu spät. Rudi hatte seine neue Hundefreundin längst entdeckt und bellte aufgeregt. Ein Taxi hielt vor dem Hotel, die junge Frau stieg ein, Hanno winkte ihr hinterher und sah schließlich in Verenas Richtung. Verena starrte wie gelähmt ebenfalls zu ihm hinüber, und Rudi nahm ihr die Entscheidung, in welche Richtung es gehen sollte, einfach ab, denn er zog sie unbeirrt zu Pauline. Verena ergab sich in ihr Schicksal. Weglaufen hatte eh keinen Sinn.

„Verena! Schön dich zu sehen", sagte Hanno mit belegter Stimme. Offenbar hatte er sich von dem Trennungsschmerz noch nicht erholt. Er sah dem Taxi traurig hinterher.

„Deine … äh … Freundin hat ihren Urlaub beendet?", fragte Verena vorsichtig und wies mit der Hand in die Richtung des Fahrzeugs.

„Mhm mhm …," brummte Hanno nur.

Okay, dann musste das als Antwort wohl reichen. Verena schnitt enttäuscht ein anderes Thema an. „Du, wegen gestern …

Das tut mir wirklich leid. Ich wusste nicht, dass mein Ex-Mann auf die Insel kommt. Er stand auf einmal vor mir und wollte eine Aussprache. Sein Benehmen war noch nie sonderlich empathisch", fügte sie hinzu. „Am Abend hat er mich dann sogar versetzt."

Hanno musterte sie aus seinen eisblauen Augen. „Vielleicht ist er ein Feigling. Ich mag keine Menschen, die sich ihren Problemen nicht stellen. Hattest du denn vor, dich mit ihm zu versöhnen? Ist er deshalb hier?", wollte Hanno wissen. Sein Blick war eindringlich auf sie gerichtet. Verena zwang sich zu einem Lächeln.

„Nein, auf keinen Fall. Weißt du, am Anfang unserer Trennung wollte ich das schon, aber irgendwann ist mir klargeworden, dass alles gut ist, so wie es gekommen ist. Vielleicht war dieser große, schmerzhafte Knall nötig, damit wir auseinandergehen konnten, sonst hätten wir womöglich ewig so weitergemacht und wären beide todunglücklich."

Hanno nickte zustimmend. „Ja, eine lebenslange, glückliche Beziehung ist bestimmt selten. Das Schicksal macht vor niemandem halt. So oder so."

Damit meinte er bestimmt den Unfall seiner Frau, dachte Verena. Hanno und sie waren, ohne groß darüber zu reden, einfach zusammen weitergegangen, während sie sich unterhielten. Wenn Hanno doch nur auch ein bisschen offener über seine Gefühle reden würde, dachte Verena grübelnd. Dabei achtete sie nicht auf eine Baumwurzel, die durch den sandigen Boden gebrochen war. Sie stolperte, verlor das Gleichgewicht, griff mit einer Hand ins Leere und war im Begriff, der Länge nach hinzufallen, als Hanno blitzschnell Paulines Leine losließ und sie behutsam auffing. Schwer atmend hing sie in seinen Armen, ihr Gesicht nah an seinem.

Trotz des Schmerzes in ihrem Fuß schloss sie die Augen und genoss seine Körperwärme. Seine starke Präsenz und der intensive Duft, den er trug, umhüllten sie wie ein schützender Kokon. Auch Hanno hielt sie einen Moment länger fest als nötig. Verena spürte Schmetterlinge in ihrem Bauch. Dann räusperte Hanno sich.

„Verena, ist alles in Ordnung? Kannst du auftreten?", fragte er besorgt. Verena klammerte sich immer noch an seinen Arm.

„Ähm, ja, ich denke schon", antwortete sie betreten und setzte den Fuß vorsichtig auf. „Es tut ein bisschen weh, aber ich kann laufen", versicherte sie beschämt. Was sollte er von ihr denken, wenn sie ihm einfach so in die Arme fiel? Bestimmt war ihm das unangenehm. Sie löste sich von seinem Arm und humpelte hocherhobenen Hauptes alleine weiter.

Hanno sah sich das eine Weile an, dann bot er ihr entschlossen seinen Arm und sagte: „Das kann man ja nicht mitansehen. Bist du zu stolz, um Hilfe anzunehmen? Hak dich bei mir ein, ich bringe dich nach Hause. Da legst du den Fuß hoch und kühlst ihn eine Weile. Wenn du Glück hast, geht es danach wieder."

Dankbar ergriff Verena seinen Arm. Schweigend trotteten die beiden mit ihren Hunden zurück zu Verenas Appartement. Zwischendurch lächelten sie sich sogar unsicher an. Hanno schien es doch zu genießen, mit ihr zusammen zu sein.

„Was wolltest du mir eigentlich gestern sagen?", fragte Verena deshalb mutig, als sie vor ihrem Haus standen. Mit klopfendem Herzen stand sie ihm gegenüber. Hanno druckste herum.

„Ich weiß nicht, ob das jetzt der richtige Zeitpunkt ist",

begann er. „Ich wollte dir sagen ..." Er sah ihr wieder tief in die Augen, und plötzlich nahm er ihre Hand. Er wirkte plötzlich ganz offen und lächelte sie an. Verenas Knie wurden weich.

„Ich bin froh, dass es dich gibt. Ich mag dich, Verena", sagte er leise. Verenas Herz machte vor Freude einen Hüpfer. „Aber da ist noch etwas", hörte sie ihn sagen. „Es gibt da noch jemanden ..."

Die letzten Worte fühlten sich an, als hätte er ihr soeben in den Magen geboxt. Also doch, seine junge Freundin. Verena entzog ihm ihre Hand. „Ist schon gut, du musst mir das nicht erzählen." In ihrer Stimme lag Wehmut. „Ich mag dich auch, Hanno. Sehr sogar. Aber ich weiß nicht, ob ich noch mal so ein Drama mitmachen möchte."

Hanno sah sie verwirrt an. „Was meinst du denn, ich wollte dir doch nur erklären ...", fing er an. Von einer Sekunde zur anderen verwandelte sich sein Lächeln in einen bestürzten Gesichtsausdruck. Doch Verena winkte ab.

„Ich muss jetzt nach oben. Ich habe heute noch viel zu tun, und Besuch bekomme ich auch. Man sieht sich!", verabschiedete sie sich kühl. Fassungslos sah Hanno ihr nach.

„Verena, warte doch!", rief er ihr hinterher, doch sie drehte sich nicht mehr um. Seine Stimme, die ihren Namen rief, klang ihr noch lange in den Ohren.

Caro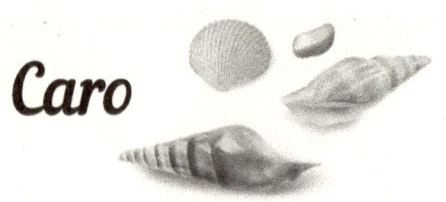

Das Schlimmste an einem Kater, den man durch zu viel Heulerei bekommen hatte, waren nicht nur der Kopfschmerz und die verquollenen Augen, sondern auch das miese Gefühl, sich von seinen Gefühlen überwältigt zu wissen. Man wollte cool und belastbar sein, aber irgendwo im Inneren gab es da diesen kleinen Teufel, der einen fertigmachte, ohne dass man es wollte. Und jetzt war ihr auch noch dermaßen übel! Caro hatte Ben an seinem Ferienhaus abgesetzt. Ein nobles Reetdachhaus, das bestimmt eine schöne Stange Geld gekostet hatte. Caro besaß nicht die Mittel dazu, in so einer Unterkunft ihre Ferien zu verbringen, aber es kam ja nicht auf Luxus an, sondern darauf, dass man sich wohlfühlte. Und in Tante Marlenes Ferienwohnungen konnte man sich auf Sylt sehr wohlfühlen, selbst wenn man nur mäßig verdiente. Ben wollte sich einen Mietwagen besorgen, sobald er seine Sachen ausgepackt hatte. Caro hingegen freute sich auf ihr Bett und ein paar Stunden Ruhe. Sie war jetzt in Wenningstedt angekommen, blinkte vorschriftsmäßig und bog in die Abfahrt zu Marlenes Grundstück ein. Verena stand schon auf dem Parkplatz und erwartete sie winkend. Caro winkte begeistert aus dem Autofenster zurück.

„Hallo, meine Süße, da bist du ja endlich!", empfing Verena ihre Freundin freudestrahlend. Caro und Verena fielen sich um den Hals, sobald Caro ausgestiegen war. Verena schob die Freundin ein wenig von sich fort und betrachtete sorgenvoll ihr Gesicht. „Du meine Güte, wie schaust du denn aus? Ich wusste ja nicht, dass es dir so schlecht geht. Komm, ich bringe dich gleich nach oben. Eine Mütze Schlaf wird dir guttun. Deine Sachen hole ich später rein!"

Caro hängte sich bei ihrer Freundin ein. „Und du humpelst ja! Wir sind wohl beide etwas lädiert", sagte sie dann halb traurig, halb belustigt. „Ich fühle mich gerade wirklich nicht gut. Ich glaube, ich brauche etwas Schlaf und eine Kopfschmerztablette. Sei nicht böse. Die Fahrt war anstrengend. Ich erzähle dir nachher alles, ist das okay?"

Verena nickte. „Na klar. Während du dich ausruhst, fahre ich kurz nach Westerland. Ich muss noch etwas erledigen. Später gehen wir etwas essen und zum Strand. Dann können wir quatschen!"

Eine halbe Stunde später war Caro in einen tiefen Schlaf gefallen, während Verena sich durch einen Berg modischer Sofakissen kämpfte. Eine türkisfarbene Vase, zwei Kerzenständer, eine Wanddeko, die aus Metallfischen bestand, sowie einen weiß lackierten Schlüsselkasten, der mit Seesternen verziert war, hatte sie schon ausgesucht. Zufrieden legte sie zwei hellblaue, seidene Kissen dazu, die ebenfalls mit einem maritimen Motiv verziert waren. Ein paar Eyecatcher würden die ansonsten eher ruhige und mit sanften Farben geplante Einrichtung aufwerten. Sie war die einzige Kundin im Laden, deshalb war der Kauf schnell erledigt. Verena freute sich den gesamten Rückweg auf den Nachmittag mit ihrer Freundin. Da ihre Tante noch nicht wieder zu Hause war, ließ Verena die Kiste mit den Sachen in ihrem Kofferraum stehen. Beschwingt öffnete sie die Tür zu ihrer Ferienwohnung. Seltsamerweise kam Rudi ihr nicht wie sonst entgegen. Nachdem sie die ganze Wohnung nach ihm abgesucht hatte, öffnete sie leise die halb angelehnte Tür zu Caros Schlafzimmer. Rudi lag tatsächlich vor Caros Bett. Aber er rührte sich nicht und winselte nur leise vor sich hin. Verena kniete sich zu ihm auf den Boden. Seine Nase fühlte sich ganz heiß an. Bei jeder Berührung gab er einen Klagelaut von sich.

„Caro, wach auf, Rudi geht es schlecht!", schluchzte Verena und schüttelte Caro an der Schulter. „Wach auf, bitte, du musst mir helfen!"

Caro wurde nur mühsam wach. „Was ist denn los?", fragte sie erschrocken. „Warum weinst du?" Als sie Verenas leichenblasses Gesicht sah, wurde ihr wieder ganz schlecht.

„Rudi! Krank!", brachte Verena nur heraus. „Wir müssen ihn zum Arzt bringen. Er scheint große Schmerzen zu haben und fiebert. Alleine kann ich ihn nicht tragen!"

Schnell wie der Blitz hüpfte Caro aus dem Bett und zog sich an. Gemeinsam wickelten sie den kranken Rudi in eine Decke und trugen ihn zum Auto. Verena setzte sich mit ihm auf die Rückbank, Caro fuhr. Zehn Minuten später saßen sie bei Herrn Dr. Spengler in der Praxis. Verena kannte den Tierarzt noch von einem früheren Besuch, als Rudi sich im Urlaub einen Splitter in den Fuß getreten hatte. Herr Dr. Spengler war ein sympathischer Mittfünfziger mit gutmütigem Gesicht und braunen Locken, die von einigen grauen Strähnen durchzogen waren. Man merkte ihm an, dass er Tiere liebte und seinen Job nicht nur wegen des Geldes machte. Seine Assistentin streichelte beruhigend den kranken Hund, der schon auf der Untersuchungsliege lag. Doktor Spengler maß Rudis Körpertemperatur, die tatsächlich viel zu hoch war, hörte ihn ab, untersuchte Bauch und Schleimhäute und kam schließlich zu dem Ergebnis, dass der arme Rudi sich wahrscheinlich einen Virus eingefangen hatte.

„Keine Sorge, Frau Liebert, der Rudi wird schon wieder. Ich gebe ihm jetzt eine Spritze gegen das Fieber und die Schmerzen. Im schlechtesten Fall bekommt er noch Durchfall oder Erbrechen dazu. Muss aber nicht sein."

Er klopfte Verena ermutigend auf die Schulter. „Heute kriegt er bitte nur noch Wasser und verdünnten Tee. Ab morgen früh, wenn es nicht schlimmer geworden ist, leichte Schonkost. Gekochte, gestampfte Möhren, etwas Reis und später fangen Sie mit gekochtem Hühnchen an. Aber nur ganz kleine Portionen bitte."

Verena nickte unter Tränen. Nur eine Infektion, zum Glück. So schwach hatte sie Rudi noch nie erlebt. Caro war auch ganz mitgenommen. Im Moment lief aber auch alles schief. Sie nahm Verena tröstend in den Arm, als Rudi seine Spritze bekam. Anschließend trugen sie ihn gemeinsam wieder ins Auto. Die leidende Miene eines Hundes konnte einem wirklich das Herz brechen. Nachdem die Spritze gewirkt hatte, erwachte der Hund in der Ferienwohnung allerdings relativ rasch aus seinem vorher noch halb komatösen Zustand. Neugierig schnuppernd hob er seine große, schwarze Nase in die Luft, als er Kekse roch. Caro musste lachen. „Nein, du Schlingel, von uns bekommst du keine Leckereien, werde erst mal wieder gesund!"

„Was machen wir denn nun? Wir wollten doch an den Strand?", fragte Verena ratlos. Sie fuhr sich mit den Händen erschöpft durch die Haare.

„Aber wir können Rudi doch jetzt nicht alleine lassen", entrüstete sich Caro. „Ich könnte uns rasch was bei Gosch holen und wir essen auf dem Balkon. Zum Spazierengehen bin ich sowieso noch viel zu kaputt. Aber Hunger hätte ich jetzt schon."

Verena war einverstanden. „Gute Idee. Wir können auch morgen noch die Gegend erkunden. Wir haben ja Zeit!"

Und so machte sich Caro auf den Weg zu dem berühmten Fischimbiss. Sie hatte geradezu Heißhunger auf ein Matjesbrötchen. Dazu wählte sie eine Ofenkartoffel mit Quark und Nordseekrabben. Verena wollte die Matjesfilets nordische Art mit Hausfrauensauce und Bratkartoffeln. Getränke hatten sie in der Ferienwohnung. Caro warf einen kurzen Blick Richtung Dünen und Strand. Es war herrlich, wieder hier zu sein. Sonne, Meer, gutes Essen und ihre beste Freundin, was wollte man mehr? Verena hatte auf dem Balkon schon den Tisch gedeckt, und so saßen sie bald gemütlich beisammen, verspeisten ihre Fischgerichte und tranken dazu eine gekühlte Fruchtschorle. Caro verzichtete wegen ihrer Kopfschmerzen auf Alkohol, und Verena tat es ihr nach. Satt und entspannt konnten sie sich anschließend endlich miteinander unterhalten.

„Nun erzähl doch mal, was ist denn gestern passiert, dass du so fertig warst?", fragte Verena Caro. Caro erzählte ihrer Freundin in kurzen Sätzen, wie Micha sie abserviert hatte.

„Hmm, komisch, wie du das so erzählst, da kommt es mir vor, als ob es einen Grund für sein Verhalten gäbe. Du sagst, er hat traurig gewirkt. Aber natürlich ist das nicht die feine Art, wie er dich behandelt hat. Du triffst dich doch auch mit diesem Ben, der dich hierhergefahren hat. Ob er euch mal zusammen gesehen hat? Ich meine, das ist ja nicht ausgeschlossen. Du hast mit Micha eine Nacht verbracht, seinem Vater ging es schlecht … er war sicher auch in einer schlechten seelischen Verfassung."

Caro winkte ab. „Das kann nicht sein. Ich wüsste nicht, wann ich Ben nach dieser Nacht …" Sie stockte. Etwas ging ihr durch den Kopf. „Doch, du hast recht. Ben war abends noch bei mir. Er hatte Pizza besorgt und mich von der Straße aus gerufen, als ich auf dem Balkon saß. Wenn Micha zufällig gesehen hat, wie ich ihn nach oben gebeten habe …"

Sie schlug die Hände vors Gesicht. „Ich bin so eine Idiotin! Aber warum hat er mich nicht darauf angesprochen? Ich meine, er hätte mich doch fragen können!"

Verena zuckte mit den Schultern. „Du weißt doch, wie das ist. Bei solchen Themen sind alle sehr empfindlich. Man redet um den heißen Brei, traut sich nicht auszusprechen, was einen wirklich bewegt … Gefühle sind nun mal ein heißes Eisen. Du bist doch auch eifersüchtig auf die Referendarin und sagst es ihm nicht."

Verena dachte kurz an Hanno. Wie es mit Jan gelaufen war, erzählte sie ihrer Freundin aber in allen Einzelheiten. Caro schüttelte nur den Kopf. Ihr fiel plötzlich ein, was sie Verena noch dringend erzählen musste. „Du, hör mal, mir ist da letztens etwas zu Ohren gekommen. Ich war doch in der Stadt, Klamotten kaufen für den Urlaub, und als ich mir ein Eis holen wollte, da saß dort Jans Geliebte, diese Annika, mit einer Freundin. Du glaubst nicht, was sie erzählt hat."

Mit großen Augen lauschte Verena Caros Worten. Als sie hörte, dass diese Annika Jan angelogen hatte und gar nicht schwanger war, fehlten ihr die Worte. „Ich habe ja wirklich kein großes Mitleid mit ihm, aber dass er so aufs Kreuz gelegt wird – vielleicht hat sie es ihm gesagt und er ist deshalb so plötzlich wieder abgereist. Ich hatte ohnehin den Eindruck, er war mit allem ziemlich überfordert. Was für eine miese Masche."

Caro pflichtete ihr bei. „Ich war auch schockiert, als ich das gehört habe. Sie schien sich nicht einmal dafür zu schämen. Ein ganz billiges Mittel, um einen Mann an sich zu binden. Pass mal auf, bestimmt will er dich deshalb zurück. Aber das machst du doch nicht, oder?"

Verena hob abwehrend die Hände. „Keine Sorge, ich bin mir inzwischen sicher, dass ich das auf keinen Fall möchte. Es macht mir zwar zu schaffen, dass unser Sohn zu Jan hält und mir für alles die Schuld gibt, aber ich denke, das kommt wieder ins Lot. Er hängt halt sehr an seinem Vater. Ich möchte ja auch nicht, dass Jans Beziehung zu den Kindern unter unserer Trennung leidet."

Sie hob feierlich ihr Glas. „So, und jetzt trinken wir einen Schluck Schorle auf uns und unseren Urlaub. Ich freue mich schon auf die nächsten Wochen. Prost! Wir Mädels sind stark und gehen selbstbewusst durchs Leben!"

Verena

Am nächsten Morgen tappte Rudi auf wackeligen Beinen an Verenas Bett, legte seine Schnauze auf ihren Arm und winselte leise. Verena wachte auf, blickte in Rudis feuchte braune Augen und streichelte ihm behutsam über den Kopf. „Hallo, mein Großer, du siehst ja schon viel besser aus. Du hast bestimmt Hunger, hab ich recht?"

Rudi wedelte begeistert, als Verena sich aus dem Bett schwang. „Jetzt gehen wir erst mal ein paar Schritte auf die Wiese vorm Haus, dann bekommst du deine Möhrchen und etwas Reis."

Verena schnappte sich ihren Jogginganzug, putzte sich rasch die Zähne, fuhr sich mit der Bürste durch die Haare, dann machte sie Rudi an die Leine. Ihr Knöchel tat kaum noch weh. Ganz langsam lief sie mit ihm zur Wiese, wo er sein Geschäft verrichtete. Zum Glück war der Durchfall ausgeblieben, sodass Verena jetzt brav sein Häufchen in einer Tüte verstaute und es in den dafür vorgesehenen Abfalleimer an der Straße warf. Man merkte dem Hund an, dass er noch nicht wieder richtig fit war, denn er wollte gleich wieder heim in die Wohnung. Verena säuberte seine Pfoten und füllte eine Portion Möhren und Reis, die sie am Vorabend noch gekocht hatte, in seinen Napf, auf den er sich begierig stürzte. Sein Appetit war ein gutes Zeichen. Seine Nase war auch längst nicht mehr so warm wie gestern. Da fiel Verena siedend heiß ein, dass Pauline sich möglicherweise bei Rudi angesteckt haben könnte. Sie griff zu ihrem Handy und schrieb Hanno eine SMS.

Lieber Hanno, Rudi hat sich einen Infekt eingefangen. Ich war gestern mit ihm beim Tierarzt. Ich hoffe, Pauline hat sich nicht angesteckt! Schreib mir doch bitte, ob alles in Ordnung ist. LG Verena

Nachdenklich las sie ihre Nachricht, bevor sie auf „Senden" tippte. LG, Liebe Grüße, das war doch in Ordnung. Sie dachte an ihre Begegnung gestern Morgen. Vielleicht hatte sie ihm unrecht getan. Durch ihre Erfahrungen mit Jan war sie misstrauisch geworden. Hanno hatte ihr gesagt, dass er sie mochte. Aber sie konnte noch nicht wirklich glauben, dass ein Mann sich ernsthaft für sie interessierte. Gerade Männer mit Mitte vierzig, Anfang fünfzig hatten doch kaum noch Interesse an gleichaltrigen Frauen. Jung und knackig sollten ihre Begleiterinnen sein. Gegen solche Damen wurde die langjährige Ehefrau gerne ausgetauscht. Verena merkte, wie sie von Schwermut überrollt wurde. Jetzt bloß nicht wieder herunterziehen lassen. Warum sollte es keine reifen, erwachsenen Männer geben, die eine Frau auf Augenhöhe und mit Lebenserfahrung schätzten? Es waren doch nicht alle solche Pfeifen wie Jan. Verena schluckte ihre Selbstzweifel herunter und sah Rudi weiter beim Fressen zu. Es war noch ein langer Weg aus ihrer persönlichen Krise. Wenn man einmal so abgewertet und belogen worden war, veränderte das die ganze Lebensanschauung. Aber sie würde das schaffen und war doch bereits auf einem guten Weg! Schon besser gelaunt drehte sie das Radio in der Küche auf minimale Lautstärke, um Caro nicht zu wecken. Die schlief nämlich immer noch. Gerade wollte sie die Kaffeemaschine anschmeißen, als sie eine SMS von Tante Marlene bekam.

Habe Frühstück für euch gemacht. Habt ihr Lust runterzukommen? Gruß Marlene

Verena schlich zu Caros Zimmer und steckte ihre Nase durch die Tür. „Caro, schläfst du noch?", fragte Verena im Flüsterton.

„Jetzt nicht mehr", antwortete ihre Freundin. Sie streckte die Arme in die Luft und gähnte herzhaft. „Ich habe lange nicht so gut geschlafen wie heute Nacht", verkündete sie. „Meine Kopfschmerzen sind auch weg." Caro blinzelte gegen die Sonnenstrahlen an, die durch das Rollo fielen. „Ich habe einen Bärenhunger!"

„Prima, dann hüpf ich schnell unter die Dusche, danach kannst du ins Bad. Tante Marlene lädt uns zum Frühstück ein!"

Eine Dreiviertelstunde später saßen die beiden zusammen mit Rudi auf Tante Marlenes Terrasse. Der Tisch war wie immer üppig gedeckt. Verena gab ihrer Tante einen Kuss auf die Wange.

„Du bist so lieb, Marlene. Vielen Dank, dass du uns so verwöhnst!"

„Ach was, das mache ich doch gerne! Ist doch schön, wenn Leben im Haus ist. Du bekommst das sowieso mal alles, da sollst du dich doch wie zu Hause fühlen."

Verblüfft warf Verena ihrer Tante einen Blick zu. Irgendwie wirkte Marlene neuerdings manchmal seltsam. Sie spielte immer wieder darauf an, dass Verena die Häuser mal erben würde, und Verenas Bauchgefühl sagte ihr, dass sie immer noch etwas verheimlichte. Ein beängstigender Gedanke machte sich in ihr breit. Marlene war doch wohl nicht krank? Sie musterte ihre Tante, die sich gerade Kaffee einschenkte, mit bangem Blick. Sah sie blass aus? Wirkte sie schwach? Zitterten ihre Hände beim Einschenken? Doch sie konnte keinerlei Anzeichen von Krankheit erkennen, aber sie nahm sich vor, Marlene im Auge zu behalten.

„Puh, ich glaub, mir geht es doch noch nicht wieder so gut", hörte sie da Caro sagen, die den Kaffee weit von sich wegschob. „Irgendwie ist mir schlecht. Ich hatte solchen Hunger, und nach einem Brötchen krieg ich schon nichts mehr runter. Tut mir leid, Marlene. Du hast so leckere Sachen gekauft!"

„Du kannst ja später noch etwas essen. Am ersten Urlaubstag fällt doch erst mal der ganze Stress von einem ab, das ist ganz normal", meinte Marlene fröhlich. Dann wandte sie sich Verena zu: „Ich bin heute tagsüber unterwegs, wichtige Termine. Kümmerst du dich um die Feriengäste, wenn es Probleme gibt?", bat sie ihre Nichte.

Verena sah von ihrem Teller auf. „Musst du zum Arzt?", fragte sie spontan und hätte sich im selben Moment dafür ohrfeigen können. Marlene sah sie überrascht an.

„Zum Arzt? Wieso zum Arzt?" Sie schüttelte den Kopf. „Nein, nein, ich bin nicht krank, ich habe andere Termine. Was ist denn jetzt, hältst du die Stellung?"

„Na klar, mache ich. Ich bin aber auch nicht die ganze Zeit hier, und nachher will ich mit Caro zum Strand."

„Kein Problem, so gegen zwei werde ich wieder da sein."

Der Rest des Frühstücks verlief in ruhigen Bahnen. Caro trank Orangensaft statt Kaffee, es wurde geplaudert und gelacht, bis Verenas Handy eine SMS verkündete.

„Die ist von Jan", erklärte Verena, nachdem sie sie gelesen

hatte. „Er schreibt, er wolle sich von Annika trennen. Offensichtlich hat er die Sache mit der falschen Schwangerschaft
erfahren. Er will wieder nach Sylt kommen. Er scheint fix
und fertig zu sein. Du meine Güte!"

Tante Marlene und Caro rollten gleichzeitig mit den Augen.
„Jetzt lass dir seine Probleme doch nicht schon wieder ans
Bein binden! Als Kummerkastentante bist du für ihn gut
genug. Du wolltest hier zu dir selbst finden, ein neues Leben
aufbauen!", schimpfte Tante Marlene, und Caro pflichtete
ihr bei.

„Aber ... wir waren schließlich lange miteinander verheiratet. Ich kann ihn doch nicht ...", fing Verena an, da
erreichte sie schon die nächste SMS. „Die ist von Jonas",
sagte Verena, während sie die Nachricht las. „Unser Sohn
bittet mich, seinem Vater zu helfen. Das sei ich ihm schuldig.
Jan ist wohl am Boden zerstört." Verena legte ihr Handy
auf den Tisch und rieb sich die Stirn. Wie konnte es dazu
kommen, dass sie nun schon wieder so viele Probleme am
Hals hatte? War sie es Jan wirklich schuldig, ihm zu helfen?
Er hatte sie abserviert, im Stich gelassen, sich über sie lustig
gemacht und sie tief verletzt. Und trotzdem war sie immer
wieder geneigt, sich zuständig zu fühlen. Caro strich liebevoll über ihre Hand.

„Verena, jetzt lass dich doch nicht so unter Druck setzen.
Jan ist erwachsen, er kann seine eigenen Entscheidungen
treffen und muss deshalb auch selbst mit seinen Problemen
fertigwerden. Wenn du dich jetzt da reinziehen lässt, wirst
du immer an ihm hängen bleiben. Dann ist es aus mit dem
neuen, selbstbestimmten Leben!"

Verena sah sie verzweifelt an. Sie hatte ihr ganzes Leben
damit verbracht, für ihre Familie da zu sein und ihre eigenen

Wünsche hintanzustellen. Wie sollte sie es nur schaffen, sich davon loszusagen? Sie wollte doch ihren Sohn nicht verlieren, der sie eh schon permanent kritisierte. „Aber Jonas …", fing sie an und brach in Tränen aus. Sie hatte gar nicht gemerkt, wie sehr ihr seine Ablehnung zusetzte. „Jonas wird mich hassen, wenn ich Jan nicht zurücknehme", schluchzte sie leise.

„Dein Sohn hat kein Recht dazu, dich so unter Druck zu setzen. Irgendwann wird er sehen, was Jan wirklich für ein Mensch ist, glaub mir. Er will sich seine heile Welt auch nur erhalten. Mama und Papa zusammen, das ist eben viel schöner und bequemer. Aber manchmal geht das halt nicht mehr, und du bist sicher nicht schuld daran!"

Verena wischte sich mit einer Papierserviette die Tränen aus dem Gesicht. „Gut, dann schreibe ich Jan jetzt, er soll nicht mehr hierherkommen."

Mit zittrigen Fingern tippte sie, noch nicht ganz überzeugt, eine Nachricht an ihren Mann und eine an ihren Sohn. Dann tauschte sie ihren Kaffee gegen eine Tasse Kamillentee, den Marlene ihr eingegossen hatte.

„Das beruhigt, mein Kind", meinte Marlene.

Verena lächelte ihr zaghaft zu. „Ich hoffe, ich tue das Richtige", sagte sie zaudernd.

„Das tust du! Glaub mir. Und stell am besten dein Handy aus. Sonst kriegst du heute keine Ruhe mehr."

Verena warf einen Blick auf das Display. Weder Jan noch Jonas hatten geantwortet. Sie wollte gerade das Handy ausschalten, da trudelte doch noch eine Nachricht ein. Es war Marie, ihre Tochter.

Hi Mama, hab gehört, was passiert ist. Halt die Ohren steif! Jonas hat doch einen Dachschaden. Lass dich nicht von ihm nerven. Was

Papas Freundin da mit ihm gemacht hat, ist schrecklich. Aber das muss er alleine regeln! Im Ernst, ich bin echt froh, kein kleines Halb-geschwisterchen zu kriegen, Ich mochte diese Annika nie! Erhol dich schön, ich hab dich ganz doll lieb. XX Marie

Verena fiel ein Stein vom Herzen, als sie Maries Nachricht las. Wenigstens sie war auf ihrer Seite.

„Die Zeit heilt alle Wunden", meinte Tante Marlene viel-sagend, während sie mit Caro den Tisch abräumte. Hoffent-lich stimmte das!

Caro

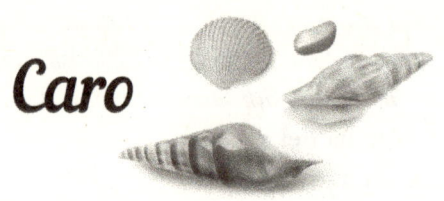

Caroline Sanders saß in der Friesenkapelle am Dorfteich und bestaunte ehrfürchtig das Deckengewölbe mit den elf biblischen Darstellungen, die der schwedische Künstler Kristoffer Zetterstrand entworfen hatte. Das hatte sie im Internet gelesen. Das weißblaue Friesenkreuz aus Delfter Kacheln im Altarraum unterstrich die ruhige, unaufgeregte Atmosphäre, die ihr so gut gefiel. Jedes Mal, wenn sie die Kirche besuchte, dachte sie genau wie Verena, dass dies ein schöner Ort für eine Hochzeit sein müsste. Caro schloss die Augen und stellte sich vor, wie sie in einem wunderschönen weißen Brautkleid die hellen Bänke entlang zum Altar schritt. Überall war die Kirche mit blassrosa und lilafarbenen Blüten geschmückt. Konnte es eine schönere Kulisse geben? An ihrer Seite sah sie … Oh mein Gott, sie stellte sich wirklich Micha als ihren Ehemann vor? Hatte das etwas zu sagen? Caro blinzelte ein paar Mal, um den Tagtraum zu vertreiben. Verschämt sah sie sich in der Kirche um. Bis auf eine ältere Frau, die zwei Bänke hinter ihr betete, war sie allein. Caro stand leise auf und bewegte sich angemessenen Schrittes zum Kerzenschiff, einem eisernen Gestell, in dem bereits zahlreiche Kerzen brannten. Sie legte eine Münze in den Behälter und zündete eine Kerze an. Still gedachte sie ihrer Großeltern und auch ihrer Mutter, zu der sie keinen Kontakt hatte, dann betete sie kurz für ihr eigenes Wohlergehen und das der Menschen, die ihr nahestanden. Es war doch ganz erstaunlich, dass man in so einer Kirche inneren Frieden finden konnte, selbst wenn man ansonsten gar kein enthusiastischer Kirchgänger war.

Nachdem Caro das Gotteshaus verlassen hatte, machte sie noch ein Foto von der Skulptur des Fischers, der vor der Friesenkapelle stand. Verena war bei Rudi geblieben und nahm Buchungen für die Ferienwohnungen entgegen. Ben hatte sich vor einer Stunde bei Caro gemeldet und gefragt, ob sie mit ihm zusammen eine Runde Rad fahren wollte. Da Caro sich eines aus Tante Marlenes Schuppen leihen konnte, hatte sie zugesagt. Und da sah sie Ben auch schon um die Kurve biegen. Er hatte sich ein schickes blaues Rennrad geliehen. Sogar einen Helm trug er, ganz vorschriftsmäßig. Ben strahlte sie an, als er vom Rad stieg.

„Was für ein herrlicher Tag!", schwärmte er. „Hast du auch so gut geschlafen? Ich fühle mich wie neu geboren!"

Caro musste schmunzeln. „Ja, in der Tat, so geht es mir auch. Wobei – ein bisschen müde bin ich schon noch. Aber ich freue mich auf unsere Radtour. Wo soll es denn hingehen?"

Ben ging einen Schritt auf sie zu und küsste sie rechts und links auf die Wange. „Hallo, Frau Nachbarin. Schön, dich wiederzusehen."

Er sah sie prüfend an, und Caro wusste in diesem Augenblick, dass er immer noch mehr von ihr wollte. Er hielt sich zurück, aber ab und zu probierte er aus, wie weit er gehen konnte. Und so unangenehm waren ihr die Küsse gar nicht gewesen. Sie merkte, wie sie leicht errötete.

„Ich freue mich auch, dich zu sehen", antwortete sie und setzte ihren Helm auf. „Also, wo fahren wir hin?"

Jan nestelte eine Karte aus seinem Rucksack und zeigte ihr die Strecke, die er mit ihr fahren wollte. „Schau mal, eine Rundtour über die Sylter Mitte. Ungefähr achtundzwanzig Kilometer. Von hier aus fahren wir Richtung Kampen auf dem Radweg, an der Sturmhaube vorbei, schauen uns das rote Kliff an und die Whiskeymeile, dann geht es den Wattweg lang zur Kupferkanne. Wenn du magst, können wir dort einkehren. Anschließend geht es zum Kampener Leuchtturm, dann entlang der Braderuper Heide nach Braderup. Von dort aus können wir auf dem Fahrradweg parallel zur Straße über Munkmarsch nach Keitum fahren. Theoretisch können wir dort auch bummeln gehen, wenn du nicht weiterfahren magst." Er sah Caro fragend an.

„Lass uns das doch unterwegs entscheiden", schlug Caro vor. „Wie ginge es dann weiter?"

„An den Sylter Museen und dem Hünengrab Harhoog vorbei, über die Unterführung am Keitumer Bahnhof und den Südik nach Tinnum. Du kennst doch die Tinnumer Wiesen und den Tierpark. Von da aus könnten wir über den Radweg zurück nach Wenningstedt."

„Hört sich gut an", meinte Caro. „Wenn ich nicht mehr kann, musst du mich eben schieben!" Sie grinste ihn an. „Ich bin nämlich nicht besonders trainiert. Und einen Elektromotor hat mein Fahrrad auch nicht."

Ben hob in gespielter Entrüstung die Arme. „Und ich dachte immer, du bist so eine Sportskanone. Wo du doch andauernd joggen gehst!"

„Andauernd ist gut", lachte Caro. „Aber ich versuche es wenigstens. Es könnte natürlich sein, dass die Sonne uns einen Strich durch die Rechnung macht. Auf einen Hitzschlag kann ich gut verzichten."

„Keine Sorge", meinte Ben. „Wir können jederzeit umkehren."

Und so kam es, dass die beiden es tatsächlich bis Keitum schafften. Allerdings nicht, ohne doch noch bei einem Zwischenstopp in der Kupferkanne Kuchen und Tee probiert zu haben. Caro hatte Spaß, aber so langsam wurde die brennende Hitze unerträglich. Irgendwie war ihr schwindlig, deshalb hielt sie vor einem der Geschäfte im Dorfkern an und stieg vom Rad. „Ich glaube, jetzt kann ich nicht mehr", beichtete sie Ben. „Lass uns mal was Kühles trinken. Mir ist schon ganz schummerig."

Ben stieg ebenfalls vom Rad. „Sieh mal, da vorne können wir unsere Räder festmachen. Dann setzen wir uns dort in den Schatten. Geht es dir sehr schlecht?"

Er trat auf Caro zu, legte den Arm um ihre Schultern und zog sie an sich. „Wenn du einen Arzt brauchst, schöne Frau, ich bin da!", flüsterte er ihr ins Ohr.

Caro wehrte ihn lachend ab. Dabei berührten sich ihre Gesichter, und sein Mund streifte ganz kurz ihre Lippen, was sich nicht schlecht anfühlte.

„So schlimm ist es nicht, du Schwerenöter! Hol uns was Kaltes zu trinken, dann bin ich wieder fit. Meine Wasserflasche ist leider viel zu warm geworden."

Ben löste sich nur ungern von ihr. „Zu Befehl, schöne Frau. Setz dich dort hin, ich erledige den Rest!"

So saßen sie eine ganze Weile in dem kleinen Ort, beobachteten die Touristen, unterhielten sich über Gott und die Welt, machten Späße und durchstöberten anschließend zu Fuß die interessantesten Geschäfte. Gut, dass Caros Fahrrad einen Korb hatte, denn sie hatte ordentlich eingekauft. Ein türkisfarbenes Tuch, eine Keramikschale, ein runtergesetztes Shirt und eine Gewürzmischung hatte sie erstanden. Dann war sie fit genug für die Rückfahrt. Wieder in Wenningstedt angekommen, verabschiedeten sie und Ben sich mit einer Umarmung. Etwas inniger als bei Freunden, aber es fühlte sich gut an.

„Sehen wir uns heute Abend noch?", fragte Ben. „Ich würde dir gerne mein Ferienhaus zeigen. Wir könnten uns auf die Terrasse setzen, zusammen essen und ein Glas Wein trinken?"

Seine Augen funkelten sie erwartungsvoll an.

„Klingt verlockend, aber ich muss erst sehen, was Verena noch vorhat. Du weißt doch, Mädelsurlaub und so. Aber ich melde mich bei dir, versprochen!"

Ben beugte sich vor und gab ihr einen Kuss. Diesmal einen richtigen. Caro ließ es sich gefallen, weil sie in Urlaubsstimmung war. Aber ihre Gedanken kehrten immer wieder zu Micha zurück. Deshalb blieb sie zurückhaltend.

„Bis später, Ben", rief sie ihm zu und schob ihr Rad vor die Tür des Schuppens. Ben sah ihr ein wenig enttäuscht hinterher. Wie konnte er diese Frau bloß für sich gewinnen?

Verena

Es gab zwei neue Buchungen für die Ferienwohnungen im Herbst. Verena hatte es sich in Tante Marlenes Wohnzimmer auf der Couch gemütlich gemacht. Das Telefon stand direkt neben ihr auf dem Beistelltisch. Auf ihrem Schoß lag der Laptop und neben ihr auf der Couch Tante Marlenes altmodischer Buchungskalender. Rudi döste in seinem Körbchen zu ihren Füßen. Er schlief sich gesund, das war gut, denn Verena hatte sich große Sorgen um ihn gemacht. Sie blätterte kurz in einer Illustrierten, aber so ganz konnte sie sich nicht auf die Artikel konzentrieren. Hanno hatte noch nicht geantwortet. Aber womöglich war er in der „Möweninsel" und hatte alle Hände voll zu tun. Wenn Marlene wieder da war, würde sie einen Spaziergang zum Strand machen. Für die Renovierung der Ferienwohnung von Frau Lüders war bereits alles geklärt. Die ersten Handwerker würden in den nächsten Tagen mit ihrer Arbeit beginnen. Verena musste einmal täglich nach dem Rechten sehen, und die Möbel waren auch schon bestellt. Verena zog das Rollo vor Tante Marlenes Wohnzimmerfenster ein Stück tiefer. Der Sommer verwöhnte die Insel zurzeit aber auch wirklich mit dem allerschönsten Sonnenschein. Und wenn man dem

Wetterbericht glauben konnte, würde das auch die nächsten Wochen größtenteils so bleiben. Ein bisschen Regen war durchaus willkommen, denn die Natur litt unter der andauernden trockenen Hitze. Auch hier auf der Insel waren die Auswirkungen des Klimawandels schon zu spüren und zu sehen. Dieses Thema war für Verena in den letzten Jahren immer wichtiger geworden, denn sie hatte Kinder und wollte ihren ökologischen Fußabdruck stetig verbessern. Vieles hatte sie schon verändert, sie verzichtete zum Beispiel auf Flugreisen und kaufte nur noch Kleidung, die sie wirklich mehrere Jahre tragen konnte, aber es gab noch einiges zu tun. Das Telefon klingelte wieder, der nächste Anruf kam von Tante Marlenes Freundin, die sich freute, mit Verena persönlich sprechen zu können. Es ging um die Ferienwohnungen in Tinnum.

„Wann können Sie sich die Objekte denn anschauen?"

„Jederzeit", antwortete Verena. „Ich habe zwar bereits einen Auftrag angenommen, aber parallel dazu könnte ich bei Ihnen anfangen."

„Prima, das hört sich ja gut an. Sollen wir dann gleich einen Termin ausmachen? Ich möchte die Wohnungen so schnell wie möglich wieder vermieten. Der Gesamtzustand ist zurzeit eher auf Zwei-Sterne-Niveau, das soll sich natürlich ändern!"

Schnell waren die beiden sich einig, und die Provision, die Verena erhalten sollte, konnte sich auch sehen lassen. Wenn es so weiterging, konnte sie sich mit dieser Tätigkeit eine richtige Existenz aufbauen. Zufrieden legte sie den Hörer auf die Station und notierte sich den Besichtigungstermin in ihrem Handy. Kurz darauf hörte sie auch schon Tante Marlenes Schlüssel in der Haustür.

„Bin wieder da!", trällerte Marlene in den Flur. Offenbar waren ihre „Termine" erfolgreich gewesen. Verena fuchste es ein bisschen, dass Marlene, zu der sie sonst so ein herzliches Verhältnis pflegte, Geheimnisse vor ihr hatte. Sie stand auf, um ihre Tante zu begrüßen, und sah gerade noch, wie Marlene hastig ein paar Unterlagen in ihrer Tasche verschwinden ließ. Was war denn bloß mit ihr los?

„Hallo, Marlene, da bist du ja wieder! Sag mal, kannst du noch ein Stündchen auf Rudi aufpassen? Caro ist von ihrem Ausflug mit Ben noch nicht wieder da, und ich wollte mal runter zum Strand", fragte Verena ihre Tante.

„Ja, natürlich, geh nur. Rudi ist bei mir in den besten Händen", antwortete Tante Marlene, ohne etwas zu ihren Terminen zu sagen. Kein Wort darüber, wo sie gewesen war oder was sie gemacht hatte.

Schmollend verzog Verena den Mund. „War es denn wenigstens nett bei deinen Terminen?", wollte sie wissen.

Marlene winkte ab. „Ach, nicht der Rede wert! So, und jetzt kümmere ich mich mal schnell um Rudi." Und Schwupps, war sie davongeeilt zu dem kranken Hund, der es sich inzwischen im Flur gemütlich gemacht hatte.

Kopfschüttelnd schnappte Verena sich ihre Tasche und ihre Sonnenbrille. „Ach ja, es gab zwei neue Buchungen!", teilte sie ihrer Tante noch mit.

„Sehr schön, vielen Dank", rief Marlene. „Und dir viel Spaß!" Damit war die Konversation beendet. Was soll's, dachte Verena. Irgendwann wird sie es mir schon sagen, wenn es wichtig ist.

Verena wollte nicht, dass Hanno glaubte, sie liefe ihm hinterher. Deswegen achtete sie darauf, völlig ungezwungen den Risgap entlangzuspazieren und wie zufällig vor der

„Möweninsel" zu landen. Natürlich standen die Leute bereits wieder Schlange, denn wer sich früh zum Strand begeben hatte, war um die Mittagszeit logischerweise hungrig. Verena schlenderte vor dem Imbiss ein wenig hin und her, bis sie sich entschloss, doch Nägel mit Köpfen zu machen. Hanno stand nicht am Verkaufstresen, aber sie würde jetzt einfach einen der Mitarbeiter fragen, ob er da war. Doch das erübrigte sich, als Pauline plötzlich aus dem Häuschen gelaufen kam. Sie erkannte Verena und begrüßte sie ausgelassen.

„Pauline, du siehst ja ganz gesund aus!", freute sich Verena und kraulte die Hündin, die an ihr hochgesprungen war und begeistert ihre Hände leckte. Dann hörte sie Hannos dunkle, wohlklingende Stimme.

„Pauline, kommst du wohl her! Du sollst doch nicht …", begann er zu schimpfen, da merkte er, dass es Verena war, zu der die Hündin gelaufen war.

„Oh, hallo, was machst du denn hier?", fragte er überrascht. Offenbar hatte er nach ihrer letzten Begegnung nicht mehr mit ihr gerechnet. Das konnte sie ihm nicht verdenken.

„Ich wollte mal schauen, wie es Pauline geht. Ich hatte dir doch geschrieben, dass Rudi krank ist. Ein Virus. Ich hatte Sorge, dass sie sich angesteckt hat", erklärte Verena.

Hannos Mundwinkel zuckten, er wirkte aufgewühlt. Er sah Verena prüfend an, so als frage er sich, was sie wirklich von ihm wollte, dann senkte er die Augenlider. „Ja, tut mir leid, ich habe deine SMS gelesen, aber ich hatte viel zu tun …"

„Macht doch nichts", sagte Verena hastig. Die Situation war irgendwie peinlich. Und dann noch die vielen Menschen rundherum.

„Hanno … es … es tut mir leid wegen neulich Abend",
presste sie heraus. „Ich hätte dir zuhören sollen."

Kurz entschlossen nahm sie seinen Arm und zog ihn ein
Stückchen von den Urlaubern weg. Pauline schnüffelte der-
weil an einem kleinen Terrier und forderte ihn zum Spielen
auf. Doch der kläffte nur aufgeregt und wurde von seiner
Besitzerin gleich weitergezogen. Hanno sah Verena immer
noch mit einer Mischung aus Skepsis und vorsichtigem
Interesse an.

„Hanno, jetzt sag doch mal was! Mir ist unsere Freundschaft wichtig, auch wenn wir uns noch nicht lange kennen",
sagte Verena verzweifelt.

Hanno legte seine Stirn in Falten. Man konnte ihm an-
sehen, dass er mit sich kämpfte.

„Verena, ich weiß nicht, was ich sagen soll. Du hast anscheinend kein Vertrauen mehr in die Menschen, insbesondere in
Männer, was ich durchaus verstehen kann. Aber so kann ich
nicht …"

Die Mitarbeiterin am Verkaufstresen rief lautstark seinen
Namen. Hanno drehte sich um und winkte ihr. Mit einer
Geste deutete er an, dass er sofort kommen würde.

„Verena, du siehst ja, wir haben sehr viel zu tun. Es tut mir
leid. Ich muss wieder zurück."

Seine Stimme wirkte jetzt warm und freundlich. So als täte
Verena ihm leid. Das wiederum machte sie zornig. Sie war
kein Fall für so eine Mitleidstour.

„Schön, wie du meinst. Dann noch einen schönen Tag",
entfuhr es ihr kurz und knapp. Hanno starrte sie verwundert
an. Sie war verletzt, weil sie voller Hoffnungen gewesen war.
Was war nur mit ihr los? Es fühlte sich ja fast an, als wäre sie
in ihn verliebt! Und tatsächlich, ihr Herz machte jedes Mal

einen Hüpfer, wenn sie ihn traf, und sie wollte nichts lieber, als ihm nahe zu sein, ihn zu küssen und …

„Verena, träumst du?", riss Hanno sie aus ihren Gedanken. Sie hatte doch wohl nicht laut nachgedacht?, überlegte sie erschrocken. Es wurde ja immer peinlicher. Ein paar Passanten hatten die Szene beobachtet und tuschelten belustigt über ihren Auftritt. Beschämt drehte sie sich auf dem Absatz um und lief eiligen Schrittes von diesem unseligen Ort fort.

„Ich melde mich später bei dir", hörte sie Hanno noch rufen, bevor sie außer Reichweite war. Nach knapp zweihundert Metern hielt sie schwer atmend an. Du meine Güte, sie benahm sich ja wie ein wild gewordener Teenager. Doch dann musste sie plötzlich lachen. Was auch immer da zwischen ihr und Hanno war, es fühlte sich an wie das richtige Leben. So lebendig hatte sie sich schon lange nicht mehr gefühlt. Wann war sie das letzte Mal einem Mann heimlich hinterhergelaufen, nur um ihn irgendwo zu treffen? Warum sollte man das nicht mehr tun dürfen, wenn man über vierzig war? Vielleicht war sie neu verliebt, und das war doch schön. Aber leider immer noch genauso kompliziert wie vor zwanzig Jahren.

Vor Tante Marlenes Haus traf sie auf Caro, die ihr Fahrrad gerade im Schuppen verstaut hatte.

„Wie war es bei dir?", fragte Verena gut gelaunt. Sie hakte sich bei ihrer Freundin unter und ging mit ihr gemeinsam zur Haustür.

„Ganz nett, aber furchtbar anstrengend", gab Caro zu. „Ben ist ein prima Kerl. Ich glaube, er versucht ständig, mich anzubaggern, aber auf eine charmante Art. Ich fühle mich zu ihm hingezogen, weißt du, aber ich kann nicht aufhören, an Micha zu denken."

Verena nickte wissend. „Ja, es hört sich so an, als ob du deinen Kollegen liebst. Ganz ehrlich, ich an deiner Stelle würde nichts mit Ben anfangen. Am Ende stehst du nur vor einem riesigen Durcheinander."

„Aber vielleicht ist Ben ja der Richtige, und ich muss Micha einfach nur vergessen", protestierte Caro. Eine Duftwolke stieg aus dem Küchenfenster der vermieteten Ferienwohnung des Ferienhauses. Ganz offensichtlich gab es Gyros mit viel Knoblauch. Caro schnupperte gegen den Wind, wurde auf einmal kreidebleich und hielt sich den Bauch.

„Oh mein Gott, das riecht ja übel. Ich glaub, ich muss mich übergeben. Schließ bitte schnell auf!", bat sie ihre Freundin. Verena tat wie ihr geheißen und sah Caro, die ins Haus stürmte, nachdenklich hinterher. Womöglich hatte sich damit schon entschieden, wie Caros Zukunft aussah! Dieses Symptom kannte sie gut aus ihren eigenen zwei Schwangerschaften. Nun wurde Jan doch nicht Vater, aber Caros lang gehegter Wunsch ging möglicherweise in Erfüllung. Wenn das stimmte, dann musste ein Plan her, um Caro und Micha wieder zusammenzubringen!

Caro

Der Geschmack im Mund war wirklich scheußlich. Caro hatte sich im wahrsten Sinne des Wortes das gesamte Essen des Vormittags nochmal durch den Kopf gehen lassen. Allein der Gedanke daran verursachte ihr schon wieder Übelkeit. Und dann noch Verenas Andeutungen! Konnte sie wirklich schwanger sein? Von dem einen Mal? Caro strich nachdenklich über ihren Bauch. Ihre Gefühle schwankten zwischen Glück, Hoffnung und Entsetzen. Ein Kind ohne Vater? Das hatte sie doch nie gewollt! Jetzt kullerten auch noch Tränen über ihr Gesicht. Ihre Hormone schienen wirklich verrückt zu spielen.

„Hier, trink mal einen Schluck!"

Verena reichte ihr ein Glas Wasser mit einem Stück Ingwer. „Das beruhigt deinen Magen", behauptete sie. Caro hasste Ingwer. Nur zu Sushi konnte sie den runterkriegen. Und dann höchstens zwei Schnipsel.

„Boah, danke, aber nimm bitte den Ingwer raus. Du weißt doch, dass ich den hasse!", maulte sie deshalb.

Verena seufzte. „Jetzt werde mal nicht zur Diva. Und morgen früh gehst du zu Frau Dr. Rösler, die kenne ich ganz gut. Deine ganzen Symptome sehen mir sehr stark nach einer Schwangerschaft aus. Schwindel, Müdigkeit, Übelkeit … Und du bist schon ein paar Tage über der Zeit mit deiner Periode."

Caro musste grinsen. „Stell dir vor, ich werde tatsächlich Mutter. Dann wirst du Patentante, versprochen." Sie setzte sich auf und nahm einen Schluck Wasser. „Es geht mir schon viel besser. Aber wenn ich wirklich schwanger bin, dann ist Alkohol ab jetzt tabu. Dabei wollten wir es uns doch gut gehen lassen hier im Urlaub."

Sie setzte einen traurigen Hundeblick auf.

„Das kann Rudi aber besser", meinte Verena lakonisch. „Außerdem, man braucht keinen Alkohol, um gut drauf zu sein. Und Sushi ist dann auch tabu. Kein roher Fisch!"

Caro seufzte. „Ich wusste nicht, dass eine Schwangerschaft mit so vielen Entbehrungen verbunden ist."

„Oh ja, und da kommt noch viel mehr auf dich zu", sagte Verena grinsend.

Na, das kann ja heiter werden, dachte Caro. Wie sollte sie das nur Micha beibringen, der sie doch gar nicht mehr wollte? Und dann war da noch Ben, der sich im selben Moment mit einer SMS in Erinnerung brachte. Er schickte ihr ein Foto von sich am Strand, in der Hand ein Paddle-Board. Caro musste lachen, denn sein ängstlich verzogener Mund sprach Bände. Er wollte es also tatsächlich ausprobieren.

Nur Mut, du schaffst das schon!, tippte Caro in ihr Handy.

Ich hoffe, wir sehen uns heute Abend lebend wieder!, scherzte Ben und versah die Nachricht mit einem schwitzenden Smiley.

Bestimmt!, antwortete Caro. *Ich liege leider gerade flach, hoffe, dass ich bis heute Abend wieder fit bin*, verriet sie ihm noch.

Gute Besserung, muss los, mich ins Wasser stürzen, schrieb Ben, dann war er offline.

Was sollte sie nur machen, wenn ihr jetzt andauernd schlecht würde? Sie stellte sich vor, wie sie mit Ben im Restaurant saß oder bei ihm in dem noblen Ferienhaus, und der Geruch irgendeiner Speise brachte sie dazu, sich übergeben zu müssen. Ein schreckliches Gedankenspiel.

„War das Ben?", riss Verena sie aus ihren Überlegungen.

„Ja, er macht einen Kurs im Stand-up-Paddling. Er hat offenbar die Hosen voll, obwohl ich denke, er übertreibt. Er ist nämlich eigentlich ziemlich sportlich. So schwer ist das doch auch nicht", behauptete sie kühn. „Falls ich nicht schwanger bin, würde ich das auch gerne mal ausprobieren."

„Na ja, wenn die Schwangerschaft normal verläuft, kannst du doch alles noch machen", meinte Verena.

Rudi, dem es schon viel besser ging, schnüffelte interessiert nach der Scheibe Salami, die Verena sich aus dem Kühlschrank geholt hatte. Doch sein Frauchen blieb konsequent. Mindestens noch einen Tag Schonkost, so wie der Tierarzt gesagt hatte. „Soll ich dir einen Termin bei der Frauenärztin machen?", fragte sie kauend.

„Ja, wenn du aufhörst, in meiner Gegenwart zu essen", klagte Caro. „Ich kann das gerade wirklich weder sehen noch riechen!"

Verena zuckte mit den Schultern und verschwand wieder in die Küche. Sie hatte mittags immer großen Hunger. Wenn Caro jetzt nichts essen konnte, dann würde sie sich ein paar Spaghetti zubereiten. Aglio e olio, dafür hatte sie alles da. Die Küchentür konnte sie ja schließen, damit der Geruch nicht in den Rest der Wohnung strömte. Motiviert machte sie sich an die Arbeit. Im Gegensatz zu ihrer Freundin genoss sie den Duft des geschmorten Knoblauchs in vollen Zügen. Eine kleine, mittelscharfe rote Peperoni dazu, gutes

Olivenöl – fertig war eine wunderbare Pasta. Frische Petersilie hatte sie auch noch. Als ihr Essen fertig war, verzog sie sich mit dem Teller auf den Balkon und lüftete die Küche ordentlich durch, soweit das bei dem schwülwarmen Wetter möglich war. Caro hatte sich inzwischen samt ihren Klamotten auf ihr Bett gelegt und war sofort eingeschlafen. Die Arme, dachte Verena. Aber die Ruhe würde ihr guttun, egal, ob sie sich nun den Magen verdorben hatte oder wirklich schwanger war.

Caro schlummerte tief und fest. Dabei träumte sie so realistisch wie sonst nie. In dem einen Traum stand sie mit kugelrundem Bauch am Strand, sah sehnsüchtig Micha nach, der sich immer weiter Richtung Horizont entfernte, in einem anderen Traum, kurz vorm Aufwachen, war es Ben, der sie in der Kirche kurz vor der Eheschließung stehen ließ, weil er bemerkt hatte, dass sie nicht einfach nur fett geworden war, sondern das Kind eines anderen unter dem Herzen trug. Aufgewühlt schlug sie die Augen auf und horchte in ihren Bauch hinein, der sich zum Glück beruhigt hatte, dann setzte sie sich auf und schwang ihre Beine über die Bettkante. Eigentlich war es ein schöner Gedanke, jetzt ein Kind zu bekommen. Egal, ob sie alleine bleiben würde oder nicht. Sie war richtig aufgeregt vor dem Frauenarzttermin. Selbst einen Test machen wollte sie nicht. Ihr Gefühl sagte ihr, dass sie es sowieso schon wusste. Die Ärztin würde es nur bestätigen. Sie war zwar schon in den Dreißigern, aber noch jung genug, wie sie fand. Ob es ein Mädchen oder ein Junge würde? Eigentlich war das egal, Hauptsache gesund, so wie die meisten werdenden Mütter es sich wünschten. Caro griff zu ihrem Handy und scrollte zu Michas letzten Nachrichten. Seit ihrem Abschied hatte er nichts mehr von sich hören lassen. Sie wusste gar nicht, ob er auch vorgehabt hatte, in Urlaub zu fahren. Aber bestimmt wollte er seinen Vater nicht alleine lassen. Caro war unschlüssig, ob sie ihm schreiben sollte. Sie überlegte hin und her, dann entschied sie sich, ein Foto vom Strand und vom Meer zu schicken. Darunter schrieb sie:

Liebe Grüße aus Sylt. Denke an dich, Caro

Zufrieden legte sie das Handy wieder auf ihren Nachttisch. Jetzt hatte sie richtig Lust, noch etwas mit Verena zu unternehmen.

Eine halbe Stunde später waren die beiden mit einer großen Basttasche unterwegs zum Strand. Die Sonne brannte heiß vom Himmel, selbst die Möwen kreisten weniger enthusiastisch als sonst über ihren potenziellen Opfern. Verena hatte sich den Doppelstrandkorb für die nächsten Wochen reserviert, doch als sie dort ankamen, saß schon wieder ein fremdes junges Pärchen in dem Sitzmöbel.

„Ähem, Entschuldigung, Sie sitzen in unserem Strandkorb", merkte Verena höflich an. Der junge Mann sah desinteressiert von seinem Handy auf. Die beiden jungen Leute hatten sich großzügig ausgebreitet, und die Überreste ihrer Mittagsmahlzeit waren überall im Inneren des Strandkorbs verstreut. Auf dem ausziehbaren Tischchen klebte Ketchup. „Ich kann auch den Strandwächter holen", meinte Verena verärgert, als die beiden immer noch keine Anstalten machten, sich zu verziehen.

„Ist ja schon gut", murrte der Jüngling jetzt und fing an, seine Sachen einzupacken. Seine Freundin tat es ihm mit genervter Miene nach.

Zehn Minuten später und nach einer gründlichen Reinigung hatten Caro und Verena den Strandkorb endlich für sich. „Ich versteh nicht, wieso die Leute denken, sie könnten sich einfach umsonst in die freien Strandkörbe setzen. Und dann noch so unverschämt sein. Ich finde, das müsste öfter kontrolliert werden", meinte Caro.

„Na ja, so schlimm finde ich das jetzt nicht. Ich bin letztens auch in einem fremden Strandkorb eingeschlafen. Die Hauptsache ist doch, die Leute verschmutzen ihn nicht und stehen auf, wenn die rechtmäßigen Mieter kommen", sagte Verena.

Caro cremte sich gerade mit Sonnenmilch ein. „Bin ich schon dicker? Sieh man schon was?", fragte sie.

Verena seufzte. „Ja, du siehst aus wie ein Walross! Ein ganz besonders fettes!"

Caro glückste prustend herum. „Ich weiß, ich bin schon ganz neurotisch. Das ist alles so aufregend! Und weißt du was? Jetzt habe ich Appetit! Aber eher auf Obst und Joghurt. Reich mir mal die Tasche, ich hab mir was eingepackt."

Kaum hatte sie in den Apfel gebissen, da trudelte eine Nachricht auf ihrem Handy ein. Neugierig sah Caro nach. Es war Micha. Ihr Herz klopfte aufgeregt.

Ich wünsche dir einen schönen Urlaub! Gruß Micha

Enttäuscht ließ sie das Handy sinken. „Micha interessiert sich nicht mehr wirklich für mich", sagte sie traurig zu ihrer Freundin. „Eine belanglose Zeile, sonst nichts. Und ganz bestimmt will ich nicht, falls ich wirklich ein Kind erwarte, dass er mich deswegen zurücknimmt."

Sie lehnte sich traurig an Verenas Schulter.

„Das wird schon, glaub mir", munterte die ihre Freundin auf. „Und ich bin ja auch noch da! Aber sag mal, wie konnte das denn überhaupt passieren? Habt ihr gar nicht verhütet?"

Caro zuckte mit den Schultern.

„Es war alles sehr spontan, und ich hatte doch die Woche davor so eine kleine Magen-Darm-Grippe … Offensichtlich hat das für eine Schwangerschaft gereicht."

Verena tätschelte ihr schmunzelnd das Knie. „Tja, manche üben jahrelang, und bei dir hat es sofort geklappt. Dann sollte es auch so sein!"

Am Abend fühlte Caro sich fit genug, Ben in seinem Ferienhaus zu besuchen. Es war ja nur ein Katzensprung mit dem Auto bis Kampen. Das Haus war wunderschön. Auf dem Friesenwall, der das Grundstück umgab, wuchsen die typischen Sylter Kartoffel- oder Apfelrosen. Alles war akkurat gepflegt. Ben hatte das Esszimmer perfekt vorbereitet. Kerzen auf dem Tisch, eine Flasche Wein, Gebäck und Käsestangen in hohen Porzellanbehältern … Caro freute sich und fühlte sich gleichzeitig unwohl, weil sie ihm noch verschweigen musste, dass sie möglicherweise von einem anderen schwanger war. Trotzdem genoss sie den Abend sehr. Ben war der perfekte Gentleman. Und gut kochen konnte er auch. Seine Steaks hatten vorzüglich geschmeckt, dazu hatte er wilden Brokkoli und Kartoffelgratin serviert. Nur den Wein lehnte sie ab, unter dem Vorwand, sie vertrage ihn neuerdings schlecht. Caro war nicht einmal übel geworden. Zum Schluss saßen sie zusammen auf einem Outdoor-Sofa in der lauen Abendluft im Garten.

„Dein Freund muss sehr reich sein, wenn er sich dieses Haus leisten kann", meinte Verena, während sie den Sternenhimmel betrachtete.

„Ach wo, das Haus ist geerbt, es gehört seiner Familie. Irgendein kinderloser Onkel hat hier gewohnt", erklärte Ben.

„Da hat er aber Glück gehabt. So einen Erbonkel hätte ich auch gerne", seufzte Caro.

„Wir könnten ja öfter hierherfahren, wenn du magst", sagte Ben leise und strich ihr eine Strähne aus dem Gesicht. „Ich will ja nur, dass du glücklich bist."

Verena schnürte es den Magen zu. „Ben, hör mal", fing sie an und versuchte, ein wenig Abstand zwischen sich und ihn zu bringen. „Du bist so ein toller Mann, ich habe es gar nicht verdient, dass du so nett zu mir bist. Ich hab dir doch erklärt, dass ich Zeit brauche, um mir über meine Gefühle klar zu werden."

Das klang hoffentlich plausibel, und eigentlich war es auch wahr. Ben sah sie traurig an.

„Ich gebe zu, dass ich mir mehr mit dir vorstellen kann. Aber ich möchte dich nicht bedrängen", erwiderte er. „Nur, weißt du, du hältst mich jetzt schon ziemlich lange hin. Ich will dir ja nicht zu nahetreten … aber irgendwann weiß man doch, was man will!"

Eigentlich weiß ich ja auch, was ich will, dachte Caro betrübt.

„Du hast recht, und ich will dich auch gar nicht anlügen. Da gibt es jemanden, einen Kollegen … Wir waren kurz zusammen, und irgendwie ist das Ganze noch nicht wirklich geklärt. Dann warst du auf einmal da, und ich war verwirrt. Ich wollte den Urlaub hier nutzen, um Zeit mit meiner besten Freundin zu verbringen, die eine schlimme Trennung hinter sich hat. Du bist mit hierhergekommen. Ich dachte, wir sehen uns hier vorerst als Freunde."

Bens Schultern waren nach vorne gesunken, er ließ den Kopf hängen und wirkte bedrückt. „Das ist nicht das, was ich hören wollte. Aber ich glaube, ich könnte damit leben, wenn wir Freunde bleiben. Ich müsste es wohl."

Er nahm ihre Hand in seine. Caro sah, dass noch ein

Fünkchen Hoffnung in seinen Augen glomm. Er würde bestimmt einen tollen Partner abgeben, da war sie sich sicher. Und ja, auch sie hatte Gefühle für ihn. Aber ob sie ihn mehr liebte oder auf die gleiche Art wie Micha, das konnte sie nicht sagen. Ihre Sorge galt im Moment ihrer möglichen Schwangerschaft. Alles andere musste warten.

Verena

Der nächste Tag begann mit einem Knaller. Jan war wieder auf dem Weg nach Sylt. Er hatte sich mit seiner jungen Freundin überworfen und wollte sich nun unbedingt an Verenas Schulter ausheulen.

„Du glaubst gar nicht, wie sehr ich meinen Fehler bereue", hatte er am Telefon gejammert. „Ich bin einmal falsch abgebogen, da musst du mir doch eine Chance geben, alles wiedergutzumachen!"

„Auf keinen Fall!", hatte Verena protestiert. „Jan, ich möchte wirklich, dass wir Freunde bleiben. Allein wegen unserer Kinder. Aber dass du mir jetzt schon wieder hinterherreist, das geht einfach nicht!"

Doch Jan wollte sich von seinem Rückeroberungsplan nicht abbringen lassen. „Mein Flieger ist schon gebucht, und das Zimmer war ohnehin noch für mich reserviert. Am Nachmittag bin ich da! Wer weiß, was du sonst mit diesem friesischen Adonis anstellst", hatte er kurz und bündig verkündet. Damit meinte er wohl Hanno. Der hatte sich gestern leider nicht mehr gemeldet, fiel ihr ein. Na, das konnte ja heiter werden. Jan war schon immer über ihre Wünsche und ihre Meinung hinweggegangen. Das wollte sie aber auf keinen Fall weiter hinnehmen. Aber nun würde sie die völlig nervöse Caro erst mal zum Arzt begleiten.

„Mach's gut, Jan! Ich muss jetzt auflegen", sagte sie lapidar und beendete das Gespräch. Sollte er doch bleiben, wo der Pfeffer wächst!

„Wo hab ich denn bloß meine Versicherungskarte?", stöhnte Caro im Hintergrund. „Und mir ist schon wieder so schlecht", fügte sie hinzu.

„Das macht bloß die Aufregung! Die erste Runde Übelkeit hattest du doch vor dem Frühstück schon überstanden", erwiderte Verena.

Rudi sah den beiden Frauen verwundert zu. Was war denn bloß in die beiden gefahren? Sonst war es doch immer so lustig mit Frauchens Freundin. Caro tätschelte ihm im Vorbeigehen den Kopf. „Rudi, ich hoffe, du magst Babys. Sonst ist es mit unserer Freundschaft leider vorbei. Mein Kleines wird weder angeknurrt noch abgeleckt. Haben wir uns da verstanden?", fragte sie ihn scherzhaft. Rudi legte den Kopf schief und sah sie treuherzig an. Als wenn er schon jemals auch nur den Hauch einer Aggression Menschen gegenüber gezeigt hätte. Wäre er ein Zweibeiner gewesen, hätte er jetzt entrüstet protestiert.

„Husch, in dein Körbchen", befahl Verena ihrem Hund. Sie legte ihm zwei Leckerchen dazu. „Wir sind bald wieder da", erklärte sie ihm, bevor die beiden Frauen aus der Tür gingen.

In der Praxis von Frau Dr. Rösler herrschte Hochbetrieb. Neben den Einheimischen kamen im Sommer auch viele Urlauberinnen mit ihren Beschwerden zu der Ärztin. Trotzdem musste Caro nur eine halbe Stunde warten, bis sie aufgerufen wurde.

„Frau Sanders bitte", sagte eine freundliche Arzthelferin und wies ihr den Weg zum Untersuchungszimmer. Caro warf Verena einen letzten, bangen Blick zu, dann verschwand sie im Flur. Verena griff zu einer Zeitung. Sie war auch ein bisschen aufgeregt. Doch keine zwanzig Minuten später kehrte eine überglückliche Caro zurück ins Wartezimmer. Sie wedelte enthusiastisch mit ihrem Mutterpass. Verena sprang auf.

„Wirklich? Es ist wahr? Ich freue mich so für dich!"

Die beiden umarmten sich vor den Augen der anderen Patientinnen. „Glückwunsch!", sagte eine hochschwangere Frau mittleren Alters. Caro konnte ihre Glückstränen nicht zurückhalten. „Ich bin noch ganz am Anfang, aber alles sieht gut aus. Ach, Verena, ich kann dir gar nicht sagen, was jetzt so alles in mir vorgeht!"

Verena nahm ihre Freundin in den Arm und führte sie zum Ausgang. „Du schaffst das schon. Du bist nicht die erste Frau, die ein Kind bekommt. Lass das Ganze erst mal sacken, verarbeite es, dann kannst du auch wieder klar denken. Ich werde dir helfen, wo ich kann."

„Aber was, wenn du hier auf Sylt bleibst? Dann bin ich ganz alleine", wandte Caro ein.

Verena wurde es mulmig. Stimmt, wenn sie sich hier eine neue Existenz aufbaute, konnte sie nicht gleichzeitig bei ihrer Freundin sein. Eigentlich wollte sie ja endlich mal nur an sich denken. „Kommt Zeit, kommt Rat", murmelte sie. „Es dauert ja noch eine Weile, bis dein Baby auf der Welt ist. Wir werden sehen, was bis dahin ist. Eine Lösung gibt es immer! Und vielleicht ist das ja eine Gelegenheit, wieder den Kontakt zu deiner Mutter zu suchen. Wer weiß, möglicherweise freut sie sich ja, Oma zu werden!"

Caro war sich da nicht so sicher. Darüber musste sie noch nachdenken. Sie glaubte nicht daran, dass Menschen sich so einfach änderten.

Zur Feier des Tages kehrten die beiden in einer Konditorei in Wenningstedt ein. Ein Stück Walnusstorte für Caro, eine Himbeerrolle für Verena und dazu zwei Tassen Kaffee. „Das haben wir uns verdient", sagte Caro und ließ sich das Gebäck auf der Zunge zergehen. „Ich glaube, Torte kann ich immer essen."

Verena musste lachen. „Dann pass mal gut auf, dass du nicht wie Hefe auseinandergehst. Du solltest ab jetzt auf gesundes Essen achten, aber Torte ist natürlich ab und zu erlaubt." Sie zwinkerte ihrer Freundin zu. Dann sah sie auf die Uhr. „Himmelherrgott, ich muss gleich an die Arbeit. Die Handwerker kommen um zwölf, da muss ich vorher nach dem Rechten sehen. Frau Lüders wird auch da sein. Außerdem muss ich noch mit Rudi eine Runde gehen."

„Schon gut. Ich werde ein wenig lesen", meinte Caro. „Vielleicht kaufe ich mir nebenan in der Buchhandlung ein Schwangerschaftsbuch. Damit du mir nicht immer erklären musst, auf was ich nun achten soll", sagte sie augenzwinkernd. Und vielleicht schreibe ich Micha noch mal, dachte sie heimlich für sich.

Verena ging mit dem genesenen Rudi ihre übliche Strecke. Lange konnten sie in der Hitze nicht unterwegs sein, sonst würde es für den Hund zu viel. Sie war noch nicht weit gekommen, da hörte sie jemanden laut rufen.

„Mama? Mama, jetzt warte doch mal! Ich habe bei dir geklingelt, aber es hat keiner aufgemacht. Wo warst du denn? Tante Marlene ist auch nicht da."

An dem vorwurfsvollen Ton in der Stimme erkannte sie

sogleich ihren Sohn. Wurde sie jetzt von ihren Familien-
mitgliedern systematisch im Urlaub gestalkt? Das durfte
doch wohl nicht wahr sein!

„Jonas, was machst du denn hier?", fragte sie den
schlaksigen jungen Mann, der in Jeans und Sneakers verschwitzt vor ihr stand.

„Bin mit dem Zug gekommen. Papa müsste auch bald
hier sein. Weißt du das denn nicht? Freust du dich überhaupt
nicht, dass er sich mit dir versöhnen will? Ich finde es cool!"

Verena vermied es, auf seine Worte einzugehen. „Aber
wo willst du denn wohnen? Es ist Hochsaison. Bei mir ist
kein Platz, und sonst wird alles ausgebucht sein."

„Kein Ding. Ich wohne bei Papa. Er hat doch ein Doppel-
zimmer de luxe mit Schlafcouch."

Dafür ist also genug Geld da, dachte Verena verärgert.
„Wie lange bleibst du?", fragte sie dann.

„Nur ein paar Tage. Surfen gehen, chillen und mit dir und
Papa gut essen …"

Er sagte das so selbstverständlich, als wäre schon wieder
alles in Butter mit ihr und Jan. Wenn er sich da mal nicht
täuschte. Jonas beugte sich runter zu Rudi und kraulte ihn
ausgiebig.

„Hast mir gefehlt, alter Kumpel!" Rudi wedelte begeistert
mit dem Schwanz, was Verena etwas versöhnlicher machte.

„Wo ist denn deine Freundin?", fragte sie neugierig. „Hast
du die nicht mitgebracht?"

„Nee, wir verkraften es auch, wenn wir uns mal ein paar
Tage nicht sehen. Alles cool, Mama!"

Verena sah ihren Sohn misstrauisch an. Da war doch was.
Sonst hielten es die beiden keine zwei Minuten aus, ohne
beieinander zu sein.

„Na gut", meinte sie dann. „Wir sehen uns sicher später noch. Ich muss jetzt mit Rudi ein paar Schritte gehen, und du willst bestimmt ins Hotel, duschen."

Jonas rollte genervt mit den Augen, marschierte aber kommentarlos von dannen. Gedankenverloren setzte Verena ihren Weg fort. Die Ereignisse hatten sich in den letzten Tagen überschlagen. Tante Marlene bekam sie auch kaum noch zu Gesicht. Immerzu hatte sie Termine, was auch immer das bedeutete.

„Verena, läufst du schon wieder vor mir davon?", hörte sie plötzlich Hanno sagen. „Ich habe hier auf dich gewartet. Ich dachte mir, dass du vielleicht mit Rudi vorbeikommst."

Er stand unter einem großen Baum, der ihn und Pauline vor der Sonne schützte. Seine hellblauen Augen strahlten sie an. Die Golden-Retriever-Hündin wedelte freundlich. Rudi und sie gaben sich einen Nasenkuss.

„Oh, tut mir leid, ich habe euch gar nicht bemerkt", gestand Verena. „Ich war so in Gedanken."

„Der junge Mann mit den blonden Haaren eben, war das dein Sohn?", fragte Hanno. „Er sah dir ähnlich."

Verena nickte. „Ja, das war Jonas. Scheinbar vermisst meine Familie mich so sehr, dass sie mir hierher folgen muss", meinte sie süffisant.

„Hast du sie denn auch vermisst?", wollte Hanno wissen. „Deinen Mann zum Beispiel?"

Verena sah ihn ernst an. „Nein, das habe ich nicht, Hanno. Ich weiß jetzt, was ich will, und das ist keine Versöhnung oder eine Neuauflage meiner Ehe."

Hanno wirkte erleichtert. Er trat einen Schritt auf sie zu. „Ich habe auch ein Kind, eine Tochter. Sie hat mich letztens hier besucht."

Verena sah überrascht auf. Dann war das wohl die junge Frau gewesen, die sie mit ihm gesehen hatte. Also doch keine junge Freundin! Auf den Gedanken war sie gar nicht gekommen, so sehr hatte sich ihre Wahrnehmung durch Jans Betrug verändert.

„Sie ist nach dem Tod ihrer Mutter schwer depressiv geworden und hat eine Therapie gemacht. Ich bin froh, dass es ihr jetzt wieder besser geht. Sie nimmt ihr Studium wieder auf. Darüber bin ich sehr glücklich!"

Verena schämte sich für ihre unbegründete Eifersucht und ihr Verhalten. „Ach, Hanno, das tut mir so leid! Hätte ich das gewusst ..."

„Was dann? Du hast gedacht, ich stehe auch auf diese jungen Dinger, hab ich recht? Aber da musst du dir keine Sorgen machen. Ich weiß, wer ich bin, und ich möchte mich mit einer Frau auf Augenhöhe unterhalten. Am liebsten mit so einer Frau wie dir."

Er lächelte sie an, und Verena lächelte zurück. „Gehen wir ein Stück zusammen?", fragte Hanno, und Verena nickte stumm. Endlich war der Bann zwischen ihnen gebrochen. Alle Zweifel und Ängste waren wie weggewischt. Nach der Hälfte der Runde, die sie ohne viele Worte nebeneinander gelaufen waren, berührten sich ihre Hände zufällig. Verena durchfuhr es wie ein kleiner, elektrischer Schlag. Hanno warf ihr einen tiefen Blick zu, griff nach ihrer Hand und umschloss sie mit seinen warmen, sanften Fingern. Verena spürte ein Gefühl, das sie schon ganz lange nicht mehr gehabt hatte. Ihr wurde warm ums Herz, und gleichzeitig war sie erfüllt von einer großen Zuneigung zu dem Mann an ihrer Seite. Der Mann an ihrer Seite, wie gut sich das anhörte! Hanno drückte ihre Hand ganz sacht, und sie drückte zurück. Die Hunde spielten ausgelassen zusammen auf der Wiese. Wie schön konnte das Leben doch sein!

Caro

Verflixt! Warum musste immer alles so kompliziert sein? Caro legte das Schwangerschaftsbuch zur Seite. Eine aufregende und schöne Zeit kam auf sie zu, und der Vater ihres Kindes existierte ja schließlich. Warum also sollte er es nicht erfahren? Er hatte ein Recht darauf, auch wenn Caro und er kein Paar waren. Und aus diesen Rechten ergaben sich auch Pflichten. Für das Kind da sein zum Beispiel. Oder Unterhalt zahlen. Es gab jetzt so viel zu planen und zu überlegen. Als Beamtin würde sie nach der Geburt ein Jahr aussetzen, um dann wieder ihre alte Stelle an der Schule anzutreten, das wusste sie jetzt schon. Aber wie würde das finanziell alles laufen? Sie hatte zum Glück immer sparsam gelebt und besaß ein kleines Polster. Aber so ein Kind kostete auch eine Menge Geld. Die Babyausstattung, Windeln, das Kinderzimmer, Kleidung, Spielzeug … Caro schwirrte der Kopf. Zwischendurch sah sie immer wieder auf ihr Handy. Keine Nachricht von Micha. Kurz entschlossen fasste sie einen Plan. Sie könnte Micha doch einladen, sie auf Sylt zu besuchen. Übernachten könnte er vermutlich ein paar Tage in Marlenes Gästezimmer. Verena würde das verstehen, denn ihr Mann war ihr schließlich auch nachgereist, wenn auch nicht auf ihren Wunsch. Und wenn sie Micha dann noch dazuschrieb, dass sie ihm etwas Wichtiges zu sagen hatte … Caro kaute unentschlossen auf ihrer Unterlippe. Nee, schreiben war blöd. Sie musste ihn anrufen, persönlich mit ihm reden. Zögerlich suchte sie seine Nummer heraus, schob ihr Handy aber dann unschlüssig von einer Hand in die andere. Sollte sie jetzt oder sollte sie nicht? Ein Klopfen an der Ferienwohnungstür nahm ihr die Entscheidung ab. Bedauernd steckte sie das Handy in ihre Hosentasche und schlurfte zur Tür. Es war Verenas Tante.

„Caro, hallo, ich will ja nicht stören, aber ich bräuchte mal deine Hilfe. Da ist ein Paket angekommen, und das ist zu schwer für mich alleine. Könntest du mir helfen?"

Caro schüttelte bedauernd den Kopf. „Tut mir leid, Marlene. Ein schweres Paket … das geht leider nicht. Ich würde ja gerne, aber …" Sie kreiste liebevoll mit einer Hand über ihren noch nicht vorhandenen Bauch. „Schwer tragen ist nicht mehr. Du kannst es noch nicht sehen, aber ich bin schwanger. Juchhuh!"

Marlenes Augen wurden riesengroß. Man sah ihr an, dass sie sich ehrlich über diese Neuigkeit freute.

„Was? Schwanger? Das ist ja wunderbar! Ich gratuliere dir ganz herzlich!" Sie nahm Caro in den Arm und drückte sie fest. „Dann kannst du mir natürlich nicht helfen. Ich glaube, ich frage mal den Gast aus der großen Ferienwohnung, die sind noch da."

„Was hast du denn Schönes bekommen?", fragte Caro neugierig.

„Ach, nichts Besonderes. Nur schwer ist es halt", erklärte Marlene.

„Du, sag mal, könnte ich einen Bekannten ein paar Tage

in deinem Gästezimmer unterbringen? Ich wäre sehr froh, wenn das ginge. Ist ja sonst alles ausgebucht."

Marlene überlegte kurz. „Ich denke, das ließe sich machen. Ich bin am Wochenende sowieso viel unterwegs. Geht es um den Vater von …?" Sie zeigte auf Caros Bauch. Caro nickte.

„In Ordnung. Sag mir Bescheid, ob er wirklich kommt. Jetzt muss ich aber los." Und so schnell, wie sie gekommen war, war sie auch schon wieder verschwunden.

Caro fragte sich, genau wie Verena, was bei Marlene heimlich so abging. Sie kannte Verenas Tante schon lange und hatte sie offen und herzlich in Erinnerung. Aber womöglich hing ihr verändertes Verhalten mit der Beziehung zu diesem ehemaligen Stadtdirektor zusammen. Caro zog ihr Handy wieder aus der Hosentasche und machte einen neuen Anlauf, Micha anzurufen. Diesmal schaffte sie es und bekam ihn sogar an die Strippe. Als sie seine Stimme hörte, brach ihr der Schweiß aus. Die Angst vor einer erneuten Ablehnung versetzte sie in leichte Panik.

„Caroline?", fragte er überrascht. „Bist du nicht im Urlaub?"

Oh mein Gott, er nannte sie Caroline. Das hatten früher ihre Eltern getan, wenn sie etwas verbrochen hatte. „Ähm, doch, ja, natürlich!", stotterte Caro unbeholfen.

„Ist etwas passiert? Geht es dir gut?"

Er macht sich Sorgen um mich, dachte Caro erleichtert. „Ja, soweit schon, alles in Ordnung, das heißt … na ja, ich wollte dich fragen, ob du nicht Lust hast, mich hier zu besuchen. Ich müsste da was mit dir bereden. Was Kleines nur, aber …" Was Kleines war gut, dachte sie und hielt sich die Hand vor den Mund, damit sie nicht losprusten musste. Wenn er gewusst hätte, um was es ging!

„Du möchtest, dass ich dich mal eben so besuche? Im Urlaub?" Micha konnte nicht verhehlen, dass ihr spontaner Wunsch ihn überraschte und verwirrte.

„Glaub mir, ich habe einen guten Grund, dich darum zu bitten. Geht es deinem Vater eigentlich besser?", fragte Caro freundlich. Sie wollte nicht egoistisch rüberkommen.

„Ja, schon, er ist wieder zu Hause und stabil, aber ich weiß nicht … Ich dachte nicht, dass du Wert darauf legst, dass ich mit dir zusammen Urlaub mache. Was macht denn dein … na, dein Freund? Ist der nicht mit?"

Caro war sprachlos. Am Ende hatte Verena recht gehabt und Micha hatte sie abserviert, weil er sie mit Ben gesehen hatte. Ihr wurde übel. Wie sollte sie ihm bloß beibringen, dass Ben sie sogar hierher begleitet hatte?

„Wen meinst du? Meinen Nachbarn? Ben? Er ist ausschließlich mein Nachbar und ein guter Freund", antwortete sie, ohne zu offenbaren, dass sie ihn mit nach Sylt genommen hatte. „Bitte, Micha, es ist wirklich wichtig. Wenn du Zeit hast, komm hoch auf die Insel. Wir müssen reden, unbedingt!"

„Du machst mir Angst", gestand Micha. „Aber gut, wenn es dir so schrecklich wichtig ist – warum eigentlich nicht? Ich hatte sowieso nichts Besseres vor. Das Wetter ist toll …" Er stockte. „Sag mal, ist Sylt um diese Jahreszeit nicht immer völlig ausgebucht?"

Caro schüttelte den Kopf, was Micha aber nicht sehen konnte. „Ich hätte ein Zimmer für dich. Du musst mir nur sagen, wann du kommst."

„Das wird ja immer mysteriöser", murmelte er. Aber er klang schon nicht mehr ganz so ablehnend. „Ich werde mal im Internet nachschauen, wann ich einen Zug bekommen kann. Ist viel umweltfreundlicher, als mit dem Auto zu fahren. Und bequemer."

Caros Herz klopfte heftig vor Freude. „Du willst wirklich kommen? Oh Micha, das ist ja …" Sie biss sich auf die Zunge. Jetzt nur nicht durchdrehen. Wenn er erst mal hier war, konnte sie ihm die große Neuigkeit immer noch persönlich erzählen.

„Ich hätte nicht gedacht, dass du so außer dir vor Freude sein würdest, mich wiederzusehen", sagte Micha leise. Plötzlich hörte Caro eine Frauenstimme im Hintergrund. Das war doch – das war doch wohl nicht Julia, diese dämliche Referendarin? Ihre Hand begann vor Wut zu zittern. Und er fragte sie nach Ben!

„Du hast Besuch?", erkundigte sie sich mit belegter Stimme.

Micha räusperte sich. „Ja, Julia bringt mir gerade die Bücher wieder, die ich ihr geliehen hatte."

Caro gab sich Mühe, freundlich zu bleiben. Denn sie hatte schließlich auch ein Geheimnis. Zwei sogar, um genau zu sein.

„Na gut, dann freue ich mich auf dein Kommen. Ich hole dich am Bahnhof ab, wenn ich deine Ankunftszeit weiß", sagte sie etwas steif.

„Ich schreibe dir! Bis morgen dann", verabschiedete sich Micha. „Und danke für deinen Anruf", fügte er noch hinzu. „Ich bin wirklich gespannt, was du mir Wichtiges zu erzählen hast!"

Caro lehnte sich erschöpft in ihrem Sessel zurück. Micha würde tatsächlich kommen! Sie musste nur lernen, ihre Eifersucht zu mäßigen. Er hatte ihr doch erklärt, dass er nichts von Julia wollte. Und im Moment waren sie schließlich auch gar nicht zusammen. Er konnte machen, wozu er Lust hatte. Als wäre das nicht genug Aufregung, schickte ihr Ben jetzt auch noch eine SMS. Er wollte sie treffen. Sie musste endlich offen mit ihm reden. Ihr war längst klar, dass sie mit Micha zusammen sein wollte. Nicht nur wegen des Kindes. Wenn sie nicht wieder zueinanderfanden, sollte Ben kein Platzhalter sein. Also tippte sie ein paar Zeilen in ihr Handy.

Lieber Ben, ich hätte Zeit, mit dir zu Mittag zu essen. Was hältst du von Garnelen in Cocktailsoße bei Gosch? Oder was auch immer du essen möchtest …

Seine Antwort ließ nicht lange auf sich warten.

Gerne! Wäre dir zwei Uhr recht? Vor dem Eingang an der Promenade?

Caro sagte ihm zu. Sie wollte Ben nicht verletzen, aber sie würde ihm die Wahrheit sagen müssen. Wie sie ihn kannte, würde er ihr auch nicht gleich den Kopf abreißen. Er war attraktiv, gebildet, hatte Humor, er würde sicher bald seine Traumfrau finden. Sie hoffte nur, dass seine Gefühle für sie nicht allzu ernst waren.

Verena

Der andauernde Pessimismus der letzten Wochen war wie weggeblasen. Verena war einfach nur glücklich. Zum Abschied hatten sie und Hanno sich sogar geküsst! Und wie der Mann küssen konnte! Sie schwebte auf Wolke sieben. Nachdem sie Rudi bei Caro abgeliefert hatte, die ihr ebenfalls noch schnell gebeichtet hatte, dass Micha nun auch noch nach Wenningstedt kommen würde, war sie mit dem Rad zur Ferienwohnung von Frau Lüders gefahren. Sie war froh, dass alles so glattlief. Die Handwerker hatten zugesagt, das war nicht die Regel, denn normalerweise musste man auf Termine monatelang warten. Aber Verena hatte ein gutes Händchen für den Umgang mit Firmen, sodass die Renovierung nun zügig vorangehen konnte. Frau Lüders war ganz begeistert.

„Frau Liebert, ich muss wirklich sagen, Sie haben mich nicht enttäuscht! Ich hatte gar nicht zu hoffen gewagt, dass wir bis zu den Herbstferien schon Gäste einbuchen können. Ich werde Sie auf jeden Fall weiterempfehlen, versprochen!"

Verena freute sich über das Lob. „Vielen Dank, aber wir fangen ja gerade erst an. Warten Sie lieber das Endergebnis ab!"

Frau Lüders zwinkerte ihr zu. „Das kann doch nur gut werden, da mache ich mir kein Sorgen."

Verena legte mit Hand an, als der alte Boden rausgerissen wurde. Außerdem wollte sie im Garten ein paar alte, verdorrte Pflanzen auswechseln. Für Gartenarbeit war sie immer zu haben, denn sie konnte dabei herrlich entspannen. Und so kam sie einige Zeit später müde, aber immer noch glücklich in ihrer Ferienwohnung wieder an. Da Caro mit Ben zum Essen verabredet war, beschloss sie, spontan zu Tante Marlene zu gehen. Sie hüpfte schnell unter die Dusche, zog sich um und klingelte wenig später bei ihrer Tante. „Bei dir duftet es so gut nach Frikadellen", sagte sie verschmitzt und trat in die Wohnung. „Da dachte ich, ich schaue mal bei dir vorbei!"

Tante Marlene schien überrascht. Auf dem Herd in der Küche brutzelten tatsächlich Frikadellen, außerdem köchelte ein Topf mit Blumenkohl vor sich hin und ein weiterer mit Salzkartoffeln. Der Tisch war für zwei Personen gedeckt. Verena ging ein Licht auf.

„Oh, ich wusste nicht, dass du Besuch erwartest. Sonst wäre ich hier nicht so reingeplatzt", entschuldigte sich Verena. „Ich bin es einfach nicht gewohnt, dass du wieder einen Partner hast."

Tante Marlene drückte ihr liebevoll den Arm. „Schon gut, mein Kind. Ich habe genug Essen für uns drei. Bleib doch hier! Vielleicht ist es ganz gut, wenn ihr euch endlich kennenlernt. Julius wird gleich kommen. Setz dich doch schon mal."

Verena tat wie ihr geheißen und fühlte sich wie ein kleines Kind, dem der neue Freund der Mutter vorgestellt werden sollte. Irgendwie unangenehm. Aber ihre Bedenken wurden schnell zerstreut, als sie Tante Marlenes neue Liebe kennenlernte. Der Mann war nicht nur attraktiv, er hatte auch Humor, betete ihre Tante an und war ein anregender Gesprächspartner. Es war schön zu sehen, dass Marlene nun nicht mehr alleine war. Alle aßen mit großem Appetit.

„Und Sie wollen hier auf Sylt so richtig durchstarten?", fragte Julius und nahm sich noch eine Kartoffel. „Marlene hat mir erzählt, Sie machen Ihr Hobby zum Beruf?"

Verena nickte und schluckte das letzte Stückchen Blumenkohl herunter. „Puh, ich bin pappsatt. Es war sehr lecker, Marlene. Vielen Dank!", sagte sie in Richtung ihrer Tante. Dann, wieder zu deren Freund gewandt: „Ich kümmere mich um die Inneneinrichtung und Renovierung von Ferienwohnungen. Das ist eine tolle Aufgabe." Sie dachte plötzlich an Jan und ihren Sohn Jonas. Sie hatte keine Ahnung, wie das Zusammentreffen mit den beiden verlaufen würde. Bestimmt wollten sie sie dazu überreden, wieder zu Hause einzuziehen. Aber das war nicht wirklich ihr Wunsch … und außerdem war da jetzt noch Hanno!

„Das hört sich doch gut an", meinte Julius. „Hat Marlene eigentlich schon mit Ihnen über …", fing er an, aber Marlene zischte hektisch: „Jetzt nicht, Julius!"

Der alte Herr verstummte verlegen. Verena sah verwirrt von ihrer Tante, die ganz rote Backen bekommen hatte, zu Julius. Was hatten die beiden bloß für ein Geheimnis? Stirnrunzelnd wandte sie sich dem Vanillepudding mit Erdbeeren zu. Wenn sie weiter nachfragte, würden die beiden sich sicher streiten. Und das wollte sie nicht.

„Was hast du denn noch vor heute?", fragte Marlene ihre Nichte, um die unangenehme Stille zu unterbrechen und das Thema zu wechseln.

„Du wirst es nicht glauben, Tante Marlene, aber Jan kommt heute Nachmittag zurück. Und Jonas ist auch hier", erzählte Verena missmutig. „Jonas meint, er hätte das Recht, von mir zu verlangen, mich mit Jan zu versöhnen."

Marlene tauschte einen Blick mit Julius aus. „Das willst du aber doch nicht, oder?"

Sie hatte bemerkt, dass Verena von innen gestrahlt hatte, als sie vor der Tür stand, und das lag bestimmt nicht an dem Umstand, dass Jan bald wieder hier war. Verena schüttelte den Kopf.

„Nein, das möchte ich nicht. Jonas und Marie sind jetzt erwachsen, ich kann nicht wegen ihnen mit Jan zusammenbleiben. Und außerdem …" Verena druckste herum. „Außerdem habe ich mich verliebt. In Hanno!"

So, jetzt war es raus! Tante Marlene grinste bis über beide Ohren. Hatte sie doch richtig vermutet! Sie nahm Verenas Hände in ihre. „Glückwunsch, mein Kind. Das ist doch schön! Ich wünsche dir, dass du mit Hanno glücklich wirst. Du hast einen Mann verdient, der dich gut behandelt und zu schätzen weiß." Marlene sprang auf, holte eine Flasche Prosecco aus dem Kühlschrank und rief: „Darauf stoßen wir jetzt an. Auf die Liebe und auf das Leben!"

Eine halbe Stunde später verließ Verena beschwingt die Wohnung ihrer Tante. Sie fühlte sich gewappnet für das Treffen mit ihrem Noch-Ehemann. Den sie lieber Ex-Ehemann nannte, auch wenn sie auf dem Papier noch verheiratet waren. Im Flur las sie wieder und wieder die Nachricht von Hanno, die vor ein paar Minuten angekommen war. Sie hatte sie nicht vor Tante Marlene und Julius öffnen wollen.

Du bringst die Sterne am Himmel wieder für mich zum Leuchten, hatte er ihr geschrieben und darunter ein Herz gesetzt.

Verena drückte das Handy verträumt an ihre Brust. Sie fühlte sich wie ein verliebter Teenager. Sie konnte es kaum erwarten, wieder in seine Arme zu sinken.

Du bist der Grund für mein Lächeln, selbst wenn du gar nicht in der Nähe bist,

schrieb sie ihm zurück. Ein glücklicher Smiley war die Antwort.

Sehen wir uns heute noch?,

wollte er wissen.

Heute Abend, bei dir?,

fragte Verena mutig, und Hanno antwortete:

Gerne. Hol mich um halb neun an der Möweninsel ab. XX Hanno

Verena schwebte mehr, als dass sie ging, den Weg zu ihrer Ferienwohnung. Sie hatte Jan schon völlig vergessen, als ihr Telefon plötzlich mit der Melodie von Coldplays „Paradise" einen Anruf ankündigte.

„Verena, Liebes, ich bin schon im Hotel", teilte er ihr ziemlich atemlos mit. Er hörte sich an, als hätte er einen Tausend-Meter-Lauf hinter sich. Offenbar hatte er es eilig, sie zu sehen. „Wann können wir uns treffen?"

„Nenn mich nicht Liebes, Jan!", zischte sie. Dann überlegte sie kurz. „Wie wäre es mit halb vier in der Kupferkanne? Reservier uns doch einen Tisch und lass uns bitte zuerst alleine reden. Jonas kann ja später dazukommen!"

Jan war einverstanden, und so hatte sie noch Zeit, sich auszuruhen. Der Termin in Tinnum bei Tante Marlenes Freundin war erst am nächsten Tag. Gerade eben hatte sie noch Sternschnuppen am Horizont gesehen, und jetzt war sie Knall auf Fall wieder im Alltag angekommen. Sie zog sich die Spangen aus ihren Haaren und schob mit dem Fuß eine tote Biene vom Gehweg. Jetzt nur nicht wieder in negative Gedanken verfallen. Alles würde gut werden. Diese Trennung war ein neuer Anfang für sie!

Caro

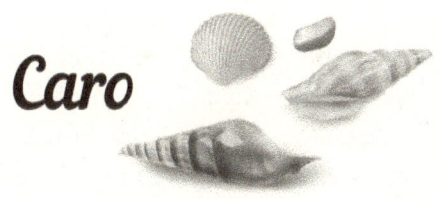

Die große, antike Wanduhr im Flur der Ferienwohnung schlug genau halb zwei. Die Schläge klangen eintönig und unheilverkündend, zumindest bildete sich Caro das ein. Ein kalter Schauer überlief ihren Körper. Sie hatte die Uhr noch nie gemocht. Nervös zog sie ein geblümtes Sommerkleid aus dem Schrank. Sie wollte hübsch aussehen, aber nicht zu aufgebrezelt, damit Ben keinen falschen Eindruck bekam. Eigentlich war Caro schon wieder zum Umfallen müde. Die Schwangerschaft machte ihr mitunter ganz schön zu schaffen. Aber dieses Treffen mit Ben war ihr wichtig, auch wenn sie richtiges Lampenfieber hatte. Ben war so nett zu ihr gewesen, und sie war sich bewusst, dass sie ihm zu Anfang auf jeden Fall Anlass zu der Hoffnung gegeben hatte, dass sie an einer Beziehung interessiert wäre. Deswegen nagten nun Schuldgefühle an ihr. Selbstkritisch starrte sie sich im Spiegel an. Sie sah eine attraktive Frau Ende dreißig, Ringe unter den Augen, in einem gut sitzenden Sommerkleid. Die Haare hatte sie zu einem Dutt aufgedreht, denn in der Hitze würden sie sonst in kürzester Zeit feucht und strähnig herabhängen. Eigentlich konnte sie doch mit sich zufrieden sein. Dieser ewige Vergleich mit anderen Frauen hing ihr zum Halse raus.

Niemand musste wie ein schlankes Model aussehen. Es gab doch viele Arten von Schönheit. Und in ihrem Bauch wuchs neues Leben heran. Stolz strich sie über ihre Mitte. Sie war gespannt, was Micha morgen dazu sagen würde, dass er Vater wurde. Caro schlüpfte in ein Paar bequeme Espadrilles. Dann setzte sie einen Sonnenhut auf, schnappte sich ihre kleine blaue Ledertasche, schloss die Wohnungstür ab und schlenderte in aller Ruhe Richtung Strand. Unterwegs überlegte sie, sich später noch ein Eis aus der Biomanufaktur im Restaurant an der Promenade zu gönnen. An der großen Haupttreppe blieb sie eine Weile stehen und sah dem geschäftigen Treiben am Strand zu. Sie war noch gar nicht im Meer geschwommen und beneidete die Menschen, die sich jetzt gerade im kühlen Nass erfrischten. Kleinkinder planschten am Rand des Wassers, ein paar Teenager spielten Volleyball, aber die meisten Leute saßen in den Strandkörben oder spazierten durch den warmen Sand. Wenn alle privaten Dinge geklärt waren, würde sie sich ebenfalls in die Sonne legen, lesen und es sich gut gehen lassen, das versprach sie sich selbst. Die letzten Tage hatten, statt Erholung zu bringen, ihr Leben kräftig durcheinandergewirbelt. Caro atmete tief durch, straffte ihren Rücken und lief langsam auf den Fischimbiss zu, wo sie Ben auch schon bald zwischen den anderen Urlaubern entdeckte. Er trug hellblaue Shorts und ein weißes Polo-Shirt. Sie winkte ihm lächelnd zu. Ben bemerkte sie und kam ihr ein paar Schritte entgegen.

„Toll siehst du aus!", sagte er mit leuchtenden Augen. „Das Kleid steht dir gut!"

„Danke", antwortete Caro erfreut. „Sollen wir reingehen oder uns etwas zu essen holen und lieber draußen sitzen? Schau mal, dort drüben wird gerade ein Strandkorb frei."

Ben spurtete sofort zu dem besagten Strandkorb, bevor ihn sich jemand anderes schnappen konnte. „Da haben wir aber Glück gehabt, sogar mit Blick aufs Meer", meinte er enthusiastisch und säuberte mit einem Papiertaschentuch die Sitzplätze. „Bitte schön, Madame, nehmen Sie Platz", forderte er sie mit einer einladenden Geste auf. „Während du hier wartest, hole ich uns was zu essen. Möchtest du immer noch Garnelen mit Cocktailsoße?", fragte er in seiner liebenswürdigen Art.

„Ja, bitte, mit Baguette und einer Fanta", antwortete Caro amüsiert.

„Kommt sofort, schöne Frau", versprach Ben, was Caro angesichts der langen Schlange vor dem Eingang bezweifelte. Aber sie konnte sich ja im Strandkorb zurücklehnen und auf das Wasser schauen. Zwanzig Minuten später kam Ben sichtlich erschöpft zu ihr zurück.

„Das ist ja ein Wahnsinnsaufwand, sich da drin etwas zu essen zu holen!", stöhnte er frustriert.

„Was willst du machen? Hier ist es voll, alle haben Hunger ...", meinte Caro nur, die das Prozedere schon kannte. Mit knurrendem Magen nahm sie ihre Garnelen entgegen. Wie herrlich saftig und aromatisch die schmeckten! Sie tunkte jede Garnele erst in die Cocktailsoße, biss dann genüsslich ab und nahm sich zwischendurch ein Stück Baguette. Ben löffelte an einer Kartoffel mit Lachs.

„Richtig schön hier!", schwärmte er erneut. Als sie eine Viertelstunde später fertig mit dem Essen waren, kam der für Caro unangenehme Teil des Treffens. Ben tupfte sich den Mund ab, entsorgte die Serviette und sah sie fragend an. „Du wolltest mit mir reden? Dann rück mal raus, was dir auf der Seele liegt", forderte er sie in einem ungewohnt ersten

Tonfall auf. Sie konnte sehen, dass er angespannt war. Caro wurde es bang ums Herz.

„Ja, du hast recht, ich wollte mit dir reden. Es gibt etwas, das ich dir erzählen muss. Weißt du noch, das Essen bei dir? Ich trinke nur deshalb keinen Alkohol mehr, weil ich es nicht darf, und nicht, weil ich ihn nicht mag." Sie strich sich intuitiv über den Bauch. Ben machte große Augen. Caro fuhr fort. „Es ging mir die letzte Zeit öfter mal nicht gut, und da war ich schließlich hier bei einem Arzt. Bei einer Frauenärztin, um genauer zu sein."

Ben nickte verstehend. „Du bist schwanger", sagte er mit matter Stimme. Er wirkte bedrückt, aber nicht so tief betrübt, wie sie befürchtet hatte.

„Genau, Ben, ich erwarte ein Kind. Ich wollte es dir erst sagen, wenn ich mir sicher bin. Ich hab dir doch von meinem Kollegen erzählt, er heißt Micha. Wir hatten eine kurze Affäre. Nun ja, das Ergebnis trage ich jetzt mit mir herum."

Ben brauchte eine Zeit, um darauf etwas zu sagen. „Liebst du ihn?", fragte er schließlich und sah ihr direkt in die Augen.

„Ich denke schon", antwortete Caro leise. „Aber auch wenn er mich nicht mehr will, ich bin froh, dass ich dieses Kind bekomme, und ich werde es auch alleine schaffen!"

Sie staunte selbst über die Souveränität, mit der ihr diese Worte über die Lippen kamen.

Ben lächelte. „Das glaube ich dir", sagte er und nahm ihre Hand. „Ich freue mich für dich, auch wenn mir klar ist, dass du mich nicht an deiner Seite haben möchtest. Man kann niemandem hinter die Stirn schauen, aber ich habe natürlich gemerkt, dass du mir ausgewichen bist, sobald ich dir näherkam. Zumindest die letzte Zeit."

Caro fühlte sich schrecklich, als er das sagte. „Ach, Ben, am Anfang wusste ich nicht, was ich wollte. Ich mag dich sehr. Und wie du jetzt reagierst, zeigt mir, was für ein toller Mensch du bist. Gefühle kann man nicht erzwingen. Sie sind da oder eben nicht."

Ben blickte sie mit traurigen Augen an. „Da hast du recht, und ich bin dir auch nicht böse. Ich würde gerne dein Freund bleiben, wenn das okay ist."

Caro schloss ihn erleichtert in die Arme. „Natürlich möchte ich das. Und ich hoffe, du hast noch eine schöne Zeit hier auf Sylt! Sieh mal, die Kellnerin da vorne, die schmachtet dich schon die ganze Zeit an. Du wirst nicht lange alleine bleiben, glaub mir!"

Ben spähte interessiert über Caros Schulter zu der lang-haarigen, attraktiven Frau, die ihm sofort zuzwinkerte. „Na ja, ich bin ja jetzt frei", überlegte er mit einem ironischen Unterton in der Stimme. Caro stupste ihn lachend in die Seite. „Wusste ich es doch, dass du ein Ladykiller bist!" Sie war so froh, dass nun alles geklärt war. Und vielleicht gab es für sie selbst ja noch Hoffnung auf ein Happy End mit Micha!

Verena

Im Kellerraum roch es streng nach Reinigungsmitteln und ein wenig nach Feuchtigkeit. Verena hatte vergessen, die Vase für die Ferienwohnung von Frau Lüders in den Vorratsraum zu bringen, der glücklicherweise trocken und gut belüftet war. Sie tastete in der Dunkelheit nach dem Lichtschalter und drückte vorsichtig die Tür auf. Sie klemmte, und Verena versuchte fluchend, den großen Karton, der hinter der Tür den Weg versperrte, mit einer Hand beiseitezuschieben. Offenbar war der Karton, es schien ein großes Paket zu sein, umgefallen. Nur mit größter Mühe konnte sie ihn so weit verschieben, dass die Tür sich weit genug öffnete, um hineinzuschlüpfen. Verena sah sich die Verpackung genauer an. Sie war an der Oberseite schon aufgerissen. Zwei Campingliegen und Campinggeschirr konnte sie ausmachen. Wer zum Kuckuck brauchte denn so was? Soweit sie wusste, war Marlene in den letzten Jahren nur zweimal von der Insel weggewesen. Einmal zur Kur nach Bad Aibling, ein anderes Mal zu ihrem zwanzigsten Hochzeitstag ins Ruhrgebiet. Ob diese Lieferung etwas mit Marlenes Geheimniskrämerei zu tun hatte? Verena stellte die Vase zu den anderen Einrichtungsgegenständen für Frau Lüders' Ferienwohnung ins

Regal. Vielleicht wollte sie mit Julius in den Urlaub fahren? Verena beschloss, ihre Tante bei nächster Gelegenheit darauf anzusprechen. Jetzt musste sie sich beeilen, denn sie hatte nur noch eine halbe Stunde Zeit, um sich zurechtzumachen und zur Kupferkanne zu fahren. Sie hoffte, dass das Gespräch mit Jan weniger nervenaufreibend werden würde, als sie jetzt schon befürchtete. Jan konnte sehr aufdringlich sein, wenn er etwas wollte. Jahrelang hatte sie immer wieder nachgegeben, aber diesmal würde ihr das nicht passieren.

Eine Viertelstunde später saß sie auf ihrem Rad und trat angespannt in die Pedale. Sie hatte gar keinen Blick für die herrliche Landschaft um sie herum. Über ihr der blaue Nordseehimmel mit ein paar weißen Schäfchenwolken, das leuchtende Violett der blühenden Heidefelder, die kräftig pinken Sylter Rosen in den Hecken … Verena dachte nur daran, dass sie möglichst schnell wieder zurück sein wollte. Trotzdem tat ihr die kleine Fahrradtour gut. Endlich angekommen, schloss sie ihr Fahrrad ab und sah sich nach ihrem Mann um. Schließlich erblickte sie ihn im Eingangsbereich. Jan trug ein mintgrünes, kurzärmeliges Hemd und gestreifte Shorts. Sein Stil hatte sich eindeutig verändert. So farbig war er früher nie angezogen gewesen. Er winkte ihr zu, sein Handy noch am Ohr, und deutete mit einer Geste an, dass sie schon mal in den Kaffeegarten gehen sollte, er käme gleich nach. Schulterzuckend folgte sie seinem Wunsch, stand dann aber unschlüssig inmitten der vielen verwinkelten Gänge. Wo war denn jetzt der Platz, den er reserviert hatte? Als sie gerade wieder kehrtmachen wollte, stand Jan schon neben ihr. „Entschuldige, Verena, ein wichtiger Anruf. Da vorne links, da können wir uns hinsetzen."

Er führte sie zu einem Bereich, von dem aus sie einen

fantastischen Blick über das Wattenmeer hatten. Ein großzügiger Schirm hielt die brennende Sonne von den Sitz-
plätzen ab. Verena war beeindruckt.

„Na, was sagst du?", fragte Jan stolz mit einem Anflug
von Selbstverliebtheit in der Stimme. „Wie habe ich das gemacht?"

Immer diese Sucht nach Lob und Anerkennung, dachte
Verena genervt. So war er schon immer gewesen. Früher
hatte sie seine Macken hingenommen, sie war schließlich
auch nicht fehlerfrei, aber jetzt machte sie diese Eigenschaft
einfach nur rasend.

„Ganz nett hier", sagte sie deshalb beiläufig.

Jan verzog den Mund. „Was möchtest du essen?", fragte
er trotzdem bemüht freundlich, als die Bedienung kam.

„Ich nehme den Rhabarberkuchen", sagte Verena. „Mit
Sahne. Und einen großen Kaffee!"

„Ich nehme das Gleiche. Und ein Glas Wasser", bestellte
Jan. Er lehnte sich in seinem Stuhl zurück und betrachtete
Verena. Sie merkte, wie sein Blick über ihre rechte Hand
fuhr und sich seine Augen verengten. Sein verkniffener
Mund sprach Bände. Sie hatte den Ehering gestern Abend
abgelegt. Offenbar hatte er ein Problem damit, auch wenn er
seinen selbst schon lange nicht mehr trug.

„Du trägst deinen Ring nicht mehr?", fragte er in ge-
reiztem Ton.

Verena warf ihm einen bösen Blick zu. „Wieso sollte ich,
du hast mich verlassen. Unsere Ehe ist zu Ende."

Er öffnete den Mund, um etwas zu entgegnen, aber dann
fiel ihm offenbar ein, dass er ja eigentlich auf Versöhnungs-
mission war. Deshalb tat er plötzlich ganz wehleidig. „Ach,
Verena, ich weiß ja, dass ich Mist gebaut habe. Mir geht es

wirklich nicht gut. Ich wollte das alles nicht, glaub mir. Ich weiß doch auch nicht, was mich geritten hat. Ich stecke in einer typischen Midlife-Crisis. Wenn du wüsstest, was für eine schwere Zeit ich hinter mir habe."

Verena rollte mit den Augen. Du meine Güte, dachte sie, er zerfließt ja förmlich vor Selbstmitleid. Darüber, wie es ihr ergangen war, wollte er nichts wissen.

„Ach, und für mich war das alles ein Kinderspiel, oder wie? Ich bin die Betrogene. Du hast mich belogen, schlecht behandelt, im Stich gelassen …", sagte sie empört, senkte aber die Stimme, als die Kellnerin mit der Bestellung kam.

„Mein Gott, Verena, ich hatte genug mit mir selbst zu tun. Wie ich sehe, geht es dir doch ganz gut. Aber lassen wir das. Wir sind doch hier, weil wir unserer Ehe noch eine Chance geben wollen. Da muss man Kompromisse machen. Ich meine, so eine Scheidung hätte doch auch eine ganze Stange Geld gekostet. Zum Glück ist das ja jetzt nicht mehr nötig. Du kommst wieder nach Hause und alles läuft so wie vorher."

Verena war sprachlos. Sie nahm einen Schluck Kaffee und sagte mit zittriger Stimme: „Ich glaube, ich habe mich verhört. Ich bin deine Frau gewesen und nicht deine Sklavin, die man mal hierhin und mal dahin schubsen kann. Ich will die Scheidung, Jan. Es gibt nichts mehr zu kitten, dafür ist zu viel vorgefallen. Und glücklich war ich schon lange nicht mehr mit dir, auch vor deiner Affäre."

Jan sah sie entgeistert an. So kannte er seine Frau gar nicht. Selbstbewusst und entschlossen. Er griff nach ihrer Hand. „Aber Verena, das kann doch noch nicht alles gewesen sein. Ich begleite dich auch zu einer Ehetherapie, wenn du das möchtest."

Verena verschluckte sich fast an einem Stück Rhabarber-kuchen. Er wollte sie also gütigst begleiten. Na, sieh mal einer an! Aber da hatte er aufs falsche Pferd gesetzt. Trotz-dem bemühte sie sich, in einem ruhigen Ton weiterzureden.

„Jan, ich dachte, wir sind hier, weil wir die Einzelheiten unserer Trennung besprechen wollen. Freundschaftlich. Das wäre doch auch in deinem Sinne. Vielleicht wird es ja noch mal was mit deiner Annika", sagte sie versöhnlich. „Sie ist doch noch jung, Kinder könnt ihr immer noch kriegen!"

Jan schüttelte den Kopf. „Ich weiß nicht, ob ich das schaffe. Noch mal neu anfangen. Das war ganz schön an-strengend, weißt du. Mit so einer jungen Frau mithalten … das ist gar nicht so einfach. Da kann man sich nicht mal eben so gehen lassen."

Jetzt hatte sie doch fast ein bisschen Mitleid mit ihm, denn seine Worte hörten sich das erste Mal ehrlich an.

„Aber sie liebt dich doch. Sonst wäre sie nicht mit dir zu-sammen. Vielleicht dachte sie, du verlässt sie wieder, und hat deshalb erzählt, sie wäre schwanger."

Jan rührte mit dem Löffel in seinem Kaffee. „Trotzdem, sie hat mich angelogen. Ich weiß nicht, ob ich …" Da er-tönte plötzlich eine wehklagende, schrille Frauenstimme über die Sträucher. „Jan, Liebster, wo bist du?"

Jan fiel fast der Löffel aus der Hand. Sein Gesicht wurde wachsbleich. Wie von der Tarantel gestochen sprang er auf. „Annika? Annika, was machst du hier?", fragte er die aufge-löste junge Frau, die ihm entgegenstürmte und Verena dabei einen vernichtenden Blick zuwarf. Zeitgleich war Jonas ein-getroffen, der das Spektakel völlig geflasht beobachtete.

„Mum, was geht hier vor?", fragte er seine Mutter, die nur überrascht ihre Augenbrauen hob.

„Keine Ahnung. Anscheinend ist die Freundin deines Vaters ihm nachgereist. Sylt scheint ein beliebter Ort für Familientreffen zu sein", meinte sie lakonisch. „Setz dich doch, dein Vater hat ja gerade zu tun." Sie bestellte ihm einen Apfelkuchen und einen Tee, während Jan mit seiner heulenden Freundin abseits der Tische heftig diskutierte. Doch schlussendlich lagen die beiden sich in den Armen.

„Offenbar haben sie sich gerade versöhnt", meinte Verena trocken.

„Und du bist gar nicht traurig, Mum?", fragte Jonas irritiert.

„Ach wo, mach dir keine Gedanken, ich bin schon längst darüber hinweg", erwiderte Verena souverän. „Ich wünsche deinem Vater, dass er glücklich wird. So wie ich bestimmt auch." Sie dachte einen Augenblick an Hanno. Jonas hatte ihr aufmerksam zugehört.

„Weißt du was, so langsam kann ich dich verstehen", sagte er. „Was Papa da abzieht, ist echt Bockmist. Ich dachte, er will, dass wir wieder eine Familie sind", meinte er betrübt. „Papa war immer mein Held. Ich wollte nicht wahrhaben, dass er auch nur ein Mensch ist und Fehler hat. Tut mir leid, wenn ich fies zu dir war."

„Schon gut, Jonas. Eine Familie bleiben wir doch auf eine Art für immer", versicherte Verena ihm. „Papa und ich leben halt nur nicht mehr zusammen."

Jonas mampfte gedankenverloren seinen Kuchen, während Jan aus der Ferne eine entschuldigende Geste in Verenas Richtung machte. „Ist schon gut", formte sie lautlos mit den Lippen. Jan deutete an, dass er sie später noch anrufen würde, dann verschwand er mit seiner Freundin.

„Hast du heute noch was vor?", fragte Verena ihren Sohn.

Jonas nickte eifrig. „Na klar, Mama. Ich gehe gleich surfen mit dem Sohn vom Hotelmanager. Wir haben uns direkt nach dem Einchecken kennengelernt. In seiner Clique sind nur Super-Surfer. Das wird bestimmt voll krass!"

Verena musste lächeln. Zum Glück gab es für junge Leute immer genug Ablenkung. „Was ist denn eigentlich mit deiner Freundin? Du kannst mir nicht erzählen, dass sie dich freiwillig hat ziehen lassen. Normalerweise wäre sie doch mitgekommen?!", fragte Verena neugierig.

Jonas stocherte auf seinem Teller herum. Es war ihm sichtlich peinlich, darüber zu reden.

„Ja, schon, aber … sie hat plötzlich gemeint, wir hocken viel zu sehr aufeinander und sie bräuchte mehr Freiraum."

Verena war überrascht. „Und wie geht es dir dabei?"

„Zuerst war ich geschockt, dann sauer. Aber jetzt … Sie hat ja eigentlich recht. Kann ich auch mal machen, wozu ich Lust habe."

„Aber ihr seid noch zusammen?"

„Na klar, Mama. Deswegen muss man sich doch nicht gleich trennen!"

Verena nahm ihren Sohn spontan in den Arm. Kluger Junge!

Caro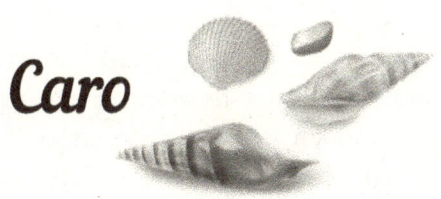

Am nächsten Morgen war ein erfrischender Wind aufgezogen. Caro stand auf dem Balkon, ihre Strickjacke eng um den Körper geschlungen. Das Gefühl der wärmenden Sonne auf ihrer Kleidung tat gut. Sie beobachtete einen kleinen Vogel, der im Garten der Ferienanlage von Strauch zu Strauch hüpfte. Dann ließ er sich an der Vogeltränke nieder und nahm ein paar Schlucke Wasser. Rudi kam angetrottet und leistete ihr Gesellschaft. Caro setzte sich faul in den Balkonstuhl und kraulte Rudi hinter den Ohren. Noch war sie ganz entspannt, aber je näher es auf den Mittag zuginge, umso nervöser würde sie werden, das war ihr klar. Verena dagegen schwebte im siebten Himmel. Sie hatte die Nacht bei Hanno verbracht und war noch nicht wieder da. Nur eine SMS am frühen Morgen mit einigen wenigen Informationen war eingetrudelt.

Bin superglücklich, komme erst nach dem Frühstück. Gruß Verena

Wer hätte gedacht, dass ihre beste Freundin hier auf Sylt ihre neue große Liebe finden würde? Aber Caro gönnte es ihr. Und Zeit genug für sie beide als Freundinnen würde schon noch bleiben. Schließlich musste Hanno auch mal arbeiten. Caro biss in ihr Croissant und tunkte es zwischendurch immer wieder in ihren heißen Kakao. Den trank sie im Moment lieber als Kaffee. Die Morgenübelkeit war geblieben, aber sie konnte schon besser damit umgehen. Trockener Zwieback oder Croissants als erste Mahlzeit gingen immer. Geruchsempfindlich war sie leider immer noch, und Verena hatte ihr erklärt, dass das vermutlich noch eine Weile so bleiben würde. Damit musste sie sich wohl abfinden. Gleich würde sie mit Rudi eine Runde um den Block gehen. Bisher war sie nur kurz mit ihm auf der Wiese im Vorgarten gewesen.

„Na komm, mein Alter, ich ziehe mich an, dann spazieren wir beide los", sagte sie zu dem Hund, der erfreut wedelte. Sie vermisste Mikesch, auch wenn sie sich an das Zusammenleben mit Rudi gewöhnt hatte. Was der Kater wohl zu dem Baby sagen würde, wenn es auf der Welt war?

Der Vormittag verging wie im Flug. Verena war immer noch nicht da. Sie wollte bei Hanno bleiben und ihm in der „Möweninsel" helfen, bevor sie die Ferienwohnungen in Tinnum besichtigen musste. Noch eine Dreiviertelstunde, dann würde Michas Zug im Bahnhof Westerland ankommen. Er war am frühen Morgen losgefahren. Caro wurde mit jeder Sekunde nervöser. Sie hatte versprochen, ihn abzuholen. Sein Zimmer in Tante Marlenes Wohnung war vorbereitet. Schnell trug sie noch rosafarbenen Lippenpflegestift auf und tuschte sich die Wimpern. Dann warf sie einen letzten Blick in den Spiegel, bevor sie sich ihre Autoschlüssel schnappte und aus der Wohnung eilte. Wenn man Pech hatte, war der Weg nach Westerland von Urlauberautos verstopft, und sie wollte auf keinen Fall zu spät kommen. Wegen des frischen Windes hatte sie sich ein Tuch um den Kopf gebunden, damit sie ohne Verdeck fahren konnte. Aber die Brise nahm zusehends ab, und so genoss sie die Fahrt im

Cabrio bei strahlendem Sonnenschein. Der Stau hielt sich in Grenzen. Sogar einen Parkplatz ergatterte sie am Bahnhof, denn ein älteres Ehepaar fuhr gerade weg und sie konnte direkt auf den freien Platz einscheren. Zufrieden warf sie Geld in den Parkscheinautomaten und legte den Zettel hinter die Windschutzscheibe. Sie sah auf die Uhr. Noch fünf Minuten bis zur Ankunft des Zugs. Caro spurtete auf den Bahnsteig. Vor lauter Aufregung knetete sie die ganze Zeit ihre Hände und lief unruhig hin und her. Diesmal hatte der Zug noch nicht einmal Verspätung. Überpünktlich fuhr er in den Bahnhof ein. Bei der Menge an Passagieren, die den Zug nach dem Halt verließen, verlor Caro komplett den Überblick. Doch dann entdeckte sie Micha schließlich. Mit seinen schwarzen Locken, der grünen Windjacke und seiner modernen Brille stach er ein wenig aus der Masse heraus. Gut sieht er aus, dachte Caro mit klopfendem Herzen. Unsicher winkte sie ihm zu und lief ihm entgegen. Er hatte nur einen kleinen Rollkoffer und einen Rucksack bei sich. Auch Micha schien befangen zu sein. Ungelenk begrüßten die beiden sich. Micha wollte ihr einen Kuss auf die Wange geben, aber Caro streckte ihm zeitgleich die Hand entgegen … Beide mussten verlegen lachen, aber das Eis war gebrochen.

„Schön, dass du da bist!", sagte Caro.

„Ja, ich freue mich auch. Die Fahrt über den Hindenburgdamm war wirklich sehenswert", meinte Micha beeindruckt. Er sah sie prüfend an. „Wie geht es dir denn? Ist etwas passiert? Warum wolltest du, dass ich dich besuche?"

Caro nestelte an ihrer Tasche. „Micha, lass uns bitte zum Auto gehen. Ich möchte nicht über Sachen reden, die zu wichtig sind, als dass wir sie hier am Bahnsteig besprechen könnten. Am besten, wir fahren irgendwo in ein Café."

„Ich weiß nicht, Caro, ich würde lieber in einem privaten Rahmen mit dir reden. Könnten wir nicht in deine Ferienwohnung gehen?"

Caro zögerte kurz. Verena würde erst am Nachmittag eintrudeln.

„Okay, das können wir machen. Meine Freundin kommt erst später, da haben wir Zeit für uns. Steig ein, meinen Beetle kennst du ja."

Während der Fahrt sprachen die beiden nur wenig. Micha sah sich die Gegend an und Caro konzentrierte sich auf den Verkehr.

„Echt schön hier, aber etwas zu viele Touristen", meinte Micha staunend.

„Na ja, wir gehören ja auch dazu. Wie geht es deinem Vater? War es in Ordnung, dass du wegfährst?", fragte Caro, als sie an einer Ampel warten mussten.

„Er erholt sich gut. Zum Glück wird er wieder ganz gesund werden. Er muss sich nur noch schonen."

„Das ist schön", meinte Caro. „Familie ist doch das Wichtigste, was man hat."

Sie warf Micha einen Seitenblick zu. „Wolltest du eigentlich irgendwann eine Familie haben? Ich meine, so mit Frau und Kindern? Wir haben noch nie darüber gesprochen."

Micha war überrascht. „Wie kommst du jetzt darauf?", fragte er sie. „Ich habe mir da schon Gedanken drüber gemacht. Aber dazu muss man doch erst die richtige Frau finden."

Caro überlief es heiß und kalt. Jetzt nur nichts Falsches sagen. Micha öffnete seinen Rucksack und kramte eine Brotdose heraus. Als er den Deckel hob, entströmte ihr ein kräftiger Duft nach gekochtem Ei und Knoblauchsalami.

Caro hielt die Luft an, weil sie trotz des offenen Verdecks eine dicke Wolke des Geruchs in die Nase bekommen hatte. Sie merkte, wie sie zu würgen begann. Es war einfach nicht zu stoppen. Hastig fuhr sie in die nächste Parklücke, stürmte aus dem Auto und schaffte es gerade noch rechtzeitig hinter den nächsten Baum. Micha lief ihr betroffen nach.

„Caro, was ist denn los, bist du etwa krank?", fragte er in ehrlicher Sorge.

Caro hielt sich auf zittrigen Beinen am Baumstamm fest. Sie kramte ein Papiertaschentuch aus ihrer Hose und wischte sich erschöpft den Mund ab. Dann steckte sie sich ein Pfefferminzbonbon in den Mund. Sie drehte sich langsam zu ihm um.

„Nein, Micha, es ist nichts Schlimmes, eher etwas Kleines. Etwas ganz Kleines, um genau zu sein."

Irritiert sah er sie an. „Wie meinst du das? Du bist krank, aber es ist nur etwas Kleines? Was ist es denn?" Er hielt sie fürsorglich untergehakt.

Meine Güte, ist der Mann schwer von Begriff, dachte Caro. Doch so langsam schien der Groschen zu fallen.

„Aber du meinst doch nicht, dass du ...?", fragte er aufgeregt.

Caro nickte erlöst. „Genau. Dieses Kleine ist etwas, was uns beide betrifft. Ich bin schwanger!"

Was jetzt passierte, damit hätte sie in hundert Jahren nicht gerechnet. Micha hob beide Arme in die Luft, stieß einen Jubelschrei aus, hob sie hoch und wirbelte sie schwungvoll, aber mit der nötigen Vorsicht, durch die Luft.

„Micha, du freust dich?", konnte Caro nur noch stammeln, so überrumpelt war sie.

„Ja, was denkst du denn? Ich dachte, ich hätte dich an

deinen Orthopäden-Nachbarn verloren. Und jetzt werde ich Vater! Ich habe euch gesehen, wie er dir Pizza gebracht hat und zu dir hochgegangen ist. Ich war so wütend …"

Caros strich ihm liebevoll durch die wilden Locken. „Meinst du, unser Kind bekommt auch so tolle Haare wie du?"

„Mir ist es auch recht, wenn es deine Haare kriegt", meinte Micha versonnen und drückte Caro an sich. „Jetzt lass ich dich nicht mehr los", sagte er leise. „Und den Rest der Strecke fahre ich. Sonst wirst du mir noch am Steuer ohnmächtig!"

Verena

Wie Glück sich anfühlte, das war Verena jetzt endlich wieder klar. Mit Hanno war alles so einfach. Er war der erste Mann nach Jan, mit dem sie eine Nacht verbracht hatte, aber sie hatte sich in jeder Sekunde sicher und wohl gefühlt. Endlich wieder begehrt zu werden, das hatte ihr gefehlt. Voller Zuneigung beobachtete sie ihn, wie er Grillwürstchen briet, Crêpes zubereitete und mit den Kunden plauderte. Hanno und sie hatten sich am Vorabend lange unterhalten. Er hatte ihr von seiner Ehe erzählt, dem Unfall seiner Frau, dass er hier genau wie sie einen Neuanfang gestartet und die kleine Imbissbude von seinem Vorgänger übernommen hatte. Hanno mochte Frauen, die eigene Interessen hatten. Er konnte waschen, putzen, kochen … Sie war sich sicher, dass er sie gleichberechtigt und partnerschaftlich behandeln würde. Er unterstützte sie auch in ihrem Vorhaben, weiter als Einrichtungsplanerin zu arbeiten. Verena hatte sich längst entschlossen, hier auf der Insel zu bleiben. Was die Zukunft bringen würde, würde sie sehen. Aber im Moment war alles gut, so wie es war. Ein bisschen Sorgen machte sie sich um Caro. Sie war gespannt, wie Caros Kollege die Neuigkeiten von der Schwangerschaft aufnehmen würde. Sie würde ihrer Freundin natürlich immer beistehen. Mit dem Zug oder dem Flugzeug war man doch schnell wieder im Ruhrgebiet! Sie räumte verträumt den letzten Tisch für diese Schicht ab. Ein Mitarbeiter war ausgefallen, und so hatte sie Hanno heute Morgen natürlich gerne zugesagt, einzuspringen.

„Hanno, ich muss dann jetzt mal so langsam nach Hause! Rudi wartet, und meine Tante wollte etwas mit mir besprechen. Sehen wir uns heute Abend?"

Hanno zog sie an sich und küsste sie leidenschaftlich. „Klar sehen wir uns nachher. Du fehlst mir jetzt schon", sagte er augenzwinkernd. „Da dir mein Haus so gut gefallen hat – vielleicht magst du ja heute wieder bei mir übernachten?"

Verena wurde rot. „Aber gerne", flüsterte sie ihm ins Ohr, damit die anderen es nicht mitbekamen. „Ich kann es kaum erwarten!"

Sie streichelte Pauline noch einmal liebevoll über den Kopf, dann machte sie sich auf den Nachhauseweg. Tante Marlene wartete schon am Fenster auf sie.

„Da bist du ja endlich, mein Kind! Komm rein", sagte sie ungeduldig, als Verena endlich vor ihr stand. „Caro und ihr Freund sind noch in eurer Ferienwohnung."

Hoffentlich war das ein gutes Zeichen, dachte Verena, doch als sie kurz darauf von Caro eine SMS mit einem Dutzend verliebter Herzchen und einem Daumen-hoch-Symbol bekam, war ihr klar, dass ihre Freundin das Kind nicht alleine würde großziehen müssen. Erleichtert steckte sie das Handy wieder ein. Tante Marlene tigerte unruhig durch den Wohnraum. Sie schien angespannt, ja sogar etwas nervös zu sein. Ob sie heute ihr Geheimnis lüftete?

„Setz dich, Verena", bat Marlene sie förmlich. Auf dem Tisch lagen einige Dokumente, allerdings mit der Schrift nach unten.

„Verena", fing Marlene an und man sah, wie schwer sie sich damit tat. „Du kennst ja nun Julius, und der Julius und ich, wir möchten mehr Zeit miteinander verbringen. Wie sind ja nicht mehr die Jüngsten."

Sie räusperte sich und trank einen Schluck Wasser. „Was ich damit sagen will … der Julius, der hat sich einen ganz neuen Caravan gekauft. Riesengroß. Wie wollen damit Urlaub machen."

Ist doch schön, dachte Verena. Wieso macht sie deshalb so einen Aufstand?

„Nun ja", fuhr Tante Marlene fort. „Einen sehr langen Urlaub. Einmal um die ganze Welt, solange wir Lust haben. Weißt du, ich war immer nur hier, und das war schön, aber ich möchte gerne noch einmal mehr sehen von der Welt … Wenn nicht jetzt, wann dann?"

Verena klappte die Kinnlade runter. „Eine Weltreise? Und deine Ferienwohnungen? Wer soll die managen?"

Marlene zog die Nase kraus. „Ich dachte da an dich. Du wirst damit ganz gut verdienen. Ich habe schon alles vorbereitet. Du hast über alles eine Vollmacht, und falls mir etwas passiert, bist du die Alleinerbin!"

Verena war gerührt. Das war also das große Geheimnis. Tante Marlene hatte wieder mal an sie gedacht: So konnte sie hier wohnen bleiben oder später noch zu Hanno ziehen.

„Marlene, das ist eine wunderbare Idee, deine Reise, meine ich. Ich wünsche dir nur das Allerbeste. Ich wollte doch sowieso hierbleiben. Natürlich passe ich auf deine Ferienwohnungen auf. Mach dir keine Sorgen!"

Tante Marlenes Augen waren ganz feucht vor Glück. „Und die Sache mit Hanno? Du hast dich verliebt, stimmt's?"

„Ja, mir geht es ganz wunderbar. Die Scheidung von Jan wird bald über die Bühne gehen, wir haben gestern Abend telefoniert und sind uns endlich einig, und mit Hanno bin ich superglücklich. Caro scheint sich übrigens auch mit ihrem Kollegen versöhnt zu haben. Das Leben hält doch immer wieder Überraschungen parat. Man sollte eben nie aufgeben!"

Da konnte Marlene ihr nur zustimmen.

„Wenn du fliegen willst, musst du loslassen, was dich runterzieht", zitierte sie einen Spruch, den sie in der Zeitung gelesen hatte. Wie wahr diese Sprichwörter doch manchmal waren!

Daniela Gesing

Daniela Gesing, geboren in Herne, hat nach ihrer Ausbildung zur Erzieherin Pädagogik und Komparatistik an der Ruhr-Uni in Bochum studiert, wo sie seit ihrem sechsten Lebensjahr lebt. Sie war Mitarbeiterin bei einer Bochumer Kinder- und Elternzeitung, hat als Autorin für einen pädagogischen Verlag gearbeitet und ist Mitglied bei den Mörderischen Schwestern und im Syndikat.

Schon als Kind war Lesen ihr liebstes Hobby, und die Affinität zu Büchern hat sich bis heute gehalten, egal ob beim Lesen oder beim Schreiben. „Spurlos verschwunden" war 2010 der erste Roman um die beiden Bochumer Ermittler Heller und Brockmann. Es folgte „Mörderisches Rennen" und ab 2014 die Venedig-Krimis um den Commissario Luca Brassoni und seinen Kollegen Maurizio Goldini.

Ihre Romane schreibt sie stets in Begleitung ihres Hundes.

Er liebt es, neben dem Schreibtisch zu schlafen und der Autorin damit die nötige Ruhe zu geben. Außerdem fährt Daniela Gesing gerne Fahrrad und reist, besonders nach Italien, wo sie schon als Kind viele Urlaube verbracht hat. Auch die Nordsee ist eines ihrer Lieblingsziele. Heute lebt sie mit ihrer Familie in Bochum.

Titel der Autorin im Maximum Verlag:

Luca Brassoni-Krimis

„Venezianische Feindschaft"
„Venezianische Finsternis"
„Venezianischer Fluch"

Weitere Liebesromane im Verlag

Lia Haycraft
Two Weeks Until Forever

ISBN: 978-3-948346-89-8
Preis Klappenbroschur: 16,90 €

TWO WEEKS UNTIL FOREVER –
EIN SOMMER IN ST. IVES

Können zwei Wochen dein Leben verändern?

„Das Meer leuchtet türkis, besonders dort, wo es näher am Strand ist und es beginnt merkwürdig in meinem Inneren zu ziehen. Es fühlt sich an wie … Sehnsucht."

Eigentlich konzentriert sich Thierry Laboulet ganz auf seine Karriere. Er lebt und arbeitet in Paris und jettet als angesagter Anwalt für Firmenfusionen um die ganze Welt. Als sein Großvater stirbt, vermacht er ihm ein altes Cottage in St. Ives. Doch Thierry hat keinerlei Interesse daran, es zu behalten und würde es am liebsten abreißen, um ein hübsches Hotel im Pariser Stil zu bauen. Dann trifft er Liv und es ändert sich alles …

Liv Redfield ist lebhaft und setzt immer ihren Kopf durch. Sie liebt St. Ives und Cornwall über alles und lebt mit ihrer Großmutter Mabel in dem malerischen Küstenort. Wenn ihre Großmutter, die immer vergesslicher wird, das alte Cottage auf dem Hügel am Meer sieht, kehren ihre Erinnerungen zurück und sie ist so glücklich wie lange nicht mehr. Deshalb will Liv das „Blueberry Hill Cottage" unbedingt retten.

Nur die zwei Wochen, die Thierry in St. Ives verbringt, bleiben ihr, um ihm die wahre Schönheit des Ortes zu zeigen. Die beiden kommen sich schnell näher. Doch kann Liv Thierry überzeugen, das alte Cottage zu retten und sein Herz zu öffnen? Oder sind die unerwarteten Gefühle der beiden nicht mehr als ein Sommerflirt?

maximum-verlag.de

 /MaximumVerlag

 @maximumverlag